José Antonio García Blázquez
El rito

José Antonio
García Blázquez

El rito

Premio Eugenio Nadal 1973

Ediciones Destino
Colección
Áncora y Delfín
Volumen 440

© José Antonio García Blázquez
© Ediciones Destino
Consejo de Ciento, 425. Barcelona-9
Primera edición: febrero 1974
ISBN: 84-233-0835-9
Depósito legal: B. 10.089 - 1974
Impreso por Talleres Gráficos A. Núñez
París, 208. Barcelona-8
Impreso en España - Printed in Spain

I

Recuerdo que ella tenía el dedo índice sobre los labios
mientras mi padre reía. La caja de las herramientas, que
había caído al suelo, dejó escapar un montón de objetos
negros que se dispersaron haciendo un ruido metálico
y como de campanas. Después, ella se inclinó y dijo en
un tono algo misterioso: "No hay que hacer ruido". Pero
mi padre acentuó sus carcajadas y replicó: "¿Te parece
poco el ruido que vamos a hacer?". Entonces, ella también estalló en risotadas, y ambos se abrazaron y se pusieron a bailar entre los trastos, hasta que mi padre se
detuvo, de repente, y señaló una especie de bola oscura
que rodaba lentamente hacia la pared.
– Eh, cuidado con eso...
De un salto, mi padre atrapó la bola y la dejó cuidadosamente junto a la caja de las herramientas. Desde mi
escondite, sentado en la escalera, pude ver su expresión
preocupada y el temblor indeciso de sus manos. Entonces, ella le acarició la cabeza. No oí lo que le decía.
Yo estaba aparte, sin participar en sus asuntos y como
perdido en un mundo desconocido: mi padre había llegado hacía unas horas, y aunque yo llevaba ya varios
días en la casa, con tía Elsa, no me sentía bien allí.
Él, sin embargo, me había hecho venir creyendo causarme un gran placer. "Es la casa donde has nacido. Quiero que la reconozcas, que aprendas a quererla como yo.
Quiero que también reconozcas a tu tía Elsa. Que seas
su amigo." Cuando mi padre hablaba de la casa y de tía
Elsa no adoptaba un tono sensato, no invocaba tradicio-
nes ni costumbres, sino que se dejaba perder como en un
laberinto. Por eso, después, parecía enfadado, sin duda

porque se encontraba muy lejos de su mundo, de su tierra, trabajando en una organización que no le importaba lo más mínimo, pero que le daba el dinero necesario para hacer obras en la casa y ponerla definitivamente en pie: incrustar vigas, rehacer techos y suelos, rellenar muros, comprar muebles... Pero yo no había reconocido ni la casa ni a tía Elsa, aunque allí había pasado algunos días de mi infancia. Eso sí, conservaba una visión fugaz de algunas habitaciones como había miles y de unos patios por los que me habían hecho pasar de vez en cuando, puede que de la mano de la misma tía Elsa o de una sirvienta. En definitiva, cuando llegué y vi desde fuera ese conjunto de construcciones miserables, pensé que mi padre haría mejor en vender todo aquello y comprarse una villa al borde del mar, pues allí no había nada que mereciera la pena. Sin embargo, él me hablaba con pasión de aquella casa "que había que salvar", de su hermana Elsa, de la ciudad, de la abominable idea de una nueva avenida que iban a construir y que debería pasar exactamente por la casa, porque así lo exigía la configuración del terreno... "¿Te das cuenta, Toy? —me decía tía Elsa—. Han desviado el cauce del río, pero el agua se filtra. No van a conseguir nada... Nada."

Yo no sabía que ella le esperaba, y esa espera, exactamente cuando mi padre estaba en Ankara ocupado en una asamblea de su Organización, era lo que le hacía ir de un lado a otro, nerviosa, salir al jardín para espiar el paso de los coches por la carretera vecina. Yo pensaba que estaba loca. A veces, mirándome fijamente, me decía que me parecía extraordinariamente a mi padre cuando él tenía mi edad, y le daba por llamarme por su nombre y decir cosas sin sentido, como "Edu, ¿quieres que juguemos al escondite?", o "¿quieres que vayamos a las celdas de las monjas?", todo lo cual me desconcertaba, me hacía sentirme incómodo. Ella lo advertía inmediatamente, pues se recomponía y tomaba un tono falsamente sensato para decir, al fin, que él le había prometido venir uno de estos días para arreglar un asunto muy importante que yo no podía comprender y que por consiguiente no se iba a molestar en explicarme.

—Si hubieras leído el artículo que venía en el periódico —decía ahora tía Elsa, mientras mi padre, agachado, buscaba algo entre las herramientas dispersas por el suelo—. "El futuro de la ciudad, la nueva avenida: Después de grandes esfuerzos..."

—Anda, cállate —la interrumpió él—. ¿Has apretado bien ese cable?

Ella se inclinó, adquiriendo también una expresión preocupada. Mi padre manipulaba con un extraño aparato, y tía Elsa se puso a desenrollar un cable interminable, después, a enrollarlo. Sus frases me llegaron entrecortadas, incoherentes.

—Tengo un poco de miedo.

—¿Las cerillas? Es mejor el encendedor. Las cerillas pueden mojarse.

—Va a haber tormenta. No se oirá nada...

—¿Me das las tenazas?

—Toma. Lo estamos pasando bien, ¿verdad?

—Sí, pero yo me tengo que marchar. Hay que darse prisa. Si pudiera quedarme, si...

Mi padre se acercó a una ventana, sin terminar la frase. Sus ojos se habían puesto soñadores, y todo en él me pareció tan joven, tan fresco, que sentí la extrañeza de ser su hijo, pues en aquel momento me sentía más maduro y juicioso que él. Al menos, no tenía ganas de reírme por tonterías ni de jugar con cables, y sólo pensaba en salir de esta casa y volver a los apartamentos y a las playas que hasta entonces habíamos compartido. Tía

9

Elsa había puesto una mano en el hombro de mi padre, y ambos miraban por la ventana, hacia la misma dirección. Tía Elsa dijo:

—¿Te marcharás en seguida?

—Sí. Mañana tengo que estar en Ankara. Nadie debe haber notado mi ausencia en la asamblea, por eso he aprovechado este fin de semana, y...

Pero ella no le escuchaba, porque miraba algo que acaparaba toda su atención.

—Mira, parece que crecen. Son como fantasmas que se acercan...

Aquello que crecía, que se acercaba, no era más que el comienzo de una obra, unos postes de cemento situados aproximadamente a un kilómetro de la casa, pero que ya ejercían una amenaza concreta y terca sobre ella.

—Pronto va a anochecer...

—Creo que está lloviendo.

—Mejor. Con este tiempo, no habrá nadie por el río.

—Es de esperar.

Sus voces se unían, como si pertenecieran a una misma persona, y viéndoles así, planeando algo para mí incomprensible, me parecían niños, mientras yo me ratificaba en la idea de que era mayor y más lógico que ellos. Hasta me parecía verlos decrecer en edad, y ese asunto que tramaban, ese plan, se transformaba solamente en un juego que, sin embargo, tenía algo de siniestro, como la misma casa. Me pregunté si durante esos momentos habían advertido mi presencia, pues cuando tía Elsa encendió la luz se sorprendió al verme en la escalera, y también el ceño de mi padre se frunció para increparme:

—¿Qué haces ahí como un idiota?

La voz de mi padre se había vuelto ronca, y vi que sus manos volvían a temblar al recoger todas las cosas que habían salido de la caja de las herramientas e ir metiéndolas en un maletín. Yo subí unos cuantos escalones hasta volver a integrarme en la oscuridad.

—Creo que podemos salir —oí que decía a su hermana—. Es casi de noche. No sé cómo te has puesto ese vestido. En lo oscuro parecerás un farol.

Tía Elsa se había pasado todo el día ensayando vestidos, peinados, y cuando vio el coche que entraba en el jardín, salió como una loca, vestida de blanco, los ojos muy pintados y el pelo negro, lacio, cayéndole sobre los pómulos y el cuello. Los vi abrazados, ella colgándose y agitando los pies, y luego se miraron a los ojos y rompieron a reír, casi lloraban, en un estallido de felicidad que me excluyó por completo de sus vidas. En efecto, mi padre no preguntó por mí. Entró en la casa, de la mano de su hermana, y ambos se perdieron en las habitaciones de atrás. Los seguí, sin saber bien por qué. Tal vez por aburrimiento; tal vez por intentar comprender. Detrás de ellos, atravesé patios, corredores, graneros, desvanes, cocinas inutilizables, todo lleno de trastos polvorientos que no servían para nada, y tía Elsa caminaba a saltitos, con su linterna, gritaba un nombre: Dalia... Convertidos en niños, nada existía para ellos. Corrían uno detrás del otro. Parecía ser que la Dalia tenía que encontrarlos. Después, ella cambiaba de voz y gritaba como la Dalia. Gritaba como si le pegasen. Escuché el ruido de algo que se rompía, de unas monedas que tintinearon sobre el suelo...

Tía Elsa se miró su vestido blanco y movió la cabeza. Mi padre llevaba un pantalón tejano y un jersey negro, igual que yo, de modo que fácilmente habría podido confundirme con él, ocupar su puesto junto a tía Elsa y enterarme así de lo que estaban tramando.

—Anda, vamos —ella desistió de cambiarse—. Cuanto antes terminemos, mejor.

11

Salieron sin mirarme, y no sé por qué me sentí repentinamente liberado, relajado, como si su presencia me hubiera estado oprimiendo. Dejé mi puesto de la escalera y me aproximé a la ventana. Los vi alejarse hacia el río. Caminaban entre las matas, y me pareció ver que a tía Elsa se le enganchaba el vestido en todas partes y que mi padre le decía algo, con ademanes de enojo. Finalmente, los perdí de vista.

Era ya de noche y el cielo estaba cargado de nubes. Llovía un poco, y las gotas golpeaban los cristales de la ventana, unas gotas gruesas como granizos. Hacía frío en la casa. Los leños de la chimenea de la sala se habían apagado. Intenté reanimar el fuego, pero sólo conseguí atufarme con el humo y las pavesas. Junto a la chimenea, había una gran caja de cubierta coloreada y, dentro, un rompecabezas de cubos muy grandes que, todos juntos, componían un cuadro incoherente y extraño. Había también varias muñecas, bolas de cristal, una bolsa con fichas, dados... Me entretuve un momento con todo aquello y subí después la escalera. De vez en cuando, en un rincón, reconocía una silla, un velador o un cuadro que mi padre había comprado conmigo en Berna o en Ginebra. No conseguía reconocer la casa, ni siquiera la parte habitable de la casa, pues conocerla entera resultaba imposible: era un amasijo de construcciones de distintas épocas que se extendían, se superponían y se desarrollaban en la anarquía más absoluta. De todos modos, esta parte delantera se aislaba del caos posterior y formaba una vivienda independiente, con su fachada regular, sus chimeneas y su jardín, más cuidado que los otros jardines traseros. Pero el resto de las construcciones se pegaban a esta vivienda como sosteniéndola o empujándola con sus tentáculos. Todo aquello era como un monstruo herido de muerte del que sólo alentaba la cabeza, mientras que el cuerpo hinchado se desmoronaba y se disolvía en oquedades oscuras. Nunca comprendería por qué mi padre amaba aquel horror, que no tenía belleza ni interés, a pesar de los vestigios barrocos de una capilla donde convergían las galerías que al parecer antes habitaron unas monjas. Ni siquiera se despertó en mí el deseo de descubrir algo curioso, un posible misterio. Aquello era una inmensa ruina que pedía a gritos la piqueta, la demolición total y que ya se aniquilaba por sí sola en una vacuidad absoluta. Solamente esta parte delantera resultaba interesante, pero no más que cualquier otra casa de provincia. Había una habitación, eso sí, muy acogedora y muy distinta del resto. Lejos del vestíbulo y de la escalera principal, se sentía allí una temperatura tibia, especial. Los muebles eran antiguos y caprichosos. Las paredes estaban llenas de cuadros, la mayoría pintados por tía Elsa. Había un reloj, un piano. Una gran mesa alargada, llena de libros, papeles, tinteros, lápices, cuadernos. Una cama turca junto a la pared, cubierta por una colcha roja. Sí, creo que mi padre me había hablado también de "la habitación". Permanecí allí unos momentos y volví a bajar a la sala, donde trajinaba ahora la sombra de la criada Mauricia, que se alejó al verme. Abrí la ventana y el rumor sordo del río crecido retumbó entre las paredes. Soplaba un viento cargado de electricidad, salpicado de lluvia, que tenía algo de agradable y que traía el olor a la tierra mojada, un olor viejo, denso. Sentí deseos de salir, abrí la puerta y corrí en la dirección por donde mi padre y tía Elsa habían desaparecido. A medida que caminaba, el ruido del río se hacía casi atronador. Cerca, las obras de la avenida formaban otro río seco y liso, lleno de cascotes a los lados. Como había observado tía Elsa, aquellos postes blancos parecían fantasmas que se acercaban, con un resplandor que se hacía ceniciento entre el color oscuro del aire. Me adentré entre los árboles y creí verlos un momento: un conjunto blanco y negro, móvil, que en seguida desapareció entre las sombras. Sentí frío y decidí volver a la casa.

Fue entonces cuando aquello ocurrió. Una explosión, una llamarada roja sobre la tierra y el río negro. Y después, las aguas que se desbordaron sobre el trazado irreal de la avenida, como si conquistaran violentamente antiguos dominios, tragando aquella tierra que antes había sido suya. Yo corría hacia la casa, tropezaba, temía que aquellas oleadas oscuras me atrapasen, pero pude llegar fácilmente hasta el jardín y, una vez en la casa, busqué atontado mi habitación, me eché en la cama y me tapé los oídos, lo que no me impidió oír otro ruido más: el de un coche que arrancaba.

Después de más de dos horas de sesión, la gran sala de conferencias comienza a balancearse en mis gafas oscuras; deriva, se mece sobre las olas de un mar sin color ni relieve. La mesa de la Presidencia se estira y se encoge, flota un momento y se desintegra contra las cabezas provistas de auriculares. Hay un brillo fugaz y cristalino, como eléctrico. Las voces de los delegados se unen hasta formar un rumor sordo y grotesco, que se materializa en una bestia fabulosa en fuga hacia las galaxias. Detrás de mis gafas de sol puedo cerrar los ojos y dormir, si quiero, o bien imaginar otros caos; puedo también formular mis propias frases y añadirlas a las del Presidente o a las del Secretario General, pero más bien lo que me domina es una sensación de aburrimiento infinito, la angustia de creer que la sesión de hoy nunca llegará a su fin, que pasarán las horas, los días, incluso los siglos, y jamás encontraré la paz y el silencio de mi habitación del hotel, no, sino que tendré que continuar aquí, aguantando la sed, el deseo de estirar las piernas... De vez en cuando, parece debatirse una cuestión interesante: es posible que el actual Presidente resulte reelegido y que la sede de la Organización sea reestablecida en Ginebra, es decir, que todo quede como hasta ahora, para lo cual ha sido necesario celebrar esta vigesimosegunda Asamblea General y movilizar a más de dos mil personas desde todos los continentes, gastar millones y escribir una montaña de documentos que yo me atrevería a resumir en un pequeño folleto. Por una vez, pienso en Toy y en sus ideas de igualdad, pero termino por encogerme de hombros.

—...y según el artículo seis de la resolución, los miembros que no hayan pagado sus cuotas...

La voz del Secretario General es clara, y él, desde su puesto, parece muy digno, muy poderoso. Le salen las frases redondas, los gestos exactos. Como en una película. A mí me es simpático el Secretario General. Siempre me ha tratado bien. Me va a ser difícil decirle que pronto voy a dejarle. Pronto... ¿Cuándo en realidad? ¿Cuándo seré libre de una vez? Si al menos pudiera salir de esta sala, desaparecer, dejar de ser el espectador de la comedia... Regresar, volver a casa. Arrojarme en la maravillosa irresponsabilidad de la infancia. Dejar de hacer traducciones y escribir cosas mías. Desde la ventana de mi cuarto, podré ver las aguas del río, ya reintegradas a su antiguo cauce, borrado el fantasma de la nueva avenida. Elsa se inclinará sobre la máquina de escribir y me dará consejos. Jugaremos con el rompecabezas. Nos disfrazaremos, entraremos en las habitaciones de los abuelos, en la de papá, sacaremos trastos de los baúles del desván. Colocaremos los nuevos muebles, acondicionaremos las habitaciones de la galería, de la trasera, nos dejaremos perder por los corredores oscuros, desembocaremos en la habitación en forma de T y llamaremos a la Dalia: "Dalia, prepárate, vamos a atarte a la cama, vamos a..." Lejos de la rutina del trabajo, de las asambleas y de los cocteles, volveré a ser yo y...

—...de ese modo, la Organización, reforzada mediante las nuevas estructuras...

Claro, todavía tendré que esperar. Esperar a saber si se ha emprendido o no una encuesta, si el proyecto de la avenida se ha venido definitivamente abajo, si Elsa y yo podremos estar tranquilos para siempre. El resto, Toy, Claire... se arreglarán ellos mismos. Toy seguirá una carrera, o trabajará, que haga lo que más le guste. No pienso obligarle a nada. Ahora que ya es mayor comienzo a advertir una gran diferencia entre su modo de pensar y el mío. En cuanto a Claire, se acabará este revoloteo del uno sobre el otro, volverá con su marido. Bien, todo resulta perfecto. Incluso la manera como he ido a la casa. Ese fin de semana tan redondamente aprovechado. Ankara-Roma-Madrid ida y vuelta, con el intervalo de una carrera en un coche alquilado para ir a la provincia, todo como un sueño, un paréntesis. Nadie, excepto Claire, había notado mi ausencia. Aún me veo junto a Elsa, agazapados entre las matas, sucios de barro, ligando cables, preparando la carga, y después, ese torrente desbordado que tanto nos aterrorizó, pues cuando las aguas arrastraron los postes ambos tuvimos miedo

16

de que algo ocurriera, de que la alarma se extendiera
rápidamente en la ciudad y la policía se presentara en
casa para arrestarnos. Pero nada de eso puede haber
ocurrido. Elsa estará tranquila. La lluvia era tan torren-
cial, los truenos tan fuertes, que nadie podría haber
oído la explosión, todo lo habrán atribuido a la crecida
del río, a esas lluvias que dijo Elsa que caían desde
hacía tiempo, a un defecto, a un fallo cualquiera de los
ingenieros que desviaron el río... Solamente, ahora, me
inquietan los ojos de Toy, espiándonos desde la escalera. Su silencio. El hecho de haberle olvidado por
completo.

Disimuladamente, saco del bolsillo una de mis píldo-
ras y la trago haciendo saliva. Eso me calmará los nervios, me hará pasar el tiempo que queda. Miro a Claire,
en una mesa contigua a la de la Presidencia. Muy elegante en su vestido gris, el pelo rubio perfectamente
peinado, Claire se convierte en un punto minúsculo
como una perla, al mismo tiempo que mi cerebro comienza a recrear sus criaturas, sus monstruos, que pasan, claramente delimitados sobre fondos de varios
colores, burlescos y humanos, conscientes de su deformidad cómica, de la cual hacen gala, para divertirme
o atormentarme, según, ahora más bien me divierten,
y los contemplo, creo, con una semisonrisa: bajan dan-
zando desde el techo o desde los últimos lugares del
espacio, al compás de una música parecida a ellos, es
decir, de una estupidez pretendida y por lo tanto inteligente. Caminan y bailan en filas, se separan, se unen,
vuelven a separarse. Sus rostros inverosímiles tienen
cierta expresión, pero no puede saberse cuál. Son
criaturas internas que habitan en las cosas, entre las
páginas de los libros viejos, en los armarios y en los
trajes fuera de uso, y que salen de vez en cuando para

demostrar que viven en cierto modo, pues sin duda sus movimientos, sus danzas y sus grititos me están enteramente dedicados. Ya los conozco bien. Siempre he vivido con ellos: en la habitación, en la cocina, en aquella gripe de noviembre, y se lo había confiado a Elsa, que me confesó que también tenía tratos con ellos. "Son diablos, Edu, genios, ideas. Están en los cuartos de los abuelos, en sus cajones atestados, en las grandes despensas, dominios de Paca y Mauricia. Están en nuestro rompecabezas. Ahora, los monstruos se entrelazan con las olas del río, se persiguen entre la lluvia y las ramas de los árboles..."

La gran sombra del Presidente se puso en pie y me reintegró a la asamblea, a los auriculares, a las sillas. Claire se extendió desde sí misma y adquirió forma, muy atenta a las palabras que pronunciaba el Presidente, cuya voz gruesa y ronca había acallado todas las demás y que ahora, por fin, clausuraba la sesión.

Vi que Claire se acercaba hacia mí.

—¿Dónde te has metido estos días? Desapareciste sin dejar rastro...

Pero antes de que tuviera tiempo de imaginar una respuesta, el Secretario General la había atrapado por el brazo.

—Permítame que se la robe —me dijo—. Necesito un consejo de madame Page.

Claire hizo el gesto de alguien que se ahoga, la cabeza vuelta hacia mí.

En la escalera que conducía al hall del Ministerio, la secretaria española, Cristina, me dio el texto de las resoluciones que había que traducir. Cristina dijo algo sobre el aburrimiento de las sesiones y después se puso a protestar contra la ciudad: la más espantosa que había visto en su vida. Le dije que estaba de acuerdo y me excusé. Quería estar solo, pero no me era posible. En el hall, me encontré con los otros traductores. Uno de ellos, Plutki, me obsesionaba con su sonrisa desdentada; me recordaba algo lejano y cavernoso, tal vez el abuelo. No sé cómo me deshice de ellos y me dejé caer en un sillón. En el hall había un murmullo ronco y continuo. Igual que el ruido que hacía el río. Si cerraba los ojos, me imaginaba perfectamente estar rodeado de aguas grises, negras. Me entretuve un momento en taparme y destaparme los oídos, con los pulgares, y el ruido se puso a crecer y a decrecer en oleadas. Abrí los ojos, liberé los oídos. Plutki devoraba algo en un rincón. Movía las mandíbulas huesudas, se chupaba los dedos. Tuve el impulso de levantarme y embadurnarle la cara con un pastel de crema. Pensé que no podría más seguir trabajando frente a él, presenciando sus tics; pensé que todo aquello, la asamblea, la Organización, los cocteles, formaba parte de un ensueño estúpido del que me despertaría en cualquier momento para encontrarme reintegrado a un mundo solamente mío.

—¿Qué hiciste durante el fin de semana?

La voz de Claire me asustó. No la había visto llegar, y ahora estaba sentada junto a mí, pidiéndome explicaciones. Era natural: desde el jueves por la tarde no nos habíamos visto, y hoy era lunes. La miré con un gesto de asombro y le pregunté, por mi parte:

—¿Y tú? ¿Qué hiciste durante el fin de semana?

—Pues verás... —comenzó.

—No, no sigas, no vayas a hacerme un informe.

Conmigo, Claire se había acostumbrado a olvidar la reacción normal de enfadarse cuando le contestaba con cierta aspereza, e instintivamente buscaba una respuesta exclusivamente válida para mí:

—Ya, ya sé. No te pido cuentas. No tengo derecho, supongo. Es una forma de hablar, ¿comprendes? Uno va y dice: ¿Qué hiciste durante este fin de semana? Y eso no significa curiosidad morbosa.

—No salí de mi habitación, en realidad —mentí—. Repasé las traducciones. Escribí cartas... Dormí...

Pero ella me escuchaba como si le estuviera contando un cuento tártaro. Creo que me puse rojo. Sin duda, Claire me había llamado varias veces a la habitación...

—En fin, no te perdiste nada especial. La recepción de la Ópera fue de un aburrimiento... —y mirando el reloj—: Nos quedan unas tres horas hasta la reunión de la tarde. ¿Y si nos escapamos a almorzar por ahí?

Pero el Secretario General reapareció frente a ella, desprendido de un grupo oscuro formado en el centro del hall, y se la llevó de una mano, para presentarla. Claire volvió a dedicarme el mismo gesto de antes: el agua le llegaba al cuello, se ahogaba.

Pero, en realidad, Claire se encontraba en su elemento. A ella le gustaba todo aquello: participar, que le pidieran consejos, asistir a los cocteles y a las recepciones cada vez con un modelo distinto. Claire no era como yo, ni como Elsa. Y mi elemento no se encontraba aquí. No me reconocía entre ellos —delegados, vicepresidentes—, negros cuervos con carteras también negras, que revoloteaban, se debatían, entre tazas de café, vasos y pastelillos, mientras yo, derrumbado en el diván, como si las largas horas en que había estado sentado me hubieran fatigado más que una marcha de varios kilómetros, los miraba y me preguntaba por su interés en los debates, por la autenticidad de su papel en la política de la Organización. Podía ser, de todos modos, que también desearan el final de la comedia, dispersarse en sus aviones, todos con el correspondiente regalo para sus esposas y quizá la oscura satisfacción de haber saciado una aventura sexual. Me divertía mirarlos, me divertía y me molestaba verlos beber, hacer gestos y lanzar miradas de reojo, esbozar saludos o sonrisas, de lleno en la hipocresía de la educación y a veces en la sinceridad de su grosería, como cuando uno de ellos, pretendidamente, dejaba la mano de otro en el aire y le daba la espalda. No, no me reconocía entre ellos, había algo que no encajaba, pero tenía que hacer esfuerzos para comprender que estaba aquí, en el hall del Ministerio, que formaba parte de la Secretaría, que estaba sujeto, atado, sin libertad, que aunque me escapara hacia atrás, hacia esos períodos oscuros poblados de puntos luminosos, mi cuerpo se centraba en una realidad falsa y actuaba pasivamente en la comedia. Pero tenía que ser así. La ley era ésa.

Elsa se volvió hacia mí: "Edu, cuando tú te vayas..." No sé lo que Elsa terminó de decir, porque el principio de su frase hizo girar la habitación, y me pareció salir despedido hacia el espacio, creí viajar durante períodos de sueño y caí, después, en la misma habitación, en la misma postura, junto a Elsa, que dibujaba, el brillo oscuro de la tarde y el rumor de sus palabras: "Elvira dice tonterías... ¡Vender la casa! Esa mujer no entiende más que de cuentas, de facturas, de papeles... Yo prefiero vivir sin todo eso. Y tú también, Edu, ¿no es verdad? Con Vilma, con los amigos... Oh, Edu, no me mires así, no vas a pensar que estoy encerrada todo el tiempo. Me río de ellos, ya sabes cómo soy... Cuando

21

más me divierto, me acuerdo de ti, y no hago más que decirme: Si Edu estuviera..."

La mayoría de las habitaciones son como personas sin sexo. Aquélla, no. Era una habitación mágica, con hechizo. Por ejemplo, encontrándose uno en cualquier parte de la casa, resultaba difícil de localizar. Se llegaba a ella inopinadamente o con trabajo. Siendo siempre idéntica, cada vez parecía distinta: triste o alegre, ordenada o desordenada, cómoda o incómoda, tranquila, inquietante. Incluso su temperatura tenía algo de especial, y ésta era su característica más estable. Era una temperatura tibia, dulce e intacta, lo mismo en verano que en invierno. Situada entre oriente y poniente, sus ventanas eran las primeras en recibir los rayos del sol y las últimas en despedirlos. Cuando estaba nublado y llovía, o nevaba, sus colores dormían, pero con el sol esos colores parecían moverse y sonar. Siempre tuve la sensación de que mi mundo se encerraba allí, que comenzaba y terminaba en la habitación misma. Como ese día mágico en que Elsa dibujaba, y yo miraba sus cabellos lisos, negros, sus manos, una quieta sobre el papel y la otra levemente agitada, el perfil de sus pestañas... Miré después las paredes llenas de cuadros, el piano, el reloj, sentí el silencio, la respiración del silencio. Afuera, un sol rojo decrecía contra los cristales. Algo parecido a la felicidad me conquistaba.

Yo no habría debido dejarte, Elsa, yo no tenía que haber abandonado la casa, pero entonces no había comprendido todavía mi destino. Suponía un poco ingenuamente que debía seguir una carrera, obtener un puesto, ganar dinero, mientras que ahora actuaría de otro modo, ahora me encerraría allí, contigo, y me negaría a saber nada del mundo de los otros, me bastaría con el mío, con el nuestro. Pero entonces no lo sabía. Tía Elvira solía echarme en cara la locura de tener un hijo, tan joven, "cuando otros están dando patadas al balón", para añadir que, precisamente por eso, yo más que los otros debía procurarme pronto una situación en la vida. Tal vez sus reproches me condujeron a llevarme a Toy mientras seguía mis estudios. No quería dejárselo a ella, ni a ti, con tu irresponsabilidad, ni a Marta, que nunca nos había querido. En realidad, aquella primera etapa no fue penosa. Era tan fácil regresar cada trimestre, volver a encontrarte... Cada curso encerraba algo brillante, tres pausas mágicas —Navidad, Semana Santa, verano— que me hacían vivir, sostenerme, impregnado de una alegría casi sobrenatural que solamente tú podías captar y compartir. Después, comenzó a esbozarse un desenlace que yo suponía necesario, inevitable, y que acepté pasivamente, porque también, por otra parte, sentía un extraño impulso de huida, de alejarme de ese pantano insalubre que era la casa, pues sentía vergüenza, Elsa, sentía vergüenza ante los otros porque había puesto el sentido de mi vida en algo que debía permanecer oculto: nuestros juegos antiguos, nuestros mensajes misteriosos. Yo quería enterrar esos juegos, acallar esos mensajes. Y, así, me encontré de pronto como una figura extraída de un bajorrelieve, una estatua aislada, amenazada en sus cuatro costados por el vacío.

—Estaba equivocado.

—¿Por qué, Edu?

—No disimules. Lo sabes. He conseguido un buen puesto. Gano dinero. Pero estaba equivocado. Porque me había avergonzado de mí mismo, y eso no me lo perdono. Porque no hay nada en el mundo que valga tanto como... lo que es mío... para mí, quiero decir, ¿comprendes?

—Estás muy cansado. No debes volver a hacer esa locura. En coche, desde Ginebra, y como tú conduces...
—Mis primeras vacaciones...
—Con el dinero que me has mandado he comprado cosas... Ya las verás.
—Esta es la causa por la cual no puedo regresar ahora, ¿verdad, Elsa? Esta casa necesita mucho dinero...
—... y lo que teníamos... No sé. Es Elvira quien lleva las cuentas. Ella sabrá.
—Pero regresaré un día. Cuando Toy pueda valerse por sí mismo.
—¿Cómo está Toy?
—Le gusta mucho Ginebra. Y habla el francés mejor que yo....Elsa, ¿por qué no vienes con nosotros?
—Qué tontería...
—Tenemos un apartamento en el último piso de un rascacielos.
—Me horrorizaría.
—Es muy cómodo, pero yo quiero buscar algo en la vieille ville, detrás de la catedral de Saint Pierre.
—Cuéntame cosas, Edu. ¿Qué vida haces?
—Nada. Pienso en ti, en la casa. Escribo cosas. ¿Sabes? Trabajo frente a un tipo curioso. Plutki, se llama. Creo que es judío. Me recuerda a la señorita Eloísa, con sus tics, sus manías. Está madame Page.
—Madame Page...
—Claire. Claire Page. Su marido está paralítico. Ella es muy guapa, tiene clase.
—¿Estás enamorado de ella?
—No. Me gusta verla, sentir su perfume.
—Solo, estás muy solo... ¿Qué haces los domingos?
—Cojo el coche y me voy por ahí. Hay casas muy hermosas junto al lago. Casas diferentes a esta nuestra. Los fines de semana son muy largos. No tengo ami-

gos, no quiero salir con nadie. Hay muchos españoles, los que trabajan en las organizaciones internacionales, como yo, y los otros, los obreros. Por cierto, Toy se interesa mucho por esa cuestión de diferencias de clase...

—Tienes que traer a Toy una vez. El nació aquí... ¿Lo sabe, Edu? ¿Sabe Toy cómo nació, y de quién...?

—Toy debe ser él mismo. Que nada le condicione.

—Toy-juguete. Tu último juguete, Edu.

—Sí. Desde que supo el significado de su nombre en inglés se hace llamar de otra manera, Tony, por ejemplo, pero yo siempre le llamo Toy.

—Ah, Edu, estamos dentro de una conversación tan tonta... Y todo porque no me atrevo a decirte algo, pero es mejor que lo veas. Ven.

Fue entonces cuando me enteré del proyecto de la avenida. Desde la ventana, difusos e informes, se divisaban unos postes blancos, tubos de acero, cascotes... Dijiste: "Mira. Después, quieren esta casa. Demolerla, ¿comprendes? Están haciendo planos para desviar el cauce del río".

No dijiste más. Bajaste los ojos y te quedaste un momento encogida, como si tuvieras frío, o miedo. Yo moví la cabeza negativamente. No, nadie iba a demoler esta casa. Nadie.

—¿Cómo que no? —protestó tía Elvira—. ¿Quieres que te enseñe los papeles del Ayuntamiento?

—Guárdate los papeles del Ayuntamiento —le dije—. Esta casa es nuestra. De Elsa y mía, y nadie va a derribarla.

Tía Elvira, que cuando no se encontraba viajando se encerraba en su despacho con sus innumerables papeles, siempre había estado muy alejada de nosotros. Más que tía nuestra parecía una extraña que trabajara para nosotros, una empleada, un administrador. A mí me gustaba tía Elvira, ese aire fuerte que tenía, esa manera de andar, decidida, un tanto viril, que parecía impulsar el viento. Me gustaba observarla, bajo la lámpara, el pelo rubio iluminado mientras sus largos dedos lo desordenaban, su manera de quitarse las gafas y quedarse mirando un punto, probablemente para calcular una cifra, una cuenta... Ella se había hecho cargo de todos los asuntos de papá, y por eso estaba ahora al tanto del proyecto de la avenida que parecía anular a Elsa y que a mí, que lo acababa de conocer, me sublevaba. Ella, tía Elvira, no comprendía que yo me pusiera de parte de Elsa en un asunto que no tenía solución.

—Sé que con tu hermana es imposible hablar —me dijo—, pero vamos, creía que contigo sería otra cosa.

Yo la miraba. Tía Elvira no decía buenos días ni buenas tardes cuando entraba. Tampoco decía nada cuando se iba de viaje. Ya hacía tiempo que sus ausencias se habían prolongado, y hasta se había comprado un piso en Madrid, donde generalmente había llevado su vida y desde donde había movido sus relaciones para ayudarme a obtener el puesto en la Organización. Por eso, ahora, ante mi actitud terca, se encontraba tan anonadada que no sabía qué decir.

—Es el colmo de la estupidez... ¿Pero no comprendes que terminarán por echarla abajo? La gran avenida...

—Es sólo un proyecto. Pasarán años y...

—...y se os vendrá encima.

—¿Qué han hecho hasta ahora? Nada. Cuatro postes, o dos, no lo sé...

—Y un nuevo cauce para el río.

Elsa, que había estado escuchando detrás de la puerta, entró un tanto aparatosamente, avanzó hacia la mesa de tía Elvira y se inclinó hacia ella, furiosa.

—Tú nunca quisiste esta casa —le dijo—. Casi pensaría

que tú misma la has ofrecido, como si fuera algo tuyo. Como cuando diste esas habitaciones para aquella tal señorita Eloísa y su escuela nocturna...

Ante aquellas cosas resucitadas, polvorientas, tía Elvira se quitó las gafas y miró a Elsa achicando los ojos, mientras prorrumpía en una risa bronca, impetuosa. Después, encendió un cigarrillo y nos echó el humo a la cara, como si quisiera insultarnos. Elsa salió tan bruscamente como había entrado, dando un portazo que hizo a tía Elvira arrugar la nariz.

—Si quieres velar por tu hermana, Edu, procura que no la entierren entre los escombros. Nunca la he comprendido. Ni a ti tampoco, pero, en fin, vayamos al grano.

Y abriendo carpetas, sacando papeles, tía Elvira comenzó a explicarme todo lo que yo tenía que hacer, los documentos que debía firmar y que hasta entonces ella había firmado en mi lugar, me informó de la cantidad ofrecida por el terreno, de la situación financiera de nuestros bienes, y yo, sin enterarme de nada, iba diciendo que sí. No me importaba en absoluto que las cosas se dieran por hechas. Yo estaba seguro de que mi voluntad sería más fuerte. Tía Elvira cerró sus carpetas, cogió su bolso y se marchó sin decir nada.

Elsa y yo la olvidamos. Olvidamos la avenida, que, como las catedrales medievales, nunca quedaría terminada. Se hacía de noche. La voz de Elsa me adormecía dulcemente: Mañana iremos a ver a la Vilma, puede que organicemos una fiesta, como antes, ¿te acuerdas, Edu? Aquellas noches, cuando bailábamos en el jardín, descalzos, y estaba esa chica que cuidaba de Toy, María José, y... ¿Te gusta dónde está el velador? El otro día estuve jugando con el rompecabezas sobre el velador. A cada cuadro le sacaba dos interpretaciones, la tuya y la mía. ¿Qué te parece lo que estoy pintando? Son dos niños que juegan al escondite. Lo vi en el rompecabezas... ¿Te gusta, Edu? Fabuloso, Elsa, me gustan esos puntos rojos. ¿Te acuerdas de cuando jugábamos al escondite por los corredores? No sé por qué, pero si ahora nos dejáramos perder por ahí tal vez no volveríamos a salir nunca, y yo debo salir, Elsa, debo volver a trabajar, ¿te das cuenta? No puedo dejarme atrapar por los rezos de las monjas, que están pegados a las paredes de las celdas, ni por los sonidos de las habitaciones de la trasera, cuando estaban la Aurora, la María Azul, la Salomé, la... la... la... Dalia. No, la Dalia estuvo después con nosotros. No temas, Elsa, no me hace nada acordarme de la Dalia, nada, nada... La veo todavía, cuidando de papá... Marta ya no estaba, ¿no? Se había casado. ¿Ves a Marta y a Gabriel? No, claro. Marta fue siempre muy despegada, Edu, si no, acuérdate del día de su boda. ¿Y los abuelos? ¿Estaban los abuelos cuando...? No me acuerdo, no quiero acordarme, Elsa, porque tengo que volver. Pero regresarás, ¿no es cierto que regresarás? Tenemos que impedir que esa avenida avance, he fingido olvidar el asunto, pero no puedo, tenemos que hacer lo que sea para impedir esa obra. Yo conozco al hijo del alcalde, Efrén... Venía cuando hacíamos esas fiestas en el jardín. Y el río... desviar el río... eso no es natural, pero son capaces de todo, por eso tengo miedo cuando miro y veo esos cascotes blancos, esos hombres que vienen a medir el terreno, esos postes que se acercan, se acercan...

Se acercan, me hablan, se acercan, les miro, digo una frase cualquiera, los observo y no los reconozco, o no me reconozco entre ellos, dejo pues de mirarlos, abro mi cartera y repaso una traducción donde hay una falta no sé dónde y que tengo que encontrar antes de dársela a Cristina para que la pase a máquina. Desisto, no sé dónde está la falta, a lo mejor no la hay, volveré a leer la traducción en el hotel. Es necesario que lea muchas veces mis traducciones, pues a menudo se me escapan cosas que no tienen nada que ver con el reglamento interior, ni con el programa de trabajo, ni con el punto seis o siete del orden del día. Me distraigo, ahora me distraigo más que cuando llegué a Ginebra, hace años, cuando a Claire la llamaba madame Page y yo estaba tan solo, tan perdido en una ciudad que me parecía la más fría y hermética que pudiera existir. Después, a raíz de la materialización de una de mis distracciones en un documento que fue a parar a sus manos, ella me pidió que la llamase Claire, como si el nombre de su marido no debiera contar entre nosotros.

Madame Page entró en mi despacho cuando yo llevaba solamente unos días trabajando en la Organización, y recuerdo que su presencia me produjo una sensación ambigua como de algo roto. Se presentó ella misma, me pidió un diccionario y se quedó inclinada sobre una página, mientras yo miraba su perfil. La vivacidad y juventud de la secretaria habían quedado súbitamente eclipsadas. Madame Page comentó algo sobre la dificultad de los verbos españoles, pero en un castellano perfecto y sin acento. Después, cerró el diccionario, me sonrió levemente y se marchó dejando tras sí un perfume caro y un viento curiosamente fresco en aquel despacho cargado de humo de cigarrillos.

—Oh, qué clase tiene —exclamó entonces la secretaria, y luego, como con rabia, añadió—: Claro, con su dinero una se puede comprar una docena de pelucas y estrenar un modelito cada semana...

Luego me enteré de que su marido, Serge Page, era alguien muy rico e importante, pero que estaba paralítico, lo que evidentemente dibujaba en el rostro de su mujer esa especie de sonrisa resignada, más bien triste, que la hacía tan atractiva, y según Cristina, tan ridícula.

Al principio, era una sonrisa tranquila, una expresión dulce, pero poco a poco, en mis consultas de textos jurídicos con la exquisita, la elegante madame Page, fue una expresión atormentada lo que su rostro maquillado dejaba traslucir. Se la veía recorrer los pasillos, algo inquieta, como si buscara documentos que no existían más que en su imaginación, y yo aspiraba siempre, casi tragaba, ese eco de insatisfacción y tristeza que la seguía a todas partes. Rara vez llevaba el mismo vestido, el mismo peinado (la misma peluca, decía mi secretaria). Era evidente que trataba de llamar la atención. Yo, sin embargo, nunca le hice el cumplido que ella buscaba, que necesitaba, en realidad, pues como decía Cristina no le debía resultar muy divertido estar casada con un hombre acabado.

Por eso a Claire le gustaban los cocteles, las asambleas y los viajes. Eran ocasiones para olvidar, para salir de sí misma. Como su trabajo. Instrumento imprescindible de la Secretaría, era además sumamente eficaz para las relaciones públicas, y en su villa de Genthod, junto al lago, organizaba reuniones y fiestas que siempre eran un éxito.

Fue en una de aquellas reuniones cuando empezó a ocurrir algo entre nosotros, en realidad, hasta estos días de la asamblea, lo único que había ocurrido. Claire me presentó a Serge, con el que estuve hablando unos minutos, yo algo contraído, pensando en otras cosas, y, como siempre, añorando el momento de encontrarme solo. Pero tuve que mirarle a los ojos y esforzarme en buscar temas de conversación. Me di cuenta entonces de que Serge tenía el aspecto de una persona que ha sido vaciada de su sangre. Algo pasivo, patético. Se sometía y se resignaba a una fuerza contra la que no podía luchar. Dejé de mirarle y pensé en las noches solitarias de Claire, insomne, atenta a todas las llamadas. Después, sentí que me hundía: papá también estaba amarrado a una silla y, cuando quería algo, golpeaba el suelo con su bastón, una, dos, tres veces, mientras Elsa y yo conteníamos el aliento y mirábamos hacia arriba... Tal vez papá murió porque aquella vez no le oímos...

—Creo que mi mujer le está llamando... —la voz de Serge me asustó y él me miró con cierta extrañeza—. Querrá enseñarle el jardín.

Me disculpé y fui a reunirme con madame Page, que animada por dos o tres whiskies me pidió entonces que no volviera a llamarla así. "Ya nos conocemos bastante—añadió—. Sí, cada uno se retrata hasta en los documentos que traduce."

Debí ponerme pálido o rojo, pues Claire me miró, rió alegremente y se cogió de mi brazo.

—¿Te gusta la villa? —me preguntó—. Pertenecía a los padres de Serge, pero yo he hecho algunas modificaciones. Cambié la disposición del jardín, que era demasiado geométrico...

Había también una pequeña playa privada, con algunas barcas descansando sobre la grava.

—En verano, el agua del lago está bastante agradable para nadar. ¿Te gusta pasear en barca?

Claire se sentó en una de las barcas y se puso a tirar pequeñas piedras al agua. De vez en cuando saboreaba su whisky y seguía hablando, indolente, sin preocuparse de sus demás invitados.

—¿Sabías que el lago Leman es el más profundo de Europa? Te confieso que esto me produce miedo. A veces sueño que me encuentro en el fondo del lago, con toda esa masa de agua sobre mí, y que, sin embargo, no estoy muerta...

Me senté a su lado y la miré. De pronto, Claire tenía algo de oscuro, de agitado. La barca se movió ligeramente y el vaso cayó contra la grava. Ella observó el líquido derramado con una expresión de desaliento. Era la clase de mujer que sin alcohol ni tabaco se encuentra perdida.

—Iré a buscarte provisiones —le dije—. ¿O prefieres que entremos?

Ella negó con la cabeza. Regresé con dos vasos llenos hasta el borde, le di uno y le encendí un cigarrillo.

—Se está bien aquí —dijo—, y me alegro mucho de que estés a mi lado, de que hayas aceptado venir.

—¿Por qué?

Claire se desconcertó y no supo qué responder. Claire, después lo comprobaría, no comprendía la brusquedad, la aspereza, lo directo. Claire estaba tan acostumbrada a flotar en su mundo, en su comedia, a que los demás se adaptasen a su modo de ser, que ese ¿por qué? que yo le había lanzado inocentemente le había hecho encontrarse perdida y algo ridícula, pero también era lo suyo dominarse, pues sonrió, se acarició el pelo y dijo:

—Me gusta estar rodeada de gente, de amigos. No pensar en mí misma...

—Es totalmente inútil pretender no pensar en uno mismo —repliqué.

Claire bebía y fumaba con una exasperación que ya se

32

reflejaba en sus ojos, cuando me miraba, decidida a romperse, a entregarse, y una lágrima resbaló por su mejilla, una lágrima gruesa y transparente, impregnada del color de su maquillaje. Sin embargo, su voz seguía siendo tranquila:

—No tenías por qué haber venido si no te apetecía. Pero te has dicho a ti mismo: bien, conviene que haga un poco de vida social, sacrificarme de vez en cuando. Te he observado... Oh, perdóname, no sé si decírtelo...

Me volví hacia ella:

—¿Decirme el qué?

—Pues bien: una vez necesitaba una traducción y fui a buscarla a tu despacho. No estabas. Recuerdo el título: "Reglamento Interior del Comité Ejecutivo". Encontré la traducción y la dejé sobre mi mesa. Poco después, comencé a leer, y el texto trataba, naturalmente, del reglamento interior, pero sólo unas treinta líneas. Después... la traducción se interrumpía, y me encontré ante una especie de relato extrañísimo, tal vez tu propio reglamento interior. No te oculto que me interesó más que la traducción que buscaba. Hablabas de tu casa. De una casa mágica que querías... ¿cómo se dice? reconquistar, eso, reconquistar, recuperar. Fuera como fuera. A uñas y dientes. Es más, a cañonazos... Y hablabas de una persona llamada Elsa, de una habitación donde te gustaba refugiarte, de las cocinas oscuras, de una casa de prostitución, hace ya mucho tiempo, cuando eras niño y te escapabas a mirar por las rendijas de las ventanas...

Me fui apartando de Claire hasta cesar de oírla, me apoyé contra un árbol y me dejé sacudir por un sentimiento de vergüenza, de rabia y hasta de miedo. Debí parecer de repente un niño descubierto en una mala faena, porque Claire sonrió, se acercó a mí y me apartó, con un gesto algo maternal, una mecha de cabellos que me caía sobre la frente.

—Te pido perdón por haber leído tu relato, pero no pude evitarlo. Me interesaba demasiado. Comprendí entonces que tú... vivías en otro mundo, que el de la Organización no te importaba nada.

Conseguí dominar mi rabia y aspiré el aire algo fresco que soplaba a través del lago. Intenté dar forma a una respuesta ambigua:

—No tienes por qué pedirme perdón. Probablemente me cansé de traducir y me puse a imaginar un relato.

Pero Claire sabía que ese relato era cierto.

—En efecto —añadí—, la Organización y su futuro no me interesan. Puede que mis traducciones sean buenas, pero me importa poco de lo que traten. Todo lo que no me afecta personalmente me da igual, ¿comprendes? Si tu querida Organización internacional se hunde, me quedaría tan tranquilo. Solamente trabajo por el dinero y por dar a mi hijo un punto de partida que no tendría si le hiciera volver conmigo a la casa.

Claire me miraba fijamente, esperando algo más, aún más, como si aquello que me había arrancado no fuera bastante. Por primera vez, experimenté un sentimiento de desprecio contra Claire.

—¿Y tú, por qué trabajas? —le pregunté—. ¿Necesitas depender de un sueldo?

Ella bajó la cabeza.

—Tal vez porque soy una pobre mujer insatisfecha que de ninguna manera está resignada con su suerte.

Su insinuación quedó flotando, indecisa. Podía besarla, pensé. Atraerla contra mi pecho y acariciar su cabeza. Entregarnos el uno al otro, consolarnos. Pero no ocurrió nada.

—Debo reunirme con los demás —dijo.

En el camino hacia la casa, Claire compuso su cara a fuerza de voluntad, se apartó de mi lado y se introdujo limpia, impecablemente, en el grupo formado en torno a su marido. Cuando me despedí de ella, le dije:

—Gracias, madame, hasta el próximo lunes... En la oficina.

En la oficina, los días crecían y se destruían tras las grandes ventanas. Vacíos, iguales. A veces, si no había trabajo, salía y caminaba hacia la OMS, o hacia el BIT, o me paseaba por los jardines de la ONU. Las siglas de las organizaciones internacionales me hacían reír. Me parecían abstracciones, diosas incomprensibles de un mundo de ideas.

Claire no se dejaba ver después de la última reunión en su casa. Había telefoneado para decir que estaba enferma. Un sábado compré un ramo de rosas, las dejé en el coche y el domingo decidí ir para ofrecérselas. Pero me detuve junto a la verja, caminé hacia el borde del lago. No me decidía a entrar. Soplaba la "bise" y hacía un frío insoportable. Tiré las rosas en el embarcadero de Genthod y regresé a casa. Poco después, llegó Toy y me dijo que había visto el coche mal aparcado, en un sitio prohibido y con un nuevo arañazo.

Cuando salí del Ministerio, a mediodía, hacía un calor seco bajo el cielo despejado, un cielo duro como una superficie de acero. Por la noche, helaría. Un taxi me dejó en el centro de Ankara. Caminé por el bulevar de Ataturk, tomé algo en una cafetería y me adentré en la ciudad vieja. Distraído, me perdí en un laberinto de callejas miserables. Había tiendas de cosas usadas, con mujeres sentadas en el umbral, arrebujadas en vestidos negros e informes, pasivas y algo siniestras. Por un momento, me creí en las galerías polvorientas de la casa, con sus cuartos atestados de trastos inútiles y esas monjas que no había llegado a conocer, pero cuya presencia imaginaba claramente. La visión de una mezquita me reintegró a la realidad, y tuve la sensación desagradable de encontrarme desterrado. Desemboqué en una calle ancha que descendía hasta terminar bruscamente en un descampado para recomenzar más allá, al borde de una colina poblada de casas bajas y coronada por los minaretes de mezquitas sin interés. Una multitud exclusivamente masculina se arremolinaba en torno a los puestos. Según la costumbre, los hombres iban cogidos de la mano, de modo que a veces me tenía que apartar para no tropezar con ellos. Alguien me seguía, sin duda, pero cada vez que miraba hacia atrás no reparaba en nadie en particular. Sin embargo, mi instinto no me engañó: un hombre mugriento y oscuro me cogió del brazo y, al llegar a una esquina, me enseñó disimuladamente una especie de pasta marrón, machacada y brillante. "¿Le interesa por cuatro dólares?", me preguntó en inglés. Comprendí que era hachís... Por un instante, su sonrisa cínica y amarilla me hipnotizó. Me guardé la pastilla y le pagué en libras turcas. Su sonrisa me persiguió hasta el bulevar, como detenida en el aire, flotante, símbolo de un ensueño podrido. Hacía ya muchos años, para divertirnos, Elsa y yo fumábamos una mezcla de tabaco, té y aspirina que terminaba por sofocarnos y levantarnos un terrible dolor de cabeza. Elsa. Pensé comprarle algo, y de un tienda de souvenirs salí cargado con un gran paquete que llevé a la oficina de correos. Luego, llamé un taxi y me hice conducir al hotel. Creo que me dormí, o que empecé a soñar, tendido en la cama, las manos bajo la nuca. Elsa recibiría el paquete, miraría los objetos, los acariciaría e iría a ponerlos sobre los muebles, en la habitación, en la sala, en su dormitorio, entre las muñecas. Desde cada ciudad que visitaba le enviaba cosas. Después, juntos, lo miraríamos todo, yo le contaría... Sí, teníamos mucho tiempo por delante. Ahora, ella estaría en casa de la Vilma, sorda a los rumores que corriesen acerca de la destrucción de las obras de la avenida. ¿Y Toy? Volví a ver sus ojos inquisitivos, observándonos desde la escalera. Si alguien nos hubiera visto por el río, creerían que era Toy quien iba con Elsa, porque yo no había dejado una sola huella, nada...

El teléfono me despertó de mis ensueños, me asustó casi. Era Claire. Su voz me invadió en una agradable sensación de calma:

—Perdona por lo que ha ocurrido —me decía—, pero no pude desprenderme ni un momento. Me arrastraron, me obligaron a almorzar con ellos, y estuve junto a un delegado de un país negro que hablaba un inglés espantoso... Ah, no importa que no hayas asistido a la sesión de esta tarde. Te has dormido, ¿no? En fin, tal vez sea mejor esta noche. Hay un coctel en el Museo Hitita. Va a ser interesante picotear cosas sobre las tumbas...

Y Claire me convenció para asistir al coctel que el Gobierno había organizado en el Museo Hitita, "para picotear cosas sobre las tumbas". Hubo, además, un concierto de arpa, y el Presidente, el Secretario General, los delegados, la fauna de la Secretaría, todos, parecían encontrarse en su ambiente, profanando las tumbas y lanzando miradas indiferentes sobre los oscuros relieves mientras devoraban y bebían sin parar. Apoyado contra una columna, me encontré otra vez solo, separado de Claire, y me divertí pensando en la escena que tendría lugar si cada asistente se entregara a hacer lo que le viniese en gana: estirarse, orinar contra una estatua, tocarse, gritar, desatarse en su autenticidad. La cabeza rubia de Claire flotaba como una flor desprendida de su tallo. Pude ver su vestido negro y su collar de brillantes, su perfil inclinado sobre un vaso, como si quisiera sentir el frescor del cristal. Yo me ahogaba entre el humo de los cigarrillos y el rumor de las conversaciones, consciente, sin embargo, de que la puerta estaba solamente a unos metros y que si quería podía salir y aspirar el aire frío de la meseta. ¿Qué me unía a Claire? ¿El amor? ¿El deseo? Yo sabía que no la quería y no estaba seguro de desearla. La atracción que ejercía en mí era algo que todavía no había averiguado. O tal vez sí. Era que ella sabía. Claire sabía. ¿Era temor, entonces? En cierto sentido, Claire estaba salpicada por el polvo de la casa. Ella había visto ese polvo sobre mi cabeza, sobre mi cara, bajo mis pies. Tuve un escalofrío de terror. Quizá hubo víctimas. Recreé mentalmente el trazado de la avenida, el antiguo cauce del río. No recordaba si había alguna casa, alguna choza...

—Ça va...?

—Si quiere venir con nosotras...

Era el grupo de las secretarias: Cristina, Jacqueline, Brenda... que pasaban en aquel momento, como una bandada de gaviotas chilladoras, ruidosas, y que afortunadamente se alejaron sin esperar una respuesta. Sin embargo, pude oír el comentario de una de ellas, no muy lejos de mí todavía, un comentario cuyo tono compasivo me hizo sonreír:

—Ya ves, tiene un hijo del que se tiene que hacer cargo. Sí, aunque parezca tan joven, tiene un hijo que debe andar por los diecisiete años. Que sí, te lo aseguro...

Bebí un trago, tiré mi cigarrillo dentro de un ánfora y me acerqué a la puerta. Claire me alcanzó cuando ya salía.

—Estoy harta —exclamó—. Me acaparan, me persiguen...

—Eso es lo que te gusta —le contesté tranquilamente—. Por otra parte, ¿por qué te ocupas de mí? Yo estoy bien... Sólo que quiero dormir.

—¿Te importa si me voy contigo?

—No vas a causar buen efecto.

—Me da igual.

No le daba igual, sin duda, pero tal vez yo le importase más, aunque en el momento de salir, de escaparnos, casi, estoy seguro de que Claire sintió sobre su nuca el alfilerazo de las miradas de hasta los espíritus que habitaban las tumbas hititas.

Caminamos hacia el hotel. Claire se subía el cuello de su abrigo, tiritaba, mientras yo la sentía junto a mí como algo muy frágil, muy delicado, pero a la vez consistente como el acero. Y volvía a repetirme que ella sabía, que ella se había dado cuenta de mi ausencia el fin de semana anterior, y temía que me dijera de un momento a otro: ¿Por qué me has mentido? También recordaría aquel maldito documento cuya traducción se convertía en un relato personal, en el que yo hablaba de defender la casa no sólo a uñas y dientes, sino también a cañonazos si fuera necesario. Después, pudiera ser que hubiera habido víctimas y que el suceso apareciera en todos los periódicos del mundo.

—¿Qué tienes? ¿Es el frío?

—He bebido mucho.

Claire me advirtió tenso y reconcentrado y no dijo nada más. En el hotel, pedimos las llaves y entramos en el ascensor. Para Claire había un ramo de flores y una tarjeta que no se molestó en abrir. Ella tenía su habitación en el segundo, y yo en el tercero. ¿Iba a acompañarla hasta la puerta, entrar con ella...? Mientras miraba sus flores decidí que no la acompañaría, y Claire me dirigió una sonrisa muy desamparada para desearme buenas noches.

Siguieron unos días enteramente cubiertos por el trabajo. Días de mal humor, de carreras nerviosas por los pasillos del Ministerio, de cóleras del Secretario General. Yo tenía la impresión de haberme convertido en un ordenador. Las traducciones parecían salir de la máquina de escribir por sí mismas, y Cristina me las arrebataba para hacer las copias. A veces, me detenía y miraba por la ventana: un paisaje seco, con el minarete de una mezquita al fondo. Volvía a sentir la conocida sensación de destierro. La mesa estaba abarrotada de documentos, folletos, rotuladores. La cartera, caída en el suelo, había dejado esparcido todo lo que contenía. Plutki, que trabajaba en un despacho vecino al mío, suspiraba de vez en cuando. Como no escribía a máquina, las traducciones se le amontonaban. Claire entró cuando me encontraba en plena efervescencia, mascullando ante la inutilidad absoluta de lo que estaba traduciendo, y al principio no entendí lo que quería.

—Tu billete de avión —repitió creo que por cuarta vez—. Soy yo quien va a encargarse de cerrarlo.

—Tómalo tú misma —le dije—. Está en la cartera.

Claire musitó algo, quizá herida en su exquisitez por tener que inclinarse sobre la cartera y buscar ella misma el billete de avión. Noté que no era su día. Sin duda, Claire comenzaba a cansarse de la asamblea, del país, de la comida que no podía soportar, de los lavabos sucios del Ministerio, de todo, pues oí que murmuraba: "Aquí nada funciona, todo se improvisa, veremos el resultado de todo esto…"

Al fin, se marchó con el billete de avión, pero poco después estaba de regreso, agitándolo ante mí.

—Este billete no es válido —decía—. Este billete está usado, tiene la fecha del jueves y lunes pasados, y su trayecto es Ankara-Roma-Madrid, ida y vuelta. Ahora veo por qué desapareciste... En fin, no comprendo nada.

Mis dedos se quedaron quietos sobre el teclado de la máquina, pero me dominé y volví a escribir, mientras decía:

—Escucha, Claire, tengo mucho trabajo. Busca tú misma el otro billete en la cartera y déjame en paz.

—¿Te lo cierro para Ginebra o para Madrid? —preguntó, sarcástica—. Salimos el martes.

—Para Ginebra —contesté, siempre sin mirarla.

—Ah, también te comunico que este fin de semana hay una excursión a Capadocia. ¿Quieres que te apunte?

Asentí con la cabeza, sin pensar un momento en si iría o no a Capadocia. Lo único que deseaba era terminar las traducciones y salir a dar una vuelta. Cuando Claire se marchó, decididamente ofendida, me di cuenta de que no tenía nada más que hacer, de que todo estaba terminado. Mientras ordenaba los documentos, el temor se instalaba en mí y crecía como un cáncer.

Levanté los ojos y vi a Plutki frente a mí, pálido y esquelético como un cadáver, descompuesto, deshecho, pidiéndome ayuda: no avanzaba nada, decía. ¿Creía yo que le iban a echar, que el Secretario General le pondría en la puerta...? Si yo pudiera al menos hacerle la traducción más urgente a la máquina... Ya, el inglés no era mi idioma, pero él lo revisaría, y... Seguí mirándole. Era una ruina, una inmensa ruina que se desmoronaba, se desintegraba, se convertía en polvo.

—Haré lo que pueda —le dije—. Eso me evitará pensar en otras cosas.

Yo era demasiado amable, me decía Plutki. Yo era un ángel... Su salvación. La salvación de las ruinas...

Horas después, Plutki devoraba pastelillos en la recepción de turno. Cuando terminaba con el plato iba a por otro. No bebía ni fumaba. Sólo comía, como una carcoma, igual. Yo, en cambio, no podía tragar nada sólido.

—¿Se encuentra mal? Ah, hoy ha sido un día terrible.

—Sí, es eso.

Algunas de las secretarias parecían esforzarse en agotar sus conquistas. Rotas por el trabajo, conseguían aún pasar una noche de amor y recomenzar al día siguiente, con ojeras inmensas y manos como hojas secas sobre las máquinas de escribir. Todo lo cual criticaba Cristina, que ahora se esforzaba en hacerme creer que ella descansaba por las noches.

—Por eso le digo, yo ahora mismo me voy al hotel, y... Oh, ya veo que no me escucha. Está pendiente de madame Page...

Madame Page, los cocteles, la asamblea, las traducciones, Plutki... Huir de todo eso de una vez. ¿Dónde había metido la pastilla de hachís que me vendió aquel tipo? Los labios de Cristina seguían moviéndose. Me estaba recordando que al día siguiente salíamos de excursión a Capadocia.

A la mañana siguiente, avancé hacia el autobús, pero me detuve ante la puerta y no subí. Los que ya estaban dentro comenzaron a hacerme gestos para que me apresurara. Experimenté un malestar inexplicable y retrocedí un paso. Tropecé con Claire.

Nos miramos un momento, como sorprendidos. Yo debía tener una expresión de terror, porque ella había abierto unos ojos muy grandes y me preguntaba en un susurro si me encontraba mal. Improvisadamente, me sentí atraído hacia ella. La habría estrechado entre mis brazos, como para protegerme y protegerla, para hacerla mi cómplice. Creo que la decisión de no subir al autobús fue simultánea, pero Claire tomó la iniciativa para decir al conductor:

—Pueden salir sin nosotros.

Claire estaba en la terraza de mi habitación del hotel, aspirando el aire de la mañana como si quisiera disipar un mal sueño. Yo la miraba, semidormido aún, los ojos entreabiertos, y Claire parecía hacerse etérea, confundirse en el aire. Recordé su cara cansada de la noche, cuando se quitó el maquillaje: el pliegue junto a la boca, la redecilla de arrugas bajo los ojos, el cuello que comenzaba a perder consistencia, detalles que ella sabía muy bien disimular, pero que a mí me causaban un sentimiento de ternura, casi de piedad, casi de amor. Encendí un cigarrillo medio consumido y tragué el humo profundamente. Pensé que quizá Claire estaba en la terraza para huir de ese olor dulzón y picante del cigarrillo. Después, sentí sus manos sobre mi cabeza, dulces, frías, tranquilizantes, de modo que me dormí unos minutos y soñé con la casa, que estaba en la casa. Jugaba con Elsa al rompecabezas. "¿Qué ves aquí, Elsa?" "Una noche negra, con puntos rojos, luces amarillas." "¿Y tú, Edu, qué ves aquí?" "Una catedral en la que me he perdido, las alas de los ángeles llenas de polvo. Mira las columnas, se confunden en la altura, se llenan de estrellas." "¿Y esto qué es, Elsa?" "Ah, Edu, es una cara, una cara muy difícil, me da risa, parece la señorita Eloísa. Tenemos que pasar el examen de literatura. Parece que la señorita Eloísa se ha puesto en plan serio."

43

Era también por la mañana, y desde la cocina llegaba el olor del pan recién hecho que Paca acababa de traer. Después de desayunar, Elsa y yo nos sentamos ante la mesa grande de la habitación y dibujamos mapas, escribimos el ejercicio de redacción y miramos nuestros cuadernos: listas de personas seguidas de notas, de marcas positivas o negativas. El nombre de la señorita Eloísa aparecía marcado con una cruz.

Eloísa había estado en casa hacía unos días, había preguntado por papá, y, como éste estaba enfermo, Paca la envió al despacho de tía Elvira, de donde salió después de una buena media hora, con una sonrisa bailándole en la cara gris. Tía Elvira la acompañó a la puerta, más alta y poderosa que ella, como anulándola, pero también con una sonrisa, una sonrisa postiza que dulcificaba un tanto su aspecto habitual. Esa sonrisa desapareció cuando la puerta se cerró detrás de la profesora, y tía Elvira pareció ponerse a pensar en otras cosas. Pero Elsa no la dejó y la siguió a su despacho.

—¿Sabes lo que quiere nuestra profesora de literatura? Una sala para clases, aquí en la casa. Piensa organizar una escuela nocturna. Clases para enseñar a leer a los obreros. ¿Qué te parece? Elvira ha dicho que sí, que cómo no, que a esta casa le sobran habitaciones, pasillos, celdas, patios...

Por eso habíamos puesto una cruz junto al nombre de Eloísa, que cuando tuvo al fin su sala, con bancos, pūpitres, una pizarra, una mesa para ella, regresó para deshacerse en agradecimientos ante tía Elvira, que volvió a acompañarla a la puerta, deseándole mucho éxito y con la misma sonrisa que desaparecía cuando la otra se marchaba, menuda y parda, con un trotecillo alegre sobre la grava del jardín, su gran bolso, su peinado recogido, su ñoñería de solterona que jamás había conocido un hombre, pero, sin embargo, una enemiga en potencia para nosotros, porque había comenzado a tomar la casa, se había introducido en ella como un microbio, como un cáncer que iría creciendo, pues, "verás. Edu —me dijo después Elsa—, no pasará mucho tiempo para que decida ampliar su escuela nocturna, querrá más salas, más patios, vendrá a ver a Elvira, con nuevos proyectos. ¿Y qué puede hacer papá, enfermo como está?"

La ciudad consideraba aquella casa como una propiedad pública, un parque o algo así. Allí había existido un convento, y, como contraste, un prostíbulo; los gitanos acampaban en sus cercanías y se instalaban en las antiguas celdas de las monjas cuando hacía frío; durante la guerra civil se había convertido en una especie de cuartel, y en fin, ahora parecía llamada a la cultura, a hacerse un centro de lucha contra el analfabetismo.

—¿Te das cuenta, Edu? Va a llegar un día en que nos echarán de aquí...

Nos imaginábamos sufrir una presión, un empuje. Nuestro espacio vital se limitaba, las paredes encogían, y Elsa y yo moríamos asfixiados. Sin embargo, la próxima vez que la señorita Eloísa se presentó en casa no fue para una proposición de ocupación, sino de desocupación. En efecto, ella no se había percatado de que una construcción unida a la parte posterior de la casa, como una excrecencia innoble, era un prostíbulo regido por "una mujer abominable" a la que llamaban la Salomé. Tía Elvira la escuchó en silencio, ya un poco harta, porque la tal Salomé nos pagaba un buen alquiler por su negocio, y le contestó que no se preocupase, que ella estaba bien enterada de que pronto se promulgaría una ley que prohibiría las casas de prostitución. Las prostitutas se irían, pues, de la trasera. Yo me las imaginé salir volando, como mariposas de alas cansadas, posarse aquí y allá, en las esquinas, en los bares. Pero la señorita Eloísa, roja en lugar de gris, el pecho plano jadeante, proclamó que le había caído encima una nueva responsabilidad. ¿Quién sabía si sus alumnos, al salir de la escuela, iban a visitar a esas arpías, aprovechándose de la proximidad...? Elsa y yo nos reímos mucho de la señorita Eloísa, de su integridad ofendida y de ese resquemor que ya sentía hacia nosotros, resquemor que tenía sus raíces en toda la ciudad y que ella comenzaba a captar poco a poco. No nos reímos, en cambio, el día que volvió para hablar de un proyecto de ampliación de la escuela, una obra social para huérfanos, nuevas instalaciones, porque oímos decir a tía Elvira que lo mejor sería vender la casa, que de todos modos estaba ya "condenada". Fue entonces cuando hablamos del asunto con papá, con los abuelos, con Marta, pero papá apenas comprendía nada, porque sólo vivía en su enfermedad, los abuelos se limitaron a decir que Elvira estaba un poco chiflada y que no había que hacerle mucho caso, y en cuanto a Marta, que se iba a casar pronto, ni la casa ni lo que ella encerraba le importaba lo más mínimo.

Encerrados en la habitación, Elsa y yo pasamos una tarde haciendo proyectos, mascullando venganzas, alejados de aquella familia nuestra que era como una ruina en la que sólo nosotros teníamos la fuerza y la nitidez del cuarzo para continuar siendo reyes de un mundo que deseábamos reconstruir a modo de fortaleza, frente a la ciudad, frente al mundo. "Esa Eloísa —murmuraba Elsa—, esa beata, esa rata, nos la va a pagar, se va a tragar sus proyectos..." Y de pronto, la idea de destruirla, de aniquilarla, comenzó a producirnos una alegría feroz. Se trataba de adueñarnos de su persona, de aterrorizarla hasta obligarla a marcharse. Nos encontrábamos sumidos en la oscuridad y el silencio de la habitación, aliados en un mundo interno, de sombras, que nadie absolutamente podía comprender. La figura de la señorita Eloísa se alzaba frente a nosotros, con sus ropas pardas y largas, su cara gris, su pelo estirado, y Elsa y yo trepábamos por sus piernas, nos ocultábamos en sus vestidos y nos introducíamos en ella, en su alma, para conocerla hasta el punto de que llegara un momento en que supiera que nosotros sabíamos, que nosotros éramos sus dueños y que si quería salvarse no le quedaría otro remedio que huir.

Comenzamos por hacer que tía Elvira nos hablara de ella:

—Pobre, esa mujer me da pena —dijo tía Elvira—. Por eso he querido ayudarla. En su caso, sola, sin atractivo alguno, sin familia, se necesitan ideales para poder vivir, ¿comprendéis? Confieso que a veces me cansa, con sus visitas, con sus proyectos y hasta con sus historias personales.

—¿Qué historias? —preguntó Elsa, porque tía Elvira había terminado de hablar como si el asunto no tuviera otra importancia.

—Por lo visto, escribe un diario. Dice que, desde su adolescencia, está acostumbrada a anotar sus impresiones, y que eso le ayuda mucho, pues cuando termina sus clases y se encierra en su habitación es verdaderamente feliz con sus cuadernos, sus apuntes, sus libros... Ah, es curioso, ¿y qué tal es como profesora en el Instituto? A vosotros os ha puesto siempre buenas notas, ¿no? Y ahora me imagino que tendréis el sobresaliente seguro...

—No comprendo ese interés por ayudarla —repliqué yo, hosco—. Esta casa es nuestra.

Tía Elvira encendió un cigarrillo y nos miró con cierto desprecio.

—Claro, a vuestra edad, ¿qué vais a comprender? —contestó—. De todos modos, meteros esto en la cabeza: yo soy la única que se ocupa de los bienes de vuestro padre y necesito tener buena prensa en la ciudad.

Bien, que tía Elvira cumpliese su misión, que nosotros nos encargaríamos de la nuestra. Elsa me hizo una seña con el pie y dijo que, en efecto, los ideales de la señorita Eloísa eran muy valiosos y que incluso ella misma se ofrecía a ayudarla. Por ejemplo, en la escuela nocturna, pues sin duda, la pobre, habría veces que se encontraría perdida entre los obreros a los que enseñaba a leer.

—¿No es cierto, Elvira?

—¿No es cierto, Claire? Desde aquella época comencé a defender mi paraíso. Por eso he vuelto. Por eso te has guardado ese billete de avión sobre el que no te atreves a insistir. No, no me sonrías con ese aire protector, maternal, porque estoy tan lejos de ti como lo estaba antes de conocerte. Y esta cama en la que hemos hecho el amor, esta habitación, tú misma, no tienen nada que ver conmigo, nada, de modo que cuando me considero en este marco, cuando me veo en una ciudad que no conozco, en una asamblea para la que trabajo como un robot, entonces tengo que evadirme como sea, para no vaciarme, no desintegrarme...

Pero Claire había hecho desaparecer la droga.

—No vuelvas a fumar eso —me decía—. Es cosa de débiles...

Abrí los ojos.

—No lo necesito —le dije—. En realidad, no lo necesito.

—¿Entonces...?

Luché por despertarme de una vez.

—Por lo menos, tú deberías haber ido a la excursión. Al Secretario General no le gustarán los rumores que

48

empiezan a correr sobre nosotros, especialmente sobre ti, su asistente. En cuanto a mí, je m'en fous...

—Yo también.

—No, es diferente. A ti te va todo esto. Tú formas parte de... la comedia. Tú eres una señora casada, muy distinguida...

—No empieces.

—Es la verdad.

—Se habla tanto de la verdad —musitó ella tristemente—. Y bien, ¿cuál es la verdad? ¿Que te quiero o que tengo que seguir con mi trabajo y con mi marido?

—Eres el tipo de persona que se las arreglaría para tenerlo todo a la vez.

—¿Como puedes...?

Claire bajó la cabeza. Por un momento, me recordó a la Dalia, cuando la Dalia bajaba la cabeza así, ante mis burlas o ante las recriminaciones de Elsa.

—Sé que te vas a ir, lo sé.

Asentí.

—Y que lo dejarás todo, incluso a tu hijo.

Asentí nuevamente.

—Y que si alguien quisiera impedírtelo lo aniquilarías.

Volví a asentir. Ella añadió:

—Pero yo te quiero.

No me quería. Me necesitaba en revancha de sus años de insatisfacción con su marido. Me necesitaba de tal modo que tenía miedo de ello. ¿Cómo me había dejado atrapar? Y, no obstante, sentí que ahora no podría alejarme de ella.

Pasamos el día en el hotel. Claire tenía ganas de llorar, y cuando vino el camarero para servirnos el almuerzo, se escondió en el cuarto de baño. El día fue decreciendo, el sol pasó ante el balcón, hubo un breve incendio rojo y después comenzó a extenderse por la habitación un azul acuoso, cada vez más oscuro, hasta que surgieron las primeras estrellas. Claire dijo algo a propósito del cielo de Ankara. Ella tenía su cabeza sobre mi pecho, y yo pensaba que, de niño, los colores del cielo y del aire tenían otro sentido. Un sentido que debía reconquistar, o al menos volver a comprender.

Sentí que Claire se incorporaba e intentaba mirarme.

—¿En qué piensas, por el amor de Dios? ¿Dónde estás...?

Suavemente, hice recaer su cabeza contra mi pecho.

—Pensaba en los colores. O en el aire, no sé... En cómo vencer el desgaste de las sensaciones...

Pero ella se echó sobre mí y me cerró la boca con sus labios. No, no era yo quien huía hacia atrás en el tiempo, era el tiempo el que volvía a mí, sin que yo hiciera nada por buscarlo ni por impedirlo, porque siempre que hacía el amor encontraba la cara y el cuerpo de la Dalia, amarrada a la cama, y era esa visión, ese recuerdo, lo que más me excitaba, la Dalia, su cuerpo aún no hecho, como tronchado, su cuerpo de prostituta poseído por los obreros, los soldados, los viajantes de comercio que iban a la trasera, y, sin embargo, el cuerpo de Claire era fino y hermoso y tenía un olor que en nada se parecía a aquel tufo de sudor y perfume barato que la Dalia irradiaba. No, no es, me dije, no es ella, jadeando, gimiendo como si muriese, tengo que saber que no es la Dalia, esta vez no quiero que el tiempo vuelva a atraparme. Claire, tú no tienes nada que ver con esa prostituta apaleada, no te dejes hacer daño, impídeme hacerte daño. Pero Claire, cuando mi cuerpo cayó del suyo, me miró sonriendo, los labios ensangrentados, las mejillas rojas y el pelo desordenado impregnado en sudor. Por un instante, debido a que su sonrisa duraba demasiado, pensé que estaba muerta.

—Claire... —murmuré—. Claire, ¿que te ocurre?

Ella abrió su sonrisa y la sangre comenzó a escurrirle por los labios, pero cuando quise limpiárselos con un pañuelo, me apartó la mano y dijo:

—Deja, deja que la sangre se escape si quiere... Soy tan feliz... ¿Sabes? Tengo la impresión de haberte arrancado de tu mundo, de esa abstracción... ¿Por qué te ríes?

Me reía porque había sucedido todo lo contrario de lo que Claire suponía, pero no quise herirla, no quise que supiera que era mi imaginación la que me había encendido de ese modo. Por otra parte, Claire tenía algo de razón, y mi instinto saciado me hacía encontrarme muy bien junto a ella, tranquilo, casi dichoso, con espléndidos trozos de futuro flotando ante mí: días radiantes como los de la infancia, días en los que todo se hacía por primera vez. El jueves fue el día en que Elsa perdió su muñeca, el domingo fue el día en que registramos los muebles de la abuela. Claire, por su parte, insistía:

—En realidad, Edu, el mundo está en el tiempo, y nadie puede atraparlo, porque hasta ahora sólo podemos viajar por el espacio —y mirándome de un modo muy significativo añadió—: Que es lo que tú haces, en realidad.

Comprendí que aludía a mi fuga de la semana anterior. Ahora, pensé, ella se creería con derecho a saber, a indagar, a averiguar cosas. Mi bienestar de hacía un momento comenzó a dar paso a la inquietud. Me incorporé en la cama y sentí una especie de vértigo. Las aguas del río crecido volvieron a retumbar en mi cabeza. Conseguí dominarme y adopté un tono desenfadado:

—No, yo viajo por el tiempo. Yo puedo decrecer: cumplir treinta, veinte, quince años...

—Ya. Lo tuyo no es la lógica, sino la literatura.

Volví a echarme junto a ella, enredé con las puntas de sus cabellos.

51

—La literatura, sí. La señorita Eloísa, ¿sabes?, me daba siempre sobresaliente. Y terminó mal, la señorita Eloísa. Mal o bien, depende, pues le dimos algo a cambio... ¿Pero para qué voy a hablarte de ella?

—Deberías hablarme de todo, de todo lo que te pasa, de todo lo que te ha pasado. Así tal vez te desintoxicaras, aceptaras el mundo real, el momento en que vives. Como hoy. Como hoy me has aceptado a mí.

Yo junté las manos, subrayando así mis palabras:

—Te acepto, acepto este mundo y te acepto a ti, y pienso que dentro de muchos años añoraré este día que estoy pasando contigo, aquí en este hotel, en esta ciudad, incluso la asamblea...

—¡La asamblea! Para ti no es más que una comedia, la asamblea.

—No soy tan poco considerado. Las asambleas y la Organización me permiten ganarme la vida.

—Y piensas dejar tu trabajo...

—Quiero escribir. Dedicarme a escribir cosas mías, cosas que yo pienso, que yo recreo. Escribir sobre la casa y sobre Elsa, sobre todo...

—Tu manera de escribir será huir del mundo.

—Yo huyo del mundo.

—¿Por qué?

—Porque el mundo no me interesa. No me importa la guerra, ni la política, ni nada. ¿Que quieres? Solamente me interesa lo que pueda afectarme personalmente.

—¿Yo, quizá?

—En la medida en que me afectas, sí. Y a pesar de todo, soy un comediante más. Lo reconozco. Formo parte de una organización cuyo trabajo y cuyo futuro me tienen sin cuidado. Me aprovecho simple y llanamente de ella.

—¿Qué piensa tu hijo?

—Toy no me aprueba, lo sé. No hay más que ver sus

amigos, su manía de mezclarse con los obreros. A él le interesa la política, la guerra, todo eso. Y sé que algún día vendrá a insultarme.

Claire, sentada sobre la cama, todavía desnuda, hacía esfuerzos por comprenderme. ¿Era yo un monstruo o una persona brutalmente sincera?

—¿Te das cuenta, Claire? Me gustaría el mundo si fuera mío. Por eso, porque no puede serlo, no me interesa, y entonces, es mi mundo solamente en el que puedo ser rey.

—Si todos pensaran como tú...

—¡La eterna réplica!

Claire se acaloró, adoptó ademanes de guerrillera:

—No señor, si todos pensaran como tú, el mundo se iría...

—A la mierda. Dilo. Y yo te pregunto a mi vez: ¿y en dónde está? Aprende una cosa: quienes se rebelan contra el tirano terminan por convertirse en tiranos. ¡Buf!, me da asco ver esa gente que lucha porque no tiene nada que perder. Y no me contradigas: tú formas parte de una clase privilegiada. Como yo. Tú lucharías igual que yo por lo que es tuyo. Tú no cederías una planta de tu villa para formar en ella una institución benéfica...

Claire rió con ganas, se abrazó a mí y terminamos rodando por el suelo, mientras yo me preguntaba qué impulso extraño me llevaba a descubrirme poco a poco, hasta poniendo ejemplos parecidos al de la construcción de una avenida que aplastaría mi pobre, mi viejo reino.

Mientras trasteaba en la cocina, Paca cantaba sin parar, unas veces muy alto, otras como murmurando, estrangulando la voz cuando hacía algún esfuerzo violento. Frecuentemente, Paca olvidaba la letra de sus canciones, y ella misma inventaba las palabras, que en ocasiones no tenían sentido, no llenaban por entero la melodía o se salían de ella, como un cuerpo extraño y sin gracia. Brazos escurriendo agua, manos rojizas, frente sudorosa, Paca trabajaba maldiciendo y cantando, y se quedaba como absorta cuando terminaba sus faenas. Con los ojos vacíos, parecía preguntarse: "¿Y qué hago ahora?". Igual que una máquina parada, así era Paca cuando terminaba su trabajo.

No sabía exactamente si me iba adueñando de Claire con mi propia historia o era ella quien se adueñaba de mí. Yo hablaba sin querer, alentado por el alcohol y por la sensación de tranquilidad que Claire me hacía sentir al integrarse en mi mundo. Aquella mañana habíamos llegado con retraso a la sesión de clausura, y, por consiguiente, nos hicimos notar demasiado, justamente después de nuestra ausencia en la excursión. Claire ocupó su puesto en la mesa situada junto a la Presidencia, pero esta vez con un aire ausente, soñador, sin tomar una sola nota y sin siquiera aplaudir al Presidente cuando éste terminó su discurso de despedida y expresó su agradecimiento por haber sido reelegido. De vez en cuando, el Secretario General miraba a Claire, y ella me miraba a mí, mientras que yo procuraba desviar los ojos hacia otro punto. Tampoco yo aplaudí al Presidente, y cuando todos se levantaron me retiré hacia el gran ventanal del fondo y miré distraídamente la banda de música, que atacaba un himno estruendoso. Bien, la representación terminaba. Sentí a Claire junto a mí.

—Vámonos —me dijo—, vámonos antes de que me atrapen. Estoy segura de que se ha dado cuenta de todo.
—¿Quién? —pregunté, aún ensimismado.
—M. Vautel, quién va a ser, el Secretario General...
M. Vautel... William Vautel... El Secretario General dejaba de ser un ente abstracto y se convertía en un posible peligro. Me volví hacia Claire.
—¿Crees que va a decir algo a tu marido?
—No, de ninguna manera, pero puede que te lo diga a ti...
Hice el gesto de que no me importaba e impulsé a Claire por el brazo. Salimos apresuradamente por una puerta lateral y tomamos un taxi. Almorzamos en un restaurante del centro, paseamos por el bulevar y regresamos al hotel. Yo hablaba. Claire, aliada y enemiga, peligrosa y confiada, entraba en ese lejano paréntesis sombrío, en un mundo que viajaba entre ondas y que no cambiaba nunca, pues me llegaba tal como fue, cristalizado para siempre, pero con una puerta abierta para volver a entrar.

Generalmente, Paca encontraba pronto otra ocupación. Coser, repasar la ropa. Entonces, Paca cantaba en murmullos, sin palabras, la lengua rosa entre los dientes, la frente arrugada sobre la misma idea misteriosa. Una vez que la vi inclinada ante una camisa, esperando a que la plancha se calentara, Paca me pareció una esfinge, una diosa primitiva e impasible. Casi sentí terror. Siempre que pienso en Paca me la represento así. Sin edad, las manos cruzadas sobre la plancha, los ojos quietos y ese murmullo de la canción bailándole en los labios...
Había otra criada en la casa, Mauricia, una mujer negra y delgada que se ocupaba de las gallinas. Mauricia se paseaba por el corral, manteniendo en su cara una sonri-

sita algo estúpida y haciendo pi, pi, pi, como un pájaro idiota. A veces, Mauricia hablaba sola o se entregaba a un diálogo imaginario con sus bichos. Por lo general, Paca y Mauricia estaban siempre enfadadas por asuntos domésticos, historias de sartenes o de escobas...

Si me callaba un momento, Claire esperaba, sin hacer un gesto, sin formular una pregunta, y yo, tendido junto a ella, seguía hundiéndome, hundiéndome, hundiéndome.

La familia estaba supeditada a las cosas, a los objetos, a los muebles, a las habitaciones, a las criadas, a los gatos, su esencia se extendía por las paredes y las impregnaba... Así, nuestro padre murió un día en que Elsa y yo jugábamos con el rompecabezas y olvidamos que tía Elvira nos había dejado el papel con el horario de sus medicinas. El rompecabezas era muy antiguo. No sé cómo había llegado a nuestro poder, porque yo siempre lo vi allí. Elsa lo sacó de un mueble, y dijo: "Mira, Edu", y nos pusimos a jugar. Nos tirábamos los cubos el uno al otro. En los cubos, había trozos de casas, de ríos, de árboles, de estrellas, pero, sueltos, formaban cada uno algo misterioso y de ensueño que podía interpretarse de innumerables maneras. Cuarenta cubos, doscientas cuarenta visiones con sus historias correspondientes. Además, la penumbra, la claridad o el sol que penetraba por la ventana de la habitación, creaban alucinaciones que nos llevaban al fondo de nosotros mismos. Y mirando aquellos dibujos incoherentes, Elsa me pedía palabras, y yo le decía: "Piedra, soneto, catedral, noche, tú...", y ella contestaba, y así nos olvidamos de papá, inmóvil en la habitación de arriba.

O quizá no fue por causa del rompecabezas. Puede que

nos quedáramos en las habitaciones de los abuelos para curiosear en sus armarios. Siempre surgían cosas de brillos apagados, fotos, rosarios y dijes que Elsa se llevaba para adornar con ellos sus muñecas.

También pudo ser culpa del asunto de la señorita Eloísa, cuando buscábamos un arma para atacarla y hacer que se marchara y olvidamos todo lo demás. O aquellas fiestas del verano, en el jardín, Elsa bailando descalza, al son de las guitarras y de las palmas de sus compañeros de la escuela de arte...

El caso es que papá murió un día de aquellos. Ni Elsa ni yo le habíamos clavado un cuchillo en el corazón, pero una culpa sombría se extendió sobre nosotros, una culpa que se instaló como un bicho en nuestro cuerpo.

Y esa culpa, todas nuestras culpas, Claire, eran ya nuestra propia esencia, lo que nos fue apartando, dividiéndonos, alejándonos. ¿De qué? No lo sé. Tal vez del mundo de fuera. Elsa y yo éramos criaturas internas y, cuando salíamos, algo había en nosotros que llamaba la atención. Elsa, por ejemplo, no era tan bonita como Marta, no tenía la presencia ni la elegancia de Marta, ni sus cabellos rubios, ni su busto redondo, ni la femineidad de sus caderas. Y, sin embargo, era a Elsa a quien más miraban en la calle. Era Elsa quien más destacaba. Incluso los ojos de Gabriel, ya en vísperas de su boda con Marta, se detenían en Elsa, entre sorprendidos y hechizados. En esos momentos, yo me preguntaba si había algo entre ellos, si a última hora Gabriel iba a cambiar de idea. De todos modos, Elsa no se preocupaba. Elsa me había repetido que no se pensaba casar nunca, y, por otra parte, tampoco era la clase de muchacha a la que un hombre pensara unirse para siempre. Elsa no inspiraba nada estable, nada seguro. Era muy difícil saber cuándo Elsa hablaba en serio o se estaba burlando, y no resultaba sorprendente verla sonreír cuando por dentro le corrían los demonios. Elsa representaba la aventura, no el matrimonio; representaba lo inquietante, lo extraño, la pasión. La mayoría de los muchachos de la ciudad desearían tener una mujer como Marta, una amante como Elsa. Ella lo sabía. Le gustaba escandalizar. En verano, Elsa se ponía un vestido rojo, o violeta, ceñido, como un latigazo, y se iba a pasear sola, se sentaba sobre una piedra y miraba las aguas del río. Lo que más me gustaba de Elsa eran sus ojos claros bajo la sombra de su pelo, las líneas marcadas, exactas, de su silueta delgada, su forma de andar, su risa estruendosa o susurrante, su manera de jurar o de silbar a un perro. La recuerdo espiando mi regreso desde la ventana de su cuarto; vestida, disfrazada con viejos trajes y trapos sacados de los baúles de la abuela; bailando en el jardín como una gitana de las que merodeaban por el río y por la casa. Marta había dicho a Gabriel que si no la sacaba pronto de aquella casa se iría ella misma, tomaría un tren y se marcharía para siempre.

¿Te das cuenta, Claire? Hay muchas clases de mal: el mal de Elsa y mío y el mal de Marta. Tengo que dar muchas vueltas en la cabeza para saber cuál de los dos males mató a papá. A veces, creo llegar a la conclusión de que Elsa y yo somos totalmente inocentes. Papá murió porque tenía que morir, la señorita Eloísa se marchó porque le convino, la crecida del río rompió los diques...

—¿Qué diques? —preguntó Claire.

Dije que era una metáfora, y me apreté mucho contra ella, porque era el último día que nos quedaba y porque quería hacerla muy mía: no temerla, fría y aparte, celosa, dispuesta a descubrirme con sus pruebas.

—Un día me llevarás contigo, y viviremos encerrados, tú y yo..., en un mundo para nosotros solos.

Junto a mis manos, que la acariciaban, la garganta de Claire era tan frágil, su cuerpo tan débil bajo el mío, que hubiese bastado una ligera presión para terminar con ella, disipar la amenaza, escapar de la trampa, pero sin duda sería más prudente dejar resbalar mis manos sobre ese cuerpo y calmar su avidez. Y después, decirle que mis historias de la casa, los relatos que se intercalaban en mis traducciones, no eran otra cosa que el intento de hacer una novela sin fin ni principio.

El taxi que tomé al salir del aeropuerto de Ginebra se detuvo ante un semáforo; delante, el taxi de Claire continuó avanzando hasta perderse en la circulación. Antes de partir, ella me había puesto una mano sobre el hombro: "Gracias por los momentos que has pasado conmigo", me dijo, y no sé por qué me pareció una frase estudiada, premeditada y patética. Me imaginé a Claire entrando en su casa. Besaría castamente a Serge, hablaría de la asamblea, de Ankara, y sentiría una piedad infinita por él, y después, a solas, pensaría en mí y en esos momentos que me agradecía. Para terminar, no podría conciliar el sueño. Recordaría mis relatos, mi fuga de aquel fin de semana, sonreiría a veces y a veces tendría ganas de llorar. Separada de mí, yo sentía a Claire como la huella de una espina, algo que me faltaba y que a la vez desearía no haber tenido. El hecho de que ella supiera, sospechara algo oscuro en mis actos, me ligaba a su vida de una manera dolorosa, porque yo, en realidad, no la quería, no podía incluirla en mi espíritu, y todo lo que había sucedido entre nosotros me intranquilizaba. ¿Por qué le había hablado de la casa? ¿Por qué le había confiado mi capacidad de destruir? Ah, el día en que ella me odiase, pues estaba seguro de que Claire terminaría por odiarme, se levantaría contra mí, jugaría con mis actos y hasta me atacaría. Al igual que la señorita Eloísa, el igual que Marta e incluso al igual que los trabajos desaparecidos de la nueva avenida, Claire se dibujaba en mi espacio mental como un nuevo enemigo.

Hice entrar las maletas en el ascensor, me miré en el espejo y me sonreí a mí mismo. Al fin iba a estar solo. Me emborracharía de soledad. Sembraría mis ropas sobre la moqueta, tomaría un baño, me prepararía una bebida. Olvidaría la asamblea, las conversaciones con Claire, todo. Dejaría que mi mundo se cristalizara en mi mente. Íntegro, inmodificado.

Sin embargo, al entrar en el apartamento advertí la presencia de Toy. Una chaqueta suya, de ante usado, estaba en el perchero. Percibí su olor a juventud, a verdor. No sentí ninguna contrariedad. La presencia de Toy no me inhibía. Abrí la puerta de su dormitorio, mientras me juraba no pedirle explicaciones, no preguntarle nada. No fue tampoco necesario: Toy dormía. Seguía durmiendo diez horas después, cuando a la mañana siguiente salí del baño. Volví a entrar en su cuarto y vi que apenas había cambiado de postura. Sin duda, un largo viaje le había rendido. Dios sabía cuánto tiempo habría tardado en llegar desde la casa, pues debería haber hecho auto-stop. Pensé, estremeciéndome, que esa cabeza dormida contenía la solución de lo que me preocupaba. Él sabía. Y yo tenía miedo de saber lo que Toy

sabía. Miedo de que mi mundo cristalizado se resque-
brajase. Volví a mi cama y encendí un cigarrillo. Desde
la cama, cuando miraba hacia la ventana abierta, me
parecía encontrarme suspendido del cielo. No se veía
un tejado, ni siquiera la montaña del Salève. Estaba lejos de la tierra, de mi tierra y de la tierra que no era
mía, intacto para saltar después a la casa y perderme en
sus corredores, en sus patios vacíos.

Toy entró en mi habitación y se detuvo frente a mí,
esperando una bronca o algo parecido, pero yo no le
dije nada, y entonces me miró profundamente. Esperé,
temblando, lo que iba a decir, pero Toy movió la cabeza y exclamó, simplemente:

—Me aburría...

Y como no le preguntaba nada, continuó:

—Se viaja mejor en avión, ¿no es cierto? He tardado
varios días en llegar. Primero, un tren hasta Madrid.
Luego, otro tren. Después, auto-stop. Caí en la cama
como un fardo y me dormí en seguida. No te sentí
llegar. ¿Qué tal la asamblea?

Pero fue él quien continuó hablando:

—Además, Elsa me animó a venir. Decía que se iba a
vivir una temporada a casa de una amiga suya. Vilma,
me parece. Que la casa estaba húmeda...

—Así, pues, no te gusta estar allí —murmuré, sin encontrar otra cosa que decirle.

Toy hizo un gesto de extrañeza, como si el hecho de que
a alguien le gustara esa casa fuera una barbaridad.

—¿Gustarme? —repitió.

Apreté los dientes. ¿Cómo Toy podía ser hijo mío?
Toy era mi antítesis. A Toy no le gustaba la casa, no
comprendía a Elsa. A pesar de nuestro parecido físico
que pronto nos haría pasar por hermanos, Toy pensaba
en otras cosas. Sin duda, estaba en el comienzo de esa

61

edad idiota de pelos largos, pantalones raídos y viajes en auto-stop. Esta vez sentí rabia contra él y contra su juventud. Él tenía otras cosas en que pensar. Él despreciaba mi mundo, no lo comprendía. Bueno, ¿y qué? Allá él. Desecharía la vieja idea según la cual un día Toy sería igual que yo, una continuación mía, que heredaría la casa y la conservaría, la haría heredar a su hijo, y su hijo a su hijo... Desecharía esa idea, pero le obligaría a que grabase en su mente el porqué de su nacimiento. La irracionalidad de su nacimiento. Algo surgido de un juego, de una burla, de la locura. ¿O ya lo sabía? Tal vez lo supiera superficialmente, pues recordaba haberle dicho algo a ese propósito con palabras que embadurnaban o dulcificaban la verdad, simplemente para que no viviera en el engaño. Pero tuve ganas de decírselo todo crudamente, hacer que se viera a sí mismo en los brazos de la Dalia, respirando el aire, su primer aire, de esa casa que ahora despreciaba. ¿Sabes, Toy?, le diría, tú naciste en la habitación más terrible de esa casa que no te gusta, tú naciste allí, hijo de una puta, eso es, sencillamente hijo de una puta. De la Dalia, que llegó del prostíbulo que había adjunto en la trasera para cuidar de papá. Iban a cerrar las casas de prostitución, y tía Elvira acogió a la Dalia, tuvo pena de ella, y Elsa y yo la hicimos aliada, víctima más exactamente, de nuestros juegos bárbaros. Pero claro, la Dalia, tu madre, no podía olvidar lo que era, acostumbrada a acostarse con soldados y carboneros, a que le pegasen. Y nosotros tampoco lo olvidamos. Inventamos un juego, una ceremonia, un rito: Elsa era la nueva dueña del prostíbulo, yo un cliente, y la Dalia me esperaba, tendida en una cama a la que Elsa le ataba pies y manos, no porque la Dalia no estuviera de acuerdo, sino para mejor recrear el ambiente de la trasera. Ah, Toy, en aquella habita-

62

ción, la habitación en forma de T, la llamábamos, no había luz eléctrica y las velas daban a la escena una apariencia diabólica. Así te di vida, Toy, siendo todavía casi un niño y en uno de esos juegos algo terribles que los niños se inventan... Por eso no comprendo que la casa no te atraiga...

En cambio, le dije:

—Esa casa hay que acondicionarla, ¿comprendes? Entonces quedará confortable y acogedora. Pondremos calefacción, muebles que busco aquí, en Suiza, pues ya sabes, en Berna se encuentran muebles de estilo casi únicos. Ya he hecho enviar algunos.

—Sería mejor que vendieras el terreno y te compraras otra casa —manifestó él, miserablemente, y mi mirada o mi palidez, no sé, le obligó a callarse.

Le veía allí, sentado en mi cama, algo confuso, y volvía a imaginarle en la escalera del vestíbulo, cuando la caja de las herramientas se había caído y después dimos la luz, sus ojos quietos que nos miraban sin comprender, sin saber qué estábamos haciendo. ¿O lo sabía en realidad?

—¿Sabes? —añadió en un tono aparentemente insustancial—. El río se desbordó y las aguas echaron a perder todo un proyecto de avenida...

Mis ojos debieron brillar como luces que se encienden, y el esfuerzo que hice por apagar ese brillo supuesto, por conquistar la falsedad de la indiferencia, me dolió en todo el cuerpo.

—Ah, ¿sí?

—Se rompieron unos diques y, como el viejo cauce del río estaba ya rellenado en parte, el agua se desbordó y lo anegó todo.

—Tanto mejor para la agricultura —añadí—. En nuestra provincia las sequías son terribles...

63

—¿Tanto como las inundaciones? —preguntó Toy, como acusándome.

—Depende.

—¿Depende de qué? —y esta vez había un tono insolente en su voz, casi furioso.

—Depende de si uno prefiere morir de sed o morir ahogado.

—¿Cómo puedes ser tan cínico?

Toy se puso en pie, los puños crispados, casi con lágrimas en los ojos, mientras mi cuerpo se inclinaba hacia el centro de la cama y la ceniza del cigarrillo caía sobre las sábanas.

—A ti nada te importa —continuó—. Que haya inundaciones o sequías, o terremotos, o guerras, te da igual.

—¿Y qué quieres que haga? —grité—. ¿Voy a arreglar algo si me pongo a llorar?

—No es eso. Pero ni siquiera has preguntado si ha habido víctimas, si..., en fin, no sé. Mucho preocuparte por esas ruinas, pero nada por los demás, por...

—¿Ha habido víctimas? —pregunté sumisamente.

Pero Toy no veía más que la ironía, el sarcasmo, no el miedo que esa ironía y ese sarcasmo ocultaban.

—No sé si ha habido víctimas —respondió, luchando contra sus lágrimas—, pero puedo decirte que las aguas no rozaron la casa.

Después de un momento de silencio, que aproveché para levantarme, ponerme un pantalón y encender otro cigarrillo, Toy, ya calmado, pero amargo, triste, comenzó a rezongar:

—No sé para qué fui allí. No me gusta aquello. Ni la casa ni la ciudad. Nada de eso me gusta. Y sentí pena de esos mendigos que merodean por todas partes y que duermen en la capilla...

—¿Cómo? ¿Todavía hay gente que entra a dormir?

—Existen personas que son pobres —me espetó.

Y no sé por qué lo encontré tan teatral que esta vez mi temor desapareció, pues sus discursitos procedían de ideas pescadas aquí y allá, de sus amigos, sus lecturas.

—Personas que no disponen de una casa de cientos de metros cuadrados, de apartamentos, personas que no asisten a las asambleas, ni a los cocteles, que no viajan en avión... Tal vez una de esas personas haya sido arrastrada por las aguas —siguió diciendo.

Le cogí por los hombros y le zarandeé con violencia. No era ésta nuestra primera discusión, ni sería la última. Toy se rebelaba siempre y luego se dejaba aplastar por mi actitud final, unas veces violenta, otras indiferente. Esta vez, le chillé al oído:

—¿Sabes una cosa? Me revientan los arreglamundos. Y sobre todo los que para arreglar el mundo no emplean más que palabras para insultar a los que ellos creen responsables. Aprende una cosa, Toy: yo soy consciente de mi propio egoísmo. ¿Acaso lo eres tú del tuyo?

—No lo sé.

Me pareció que iba a añadir algo, pero se contuvo. Musitó algo así como "perdona" y me dejó solo, pensando sin duda que no valía la pena discutir conmigo cuestiones sobre las que nunca estaríamos de acuerdo. Recordé que una vez Toy me había pedido que le acompañara a un recital que daba un cantante al que admiraba y cuyos discos estaba ya cansado de oír. Así, me encontré en un teatro abarrotado por nuestros compatriotas. Había gente sentada sobre la escena, porque las localidades se agotaron y tuvieron que vender plazas suplementarias. El tipo tenía una hermosa voz y una guitarra ronca y dulce. Cantaba sobre un país, y al final de cada frase sonaban aplausos estruendosos. Comencé a indignarme.

¿Por qué no hacía, mejor, un discurso? Pero no. Era más bonito ayudarse con metáforas sobre la Alhambra y la tierra seca, los ríos sin agua, los titiriteros, los mendigos, los castillos ruinosos de Castilla... Y todos se veían en las cimas de los Pirineos, mirando hacia el Sur, hacia aquella tierra agrietada y amarilla que era la suya, hacia sus pueblos y su gente, envueltos en una música roja y desgarrada que tenía algo de la brisa del mar y del viento de la meseta. Y parecían llorar, de bruces sobre una roca, porque algunos ya no entrarían jamás en su viejo mundo ni pisarían esa tierra, ni gritarían los viejos tacos del calor y del vino.

A veces, en los supermercados, en algún café, sus voces me llegaban como envueltas en una oleada de calor y de sangre. Yo miraba sus manos callosas, sus facciones marcadas, sus cuerpos cansados ya desde mucho antes, y me preguntaba por el frío de sus mañanas y por la nostalgia de sus noches. La mayoría de ellos no conseguían aprender el idioma y regresaban con algún dinero ahorrado y el alma llena de un resentimiento oscuro. Esa era su característica negativa: el resentimiento. Por eso se reunían, para despotricar, para lamentar una discriminación de la cual ellos eran sus únicos artífices. También los miraba desde mi apartamento, en las construcciones vecinas. Casas que levantaban para los demás en una tierra extraña. Manchados de barro, el aliento humeando en el aire, algunos se alejaban en sus coches una vez terminada la jornada. Y yo me decía que, a pesar de todo, la única diferencia que había entre ellos y yo era el barro y la tinta, los ladrillos y los papeles, porque también yo trabajaba, también yo luchaba por algo que amaba, también yo era un ser que sufría. Por eso me sublevaban las ideas de Toy, su manía de mitificarlos, de convertirlos en víctimas, de compararlos con los funcionarios de las organizaciones internacionales. Había una brecha, sí, pero demasiado confusa, con demasiadas teorías dentro. Así, cuando aquel día Toy, emocionado todavía, me preguntó si me había gustado el recital, le contesté simplemente que el cantante tenía una buena voz y que tocaba muy bien la guitarra. Lo cual no le satisfizo. Él buscaba algo más: qué me parecían sus ideas. Y yo le dije: "En vez de dar un recital, ¿por qué no ha repartido octavillas?" Y Toy me soltó todo un discurso: que las ideas había que expresarlas como fuera, cantando, gritando, que sé yo... Le dejé hablar sin tomarme el trabajo de contradecirle, pero comprendiendo que había una distancia entre nosotros, una diferencia que me dolía, porque no era justa, porque Toy debía ser como yo, porque él había nacido en mi mismo mundo oscuro y deseaba que se reintegrase a él, que fuera un día a buscarme. El timbre del teléfono interrumpió mis reflexiones. Era Claire ¿Quería almorzar con ella y su marido, en la villa? Al mismo tiempo, como en un gesto para hacer las paces, Toy me daba el correo. Había una carta de Elsa. Mientras hablaba con Claire —"no, no creo que pueda"—, la letra gruesa y redonda de Elsa danzaba ante mis ojos: "Aunque la policía ha abierto una encuesta, no hay que alarmarse. Nadie te ha visto, sólo Toy, y una mujer no puede pasar por sospechosa en un caso así... En realidad, creen que fue la crecida". En otra página leí: ..."Pero Efrén, ¿te acuerdas de Efrén? Siempre acechándome..." Aparté los ojos, y mientras arrugaba la carta, la rasgaba, otras palabras parecieron saltar: "artefacto", "cables"...

"¿Estás ahí? —preguntaba Claire—. ¿Qué te pasa? Anímate y ven con nosotros."

Le dije que iría. ¿Dónde estaba mi voluntad? Miré la carta rota y no se me ocurrió nada mejor que masticarla y hacer con ella una gruesa bola que me produjo náuseas y que luego tiré a la basura.

Poco después, en la carretera del lago, ya cerca de Genthod, la policía me detuvo por exceso de velocidad. Esperé a que tomaran mis datos y escuché la seca advertencia: "Si no le importa su vida piense en la de los demás", o algo así.

Claire estaba esperándome en el jardín, cubriéndose los ojos con la mano, para evitar el sol.

Un dolor comienza a crecer. No es un dolor. Un mal, quizá. Algo que se enraíza, se hunde. Como si todos tirasen de mi. Claire, Toy, los compañeros de trabajo, Ginebra, todo ese mundo cuya realidad me parece un espejismo en el que me diluyo como una mancha de agua.

Despacho en seguida las traducciones, como un ordenador, un robot, conozco todos los términos de memoria. Casi todos los documentos son iguales, y a veces intento sumergirme en su insustancialidad para dejar de mirar la cara de Plutki; frente a mí, Plutki, que se transforma, se muda de horror en horror, parece que ve apariciones, pone gestos de éxtasis, abre los brazos en cruz, gime solo, y si el Secretario General entra, él se levanta, se cuadra, se desintegra después en una postura sumisa: "M. Vautel, M. Vautel...", exclama, y a partir de su caricatura de colegial viejo y patético se disloca, se cae en ruinas, y cuando M. Vautel sale, Plutki reaparece colgado de su corbata raída, vuelve a escribir lentamente, la cabeza inclinada sobre el papel. De vez en cuando,

Plutki abre el cajón que está a su derecha, saca una naranja medio mohosa, la muerde y la vuelve a guardar. Plutki es como una de esas habitaciones abandonadas que hay en la casa: habitaciones húmedas, escondidas, con algunos trastos roídos por el óxido y un olor indefinible a miseria.

Claire me dice que mi animosidad contra Plutki habría que buscarla muy lejos. Convertida en psicólogo, Claire asegura que estoy atrapado por un universo cavernoso al que una fuerza superior me obliga a entregarme, aun odiándolo, y que Plutki es el símbolo de ese universo: la miseria y la fealdad de la tumba, que me superan, a cuya llamada quiero responder. Plutki está hecho de las cenizas de los personajes que poblaron mi infancia: las criadas, los abuelos, la señorita Eloísa... Por eso quisiera destruirlo, darle un puntapié y ver cómo se deshace. "Pero ni siquiera tendrías que darle un puntapié. Sopla, y se marchará, y tú quedarás liberado, en un universo luminoso..." Claire se enfadó porque me puse a reír, a reír, a reír sin parar. Yo lloraba de risa. Creo que era en el despacho y alguien, una mecanógrafa, hizo un gesto a otra, llevándose un dedo a la sien. "No tienes por qué burlarte de mí —se defendía Claire—. Tal vez mi español no es perfecto. Te lo diré en francés para que te suene menos ridículo." Volví a reír. Claire salió dando un portazo. Poco después, entró Plutki, que se convirtió en mi abuelo, mi abuelo Pedro, pasando las hojas del periódico con un dedo humedecido en saliva, y luego en la señorita Eloísa, escribiendo en su diario de pastas de hule negro, la lengua rosa entre los dientes.

Buena gana de pensar en la casa. Ahora no puedo ir. Hay una encuesta abierta. Hay un antiguo enamorado de Elsa: "¿Te acuerdas de Efrén? Siempre acechándome..." No había querido, no me había atrevido a leer lo que seguía. Efrén era el hijo del alcalde de la ciudad, y Elsa se burló de él todo lo que quiso, le daba esperanzas... Efrén arrastrado por las aguas del río. ¿Era eso? No, no podía regresar. Tendría que hacerme niño, decrecer, reconquistar la crueldad de la inocencia.

Y como si quisiera ejercitarme, hago las mismas cosas que antes daban un argumento a mi vida. Por ejemplo, me pongo a seguir a Plutki, como en tiempos seguía a Eloísa a la salida del Instituto, por la calle del Obispo hasta su pensión. Un sábado a mediodía encontré a Plutki en la Grand-Rue. Yo miraba los escaparates de los anticuarios, y su reflejo pasó sobre el cristal, un hombro más alto que el otro, la inmensa gabardina flotándole encima de los huesos. Tenía la intención de ir al cine, pero pensé en mi ejercicio y me fui detrás de Plutki, que descendía por la rue de la Cité, haciendo gestos o hablando solo. Junto a los muelles, Plutki se detuvo un momento y se dirigió hacia un puesto de libros viejos, miró de reojo a su alrededor y cogió un volumen que disimuló contra su cartera. Se fue con él, como una urraca, y le vi cruzar el Pont des Bergues, el paso algo más rápido que antes. No me habría extrañado que hubiera salido volando, la gabardina a modo de alas; volar como una bruja sobre la vieille ville y posarse en las torres de Saint Pierre. Más allá del puente, Plutki miraba los escaparates de las confiterías, con expresión de angustia, como un niño hambriento, un paria, dominando heroicamente la tentación de entrar y comprarse un dulce: Plutki tiene su cuenta en el banco, cerrada a cerrojo, una cuenta que es como un animal vivo al que nutre, y que crece, pero que a su vez le devora a él, le saca la sangre, lo mismo que Eloísa frente a sus alumnos, a los que les daba lo mejor de sí misma, su sabiduría, su alma. Pero yo debía obtener algo de Eloísa y no

tengo nada que obtener de Plutki. Hay una diferencia.
Dejo pues que la sombra de Plutki se pierda en la multitud de unos grandes almacenes, y mientras paseo por los muelles me pongo a pensar en Claire.

Este sábado había faltado a su cita. Me la imaginaba inquieta, paseando por el jardín, atisbando desde la verja. Generalmente, nos encontrábamos allí los sábados, después de almorzar. Ella ya estaba dispuesta y corría hacia mi coche con una alegría feroz saliéndole por los ojos. Nos lanzábamos por la autopista hacia Lausanne, hacia Montreux o cualquier otro lugar donde ella pudiera sentirse libre, cogerse de mi brazo y jugar a su aventura, mientras su marido languidecía con la nariz metida en un libro. "Serge, en el fondo, desea que yo tenga un amante, ¿comprendes?, pero no enterarse..." Ante sus confidencias, Claire se convertía en un monstruo, en una bestia voraz: "He llegado a desear su muerte... Una no puede estar tantos años casada con un impedido, incompleta, sin un solo contacto físico. ¿Pero cómo dejarle? Imposible, no quería matarle. Al mismo tiempo, me comía los hombres por las calles: los obreros, los estudiantes..." Una vez, Claire se puso una peluca negra, se pintó como una puta y se metió en un bar de la rue des Étuves. Un hombre la sacó a bailar al son de un acordeón que tocaba una lesbiana. El hombre estaba borracho y le vomitó encima. La del acordeón dejó a un lado su instrumento y la limpió con un pañuelo y un vaso de agua. "Aún veo sus ojos sobre los míos, siento sus manos de lesbiana por entre mi blusa. No sé cómo pude escaparme. Recuerdo que lloré mucho, apoyada en la baranda de un puente, toda asqueada." Claire me miraba como un ser que ha recuperado la paz, la plenitud, que ha encontrado la situación ideal. Claire lo quería acaparar todo: el amor, el trabajo, el dinero. Hasta la muerte, pues cuántas veces le daba por mirar el lago y considerarlo como su tumba, como una tarde que pasamos cerca del castillo de Chillon y el lago se encrespaba bajo una tormenta, adquiría brillos metálicos y como eléctricos: "Si algún día me dejas, tírame al lago con una piedra al cuello. Quiero que me devoren los peces, que mi cadáver no se pudra bajo la tierra". La traté de histérica, le repetí que un día me marcharía y, de regreso a Ginebra, tuvimos una discusión vulgar, estúpida, causa principal por la cual hoy no quería verla: "Tú me has tomado y me dejas ahora —me recriminaba—, como una traducción ya inútil, publicada, que ha servido y no sirve más. Los artículos de los periódicos sólo tienen un día de vida, ¿no? Incluso esos artículos que hablan de catástrofes. Al día siguiente, uno ya no se acuerda..." Después de un silencio no demasiado largo, Claire se puso a acariciarme el cuello y a pedirme perdón. Le habría preguntado qué había querido insinuar con eso de los artículos de los periódicos. A la Secretaría llegaban cientos de periódicos con miles de artículos. ¿Había caído en sus manos alguno que contara lo sucedido en mi provincia? No dije nada, pero por un instante me sentí aprisionado en sus brazos, perdido en el interior de una inmensa medusa.

El lunes, el Secretario General encontró a Claire con la cabeza apoyada sobre la mesa de su despacho, los ojos cerrados. Después de reanimarla y hacerla conducir a su casa, me llamó para que fuera a verle. M. Vautel estaba detrás de su mesa con un aire muy grave, dispuesto sin duda a soltarme un sermón.

—¿Sabe? —comenzó—. Sería una lástima que uno de nuestros principales elementos, la señora Page, resultara perjudicada por usted y con ella nuestro trabajo. Desde la última asamblea los he estado observando. En fin, para mí esto es una cuestión más de la Organización, no de su vida personal. Le propongo una cosa: hay unas mil páginas de documentos para traducir. Llévese esos documentos. Váyase con ellos a una playa, a una isla, adonde sea, y me los trae ya traducidos. Tómese el tiempo que quiera. Pero ponga el tiempo y el espacio entre ustedes dos, no se dañen mutuamente. Estoy seguro de que a su regreso todo habrá pasado...

Le di las gracias y me refugié en el despacho. La primavera estallaba detrás de la ventana y yo era feliz, libre. M. Vautel me había desenredado de los brazos de la medusa. Me puse a hacer orden, saqué el teléfono del cajón donde lo solía esconder, recogí todos mis papeles y vacié los ceniceros. Por una vez, la mujer de la limpieza no protestaría porque mi mesa era la más "dégueulasse" de la oficina. Plutki me miraba hacer, con un interrogante flotándole sobre las cejas. Pensé escribir unas líneas para Claire: "Prácticamente, M. Vautel me ha obligado a marcharme, pero no te preocupes, volveré pronto... Todavía no sé adónde iré. Le preguntaré a Toy. Quiero llevármelo..." No. Tendría que ser una carta, una verdadera carta. O nada, mejor. Ni una palabra.

II

Mi padre me sigue por la playa y pone sus pies sobre las huellas de los míos. Yo siento detrás su presencia, hasta no poder más, y entonces corro hacia el mar y me zambullo. Cuando nado lentamente, de regreso a la playa, le veo quieto, los brazos caídos, como si se sintiera inútil. Termina por subir a la casa, una pequeña construcción encalada, con el tejado rojo, que alquiló desde Ginebra. El pueblo más cercano es Le Lavandou, frente a las islas Hyères. Una vez, en el puerto, me encontré con Cécile, una estudiante americana, de madre francesa, que ya conocía de Ginebra. Gracias a Cécile, a mi guitarra y a unos cuantos libros que he traído no me aburro demasiado. El agua del mar está aún fría y no ha llegado la oleada de los veraneantes, pero de todos modos la casa que ha alquilado mi padre está tan aislada que no hay peligro de que nadie perturbe su trabajo.

De todos modos, las traducciones siguen amontonadas en su mesa sin que avancen demasiado. Generalmente, mi padre está echado sobre la cama, a oscuras. Unas veces me llama, si me siente; otras, me grita que le deje solo. Mi padre, estoy seguro, no se atreve todavía a saber si yo sé, si tengo ideas claras acerca de su repentino viaje a la casa, sobre lo que pasó después. Sin embargo, la soledad y el alcohol le sueltan la lengua: me llama cuando bebe, y así, comienza, o recomienza, a hablarme de su hermana Elsa, de su tía Elvira, de su padre enfermo, del antiguo convento de monjas, del prostíbulo, de la Dalia... Mi padre se detiene repentinamente ante el tema del prostíbulo y de la Dalia, me mira fijamente, controla mi expresión y termina por pedirme algo, un vaso, un libro, que toque la guitarra o que vaya al pueblo para comprarle somníferos. Como si no se atreviese a continuar. Así, descanso, pues esas cosas de que me habla, que yo no conozco o conozco mal, recrean en torno nuestro un mundo oscuro e irreal, imposible, que, sin embargo, para él debe representar la felicidad, pues sus ojos brillan y su cara se distiende, llega a parecer tan joven que nadie le supondría mi padre.

—No, no es la felicidad de la infancia —me explicaba, entre trago y trago—, no es eso lo que echo de menos. Es tal vez el misterio, ¿sabes? La total independencia de nuestro círculo... Una ausencia de leyes y de mandamientos que nos hacía puros, diáfanos...

Si me sentía distraído, mi padre se irritaba, pero yo le escuchaba de todos modos. Le escuchaba con interés y con temor, hasta que a veces, con un esfuerzo de voluntad, dejaba de oírle. Pero él se daba cuenta y me recriminaba:

—¿Qué puede interesarte a ti todo lo que te cuento? Nada, nada... A ti te interesa la paz universal, la revolución de la juventud, las condiciones laborales de los obreros...

Al final de la enumeración de las cosas que a mí me interesaban, mi padre las dejaba todas resumidas en un juramento. Yo no me molestaba en replicarle. ¿Qué podía hacer? Mi padre es una isla. Egoísta como una isla que no quiere saber nada del continente que en realidad la sostiene. Vive encerrado en sí mismo, dando vueltas dentro de un círculo que él se ha creado: viejas historias sin importancia que constituyen su soporte, su nostalgia del paraíso.

—Déjame solo y en paz —terminaba, desengañado de mí, medio borracho—. Vete con esa Cécile que sale en tus canciones, como una nota falsa...

Y reía, se acercaba a mí, husmeaba el daño que podrían causarme sus palabras, remedaba mis canciones: "Cécile, une fois entre mille…"

Entonces me parecía un diablo, y le huía. A lo mejor, me sentaba en el umbral de la casa y, al poco, escuchaba la máquina de escribir. Como si en su estado se pudiera expresar algo coherente.

En otras ocasiones, no era un diablo, y le quería, sentía pena por él: me parecía tan indefenso que incluso yo podría protegerle. Tenía que obligarle a comer, prestarle mi ropa si la suya estaba sucia, pues ambos tenemos la misma talla, las mismas proporciones… En fin, un día, al verle perdido entre sus papeles, sus diccionarios, escribiendo sin mirar el texto original del documento, me di cuenta de que la anarquía de su método no adelantaría precisamente su tarea, y decidí ayudarle: traducir yo mismo sus trabajos, ordenarlos, apartar los folios que inopinadamente se desviaban del tema oficial y árido de la Organización para convertirse en relatos suyos. Así, tenía que leerlo todo, descubrir hasta qué límite, hasta qué línea, la traducción era válida, unificar los temas, tachar, añadir, todo aprovechando sus salidas o su sueño, procurando que él no se diera cuenta, dejando los papeles en el mismo desorden en que él los abandonaba.

Muchas veces, en la playa, pongo mis pies descalzos sobre las huellas de los suyos y me introduzco así en el espacio que él termina de ocupar, en su juventud, tan frágil y firme al mismo tiempo. Toy camina delante de mí, sereno y pausado, regularmente, o bien se aleja de improviso en una carrera que finaliza en una zambullida entre las olas. Yo me quedo inmóvil mientras le miro. La espuma cubre las huellas de nuestros pasos.

Me cuesta pensar que es mi hijo y, sin embargo, esa extrañeza, esa impresión de algo curioso, inasible, constituye mi nexo más fuerte con él. Hay gente que cree que somos hermanos: él está totalmente desarrollado y yo no he envejecido. Toy puede ponerse mis ropas o yo las suyas. Ambos somos delgados y de una estatura aproximada. El mismo cabello abundante, un gris igual en los ojos. No obstante, cuando él corre hacia el mar, trepa por las rocas o nada briosamente, me parece ver que todas nuestras semejanzas desaparecen, se escapan. Que Toy se desprende de mí, independiente y con vida propia, ciego ante sus orígenes, como si renaciese a cada minuto.

Recuerdo haberme detenido frecuentemente en la playa, la cabeza inclinada hacia la arena, los ojos nublados, cansado frente a su juventud y despreciando lo que queda de la mía. Pensando que él se irá un día, con su guitarra, sus camisas de flores y su sonrisa blanca. Con sus ideas.

En momentos como aquellos no podía soportar a Toy. No quería verlo. Me hacía tanto daño su figura recortándose contra el cielo y el mar, que corría a refugiarme en la casa. Me echaba sobre la cama, de bruces, los ojos cerrados, apretados los puños, y permanecía así hasta que sus pasos me despertaban y lograba recuperarme poco a poco. La lógica entraba en mi cabeza a la vez que la luz me deslumbraba los ojos, ya acostumbrados a la penumbra.

—¿Estás ahí, papá?

En ocasiones, no le contestaba, y como él no insistía, yo volvía a caer en la oscuridad, me desintegraba, me dejaba aplastar por ese peso dulce y terrible que me llevaba hacia el fondo, muy hacia el fondo, hundiéndome, arrastrándome, y así, sonriendo, me echaba sobre el suelo y comenzaba a hacer que jugaba, componía mentalmente los dibujos de las grietas, los rostros monstruosos, los mapas formados por las manchas de humedad, el polvo mágico sobre una tira de sol, todo lo cual me llevaba hacia Elsa, hacia la habitación, hacia el rompecabezas. Los años retrocedían, materializados en un tren en marcha inversa. Mis ojos, estoy seguro, se cubrían con una película opaca y miraban adentro, a la casa. Sentía algo de miedo. El miedo de los corredores que había que cruzar para llegar al patio de atrás; de los árboles del jardín cuando de noche el viento movía sus hojas; del eco de los rezos de las monjas ya inexistentes, de las celdas con el Cristo coronado de espinas; del agua del río, de las escaleras tantas veces pisadas; de mis paseos por la ciudad; de las estatuas románicas que vigilaban la puerta de la catedral; de la catedral vacía...

Me despierto empapado en sudor, los puños apretados. Toy me mira, encuentro frente a los míos sus ojos fijos que me juzgan. Parece un gato, alerta, atento al menor movimiento. Sin embargo, si le hablo, su expresión cambia, se tranquiliza. Y entonces tiene algo de la Dalia. Cuando la Dalia salía súbitamente del estado de desconfianza constante que yo le causaba y, cambiando mi actitud hacia ella, decidía ser amable, entonces, la Dalia se relajaba, daba un leve suspiro y se quedaba llena de paz.

—¿He soñado alto?

En realidad, Toy me tolera porque cree que estoy enfermo. Loco. Quizás, en este período suyo de altruismo, se ha propuesto ayudarme. A menudo le veo interesarse por mis traducciones, que se esparcen sobre la mesa, desordenadas, incompletas: un enorme trabajo que apenas he comenzado.

—El mar me da sueño, ¿sabes?

El ruido cercano del mar me adormece, me calma, me hace cerrar los ojos y soñar. Me hundo dulcemente. Retrocedo a un tiempo en el cual la responsabilidad no existe. Las cosas del mundo, un mundo pequeño y al mismo tiempo infinito, llueven nuevas, intactas, y se posan sobre la piel con toda la magia del misterio. Siempre hay rincones aislados. El sol del verano, nadar en el río, las tormentas y las rocas tienen en ese mundo sus dimensiones verdaderas. Vuelvo a ver esas flores blancas que había al otro lado del río y que no podía alcanzar, y que no quería poder alcanzar para que siguieran ejerciendo sobre mí su hechizo lejano. Dibujar mapas, con Elsa, en la mesa de la habitación, en el otoño; las bolas de cristal, las conchas, los caracoles en los que se oía el ruido del mar, el mar que entonces no conocía y que ahora me arrulla, me adormece, ese mar tan lejano a mi infancia, en una ciudad de murallas oscuras, torres, escudos, jardines descuidados y tristes... Ah, la ciudad, con sus calles, su catedral, sus gentes, eran cosas externas, pero en cierto sentido prolongación de estancias y corredores, patios y escaleras, cuyos fantasmas Elsa y yo hacíamos revivir, recorriéndolos, perdiéndonos en un juego del escondite que tenía algo de pavoroso y que nos dejaba exhaustos, polvorientos, como prisioneros de las arañas. Otras veces eran paseos silenciosos, casi respetuosos, como una inspección: las celdas de las monjas, encaladas, con las paredes toscas llenas de bultos y manchas negras que en tiempo fueron rojas, de chinches y moscones. Somieres esqueléticos, en pie contra la pared, una bombilla colgando del techo, fundida desde hacía tantos años. Después, del otro lado, las habitaciones de la Aurora, de la Sole, de la Vilma, que ésta dejó para trasladarse a su apartamento de la calle Estrecha; de la Salomé. ¿Y qué más nombres había? Elsa había descubierto algunos e inventado otros: María Azul, María Fuego, marías todas falsas, mitificadas, recuerdos de sacerdotisas allí enclaustradas desde el fin de la guerra civil, sucesoras de las monjas. Habitaciones patéticas, más patéticas aún que las celdas, con sus cretonas apolilladas, sus bibelots, sus cientos de chirimbolos, parte de los cuales siguen allí, dormidos desde el año en que la ley suprimió los burdeles. Ah, a partir de esa fecha, sin monjas ni putas, la parte trasera de la casa comenzó a enterrarse en ese mar de polvo y porquería que Elsa y yo explorábamos, ansiosos de descubrir historias, reconstituyendo las estancias tal como fueron en su época primitiva, "¿ves, Edu?. las celdas de las monjas —sor Escolástica, sor Amor de Dios, sor Niño Jesús, nombres que aparecían en viejos papeles amarillentos escritos con una pluma temblona—, las celdas de las monjas, Edu, son más fáciles de componer, sólo el somier, la manta y el crucifijo, pero las de las putas, hay que ver, cada una tenía sus manías, como la Sole, que había instalado un espejo en el techo porque había visto lo mismo en una película, o la de la Aurora, que tenía las paredes cubiertas con mantones de Manila, pero la más lujosa debió ser la de la Salomé, la que regía el negocio, pues era la pieza más grande e irregular, en forma de T, con la cama en el rabo izquierdo de la T, una cómoda en el rabo derecho de la T, y en el centro una mesa, sillas y sillones forrados con tela floreada junto a la ventana, espejos, un armario y muchas cosas más, en su mayoría inútiles, absurdas, porque la T era muy grande, y tenía además un escondite secreto que ella misma había hecho construir, a modo de acento circunflejo sobre la cabeza de la T".

—Si no necesitas nada...

Toy me ofrece el presente, casi me lo arroja, con su guitarra y el murmullo de sus canciones. Canciones que compone para Cécile, pues este nombre aparece repetidamente en sus poemas musicales: "Cécile, Cécile, tu soledad y la mía..., Cécile, mi horizonte...", etcétera. La tal Cécile debe esperarle en alguna parte, pues Toy se marcha al atardecer, sin decir adónde va, cruza la playa y se pierde camino abajo, hacia Le Lavandou.

Los días se alargan y el cielo nunca llega a oscurecerse del todo. En Ginebra, Claire mirará las aguas de su lago como yo miro el mar. De vez en cuando, siento la nostalgia de ella, de su cuerpo, de su voz; siento también un vago temor de su odio. Para no pensar en Claire, me siento ante la máquina de escribir. Toy ha traducido completamente un informe. Lo repaso y, no sé por qué, no me atrevo a corregirlo. No quiero que sepa que soy consciente de su ayuda, es eso. Ni tampoco puedo despreciar su trabajo, que en general es muy bueno aunque demasiado literal. En fin, comienzo otro informe y escribo: "En su última reunión celebrada en Ankara, el Comité Ejecutivo decidió constituir un grupo de trabajo, que mediante la asociación..." Mis manos se detienen un instante sobre el teclado, sacudo levemente la cabeza como para desembarazarme de una idea fija, pero no puedo. Añado: "No sé por qué asociación de ideas, mientras jugábamos con los cubos del rompecabezas, Elsa me dijo que iba a llevarme a casa de la Vilma".

—Iremos a merendar a casa de la Vilma —dijo Elsa, mientras observaba unos cubos que componían un cuadro rosa y negro, con pinceladas de escarlata. Elsa añadió—: La Vilma es así, como este paisaje.

—No es un paisaje —dije yo, siguiendo el juego—. Es...

Pero Elsa esparció los cubos del rompecabezas por el suelo y me miró con sus ojos brillantes, muy abiertos.

—Verás, la Vilma es estupenda. Y tiene de todo en su casa. Yo he ido ya varias veces. Tomamos el té, y hablamos, hablamos...

Antes, la Vilma era una de las putas más cotizadas de la trasera, esa construcción adherida a la casa, vulgar y fea, de un blanco sucio, pero que se distinguía, se destacaba, especialmente por las tardes, cuando los obreros salían de su trabajo. Por lo menos, a mí me parecía distinta, única, esa cara que surgía junto a la carretera de tierra, así, como un rostro enorme y simiesco, los ojos cuadrados, una nariz ancha de diablo y una gran boca sin dientes. En ocasiones, esa cara gigantesca parecía reír, o bien avergonzarse de sí misma, mohína y como a punto de prorrumpir en un llanto idiota, berreante. Por la parte del jardín, las ventanas mal cerradas dejaban salir, de noche, una luz tenue y rojiza. En invierno, esa luz brillaba continuamente, incluso durante el día, y al salir del instituto me iba a deambular por allí, esperando poder adivinar el verdadero sentido de su misterio.

—A la Vilma no le importa que las vecinas no le hablen ni que le hagan el vacío en las tiendas. Tiene mucho dinero ahorrado y puede reírse del mundo. Lo único que le pone triste es tener que ir a misa de siete, los domingos, porque en las otras misas hay más gente y teme que la echen de la iglesia.

Yo las había visto entrar y salir. Me parecían como diosas, sacerdotisas, siempre vestidas de una manera que las diferenciaba de las demás mujeres, pintadas de rojo y negro, las cejas diabólicas, empinadas sobre altísimos tacones que dejaban pequeños agujeros en el barro de la carretera. Cuando caminaban por las calles céntricas, la gente desviaba la vista, pero ellas avanzaban erguidas, altaneras, la mirada recta. Eran como seres superiores y terribles, extrañas diablesas que se entregaban de noche a sus ritos bárbaros.

—Ella estaba harta de la trasera, ¿comprendes? Era la que más ganaba, la más solicitada, y sin embargo tenía que repartir el dinero como las otras. Por eso se fue.

Elsa me explicó que la había abordado en una perfumería de la plaza. Que se había dirigido a ella para preguntarle la marca de su rojo de labios, que entonces comenzaron a hablar y que la Vilma terminó por decirle que fuera a visitarla un día.

—Siempre tuve ganas de ser su amiga... Tiene un piso muy acogedor, ya verás. Hay una terraza, y allí toma el sol, toda desnuda. Pero antes de ir hay que llamar por teléfono, porque suele estar ocupada, claro.

Según se rumoreaba por entonces, iban a suprimir las casas de prostitución, por lo que deduje que la Vilma era una mujer inteligente, que había previsto lo que iba a pasar y había pensado que sería mejor establecerse por su cuenta. Yo pensaba en la trasera, ya vacía, solitaria y desolada, bostezando en una gran mueca, los ojazos sucios de lágrimas, la enorme boca babeante. Por eso, como si presintiéramos ese fin, Elsa y yo acudíamos a espiar a través de las ventanas, en las noches oscuras de invierno, o en verano, cuando el calor obligaba a sus inquilinas a dejar abiertos los postigos. En esos momentos, el cuerpo nos ardía, allí agazapados entre las matas y el barro.

La Vilma tenía una trenza muy negra, una sola trenza,

doblada y sujeta con grandes horquillas. La primera vez que Elsa me llevó a su casa, la Vilma me sonreía en el espejo, mientras mi hermana la peinaba. Con la trenza deshecha, la Vilma me parecía un ser trágico e intemporal, como desprendido del relieve de un templo pagano. No obstante, la Vilma no tenía nada de la piedra de un templo ni de la crueldad de una diosa bárbara. Era, simplemente, de los nuestros, porque su mente desbordaba, emitía radiaciones, cambiaba dentro de su frente, era hermosa y horrible a la vez, y el hecho de ser odiada nos impulsaba a amarla, porque ella, Vilma, vivía arrullada por el desprecio de los vecinos, las frases desgarradas de las criadas de los otros pisos, los golpes suaves en su puerta, de algún cliente suyo, el teléfono, regalos de mal gusto y una cartilla en la Caja de Ahorros.

Aquel día, la puerta de su casa estaba abierta y entramos sin llamar. Tras un espacio oscuro, el sol de la terraza resaltaba con algo rosa y negro en el medio, como una cosa que flotara. Era el cuerpo desnudo de la Vilma, que pude ver perfectamente, como un relámpago, pues ella se cubrió en seguida con un albornoz. Lo que más me estremeció fue su vello del vientre, como una flor negra allí extendida, poderosa. Una marca, una cruz. Después, mientras ella me sonreía en el espejo, yo seguía obsesionado por esa flor. La veía con toda su negra realidad cada vez que cerraba los ojos, como si se hubiera quedado fija en mi cerebro al modo de una vegetación insólita en un campo blanco. Miraba la trenza desordenada que Elsa rehacía, escuchaba su charla.

—Cuando termines, me maquillas tú —decía Elsa.

—Ah, querida, si tú no necesitas maquillaje.

—Qué importa. Me gustaría tanto parecerme a ti...

—¿Parecerte a mí? Qué locura, pequeña. No sabes el tiempo que me ha costado superar esta apariencia mía, que a nadie puede engañar. Esa manera de sentirse espiada, de notar las miradas, las puertas que se entreabren y se cierran para que las vecinas sepan bien con quién subo...

Era una conversación de murmullos, susurrada. Elsa le trazaba cuidadosamente la línea bajo los ojos, le perfilaba los labios, le extendía el maquillaje, de un modo casi sensual, morboso, y la Vilma cerraba los párpados, pesados como dos flores cargadas de polen.

—No, Elsa, no me marques mucho. Los hay que odian los potingues, que me obligan a lavarme con agua caliente y jabón, que me amenazan con meterme en un baño de lejía. Otros, en cambio, me prefieren muy compuesta. Ah, no se sabe cómo acertar. Por eso, lo mejor es un término medio —y la Vilma sonreía, un tanto amarga—: Lo malo es que a mí no me va el término medio, que dicen que es donde está la virtud.

Elsa secundaba su risa, una risa más frágil, de porcelanas rotas, y con un algodón empapado en un tónico embebía el exceso de maquillaje de la cara de la Vilma.

Una vez arreglada, la Vilma se acercó a mí y me hizo una caricia.

—Os parecéis mucho —dijo—, como todos los gemelos, claro. Ah, recuerdo cuando érais así —y señalaba un breve espacio desde el suelo—, cuando esa criadota, la Paca o la Mauricia, no sé, os llevaba con ella cuando iba a la compra. Qué trastos...

Nos sentamos sobre unos cojines, y la Vilma trajo una bandeja llena de pastas, una tetera y una botella de anís. Elsa cogió un cigarrillo y se puso a fumar, entrecerrando los ojos, mientras decía:

—Se está bien aquí, pero oye, Vilma, si esperas visita, nos lo dices y nos vamos en seguida.

—No, esta tarde, no...

La Vilma me miraba y yo me encogía, poseído siempre
por la visión de su cuerpo rosa y negro, la enorme
trenza, que ahora estaba retorcida y sujeta con las enormes horquillas, los senos pesados, con esa línea profunda que se abría en forma de la cola de un pez, se agran-
daba hasta perderse en la seda oscura de la blusa.

—¿Quién fue el último? —le preguntó Elsa, adoptando
una actitud familiar, como si ejerciera la misma profesión que su amiga.

—Un viajante de comercio. Verás, ya te contaré. Fue
tan divertido...

Y la Vilma susurró algo en la oreja de Elsa, que prorrumpió en una de sus largas carcajadas, a la vez que
las dos se miraban, maliciosas, pero sin que por ello me
desconcertasen, pues también yo me encontraba feliz
allí, tranquilo, arrullado por el susurro de las mujeres,
por el aroma suave del té y del anís. Pero al mismo
tiempo, la Vilma me daba miedo, me parecía algo así
como una de esas flores carnívoras que abren sus pétalos
monstruosos para devorar, para engullir.

De todos modos, la Vilma no me tragó, ni siquiera me
hizo una sola insinuación, nada, de modo que comencé
a sentir una decepción rugosa esponjarse dentro de mí,
una sensualidad sin objeto y una vaga irritación contra
ella y contra Elsa, contra esa charla femenina que me
excluía y que al fin dejé de escuchar para sumirme en un
sopor rojo, denso, lleno de visiones, de pequeños monstruos que descendían desde el techo y que ya nunca me
abandonarían.

—Tenéis que venir otra vez —dijo la Vilma, cuando ya
nos despedíamos y Elsa y ella se besaban en las mejillas.

Todavía se dijeron más cosas, entre ellas, y yo me estri-
bé contra la pared del vestíbulo, frente a un espejo que

me devolvía mi imagen de adolescente, de niño aún, imagen que aborrecí hasta el punto de darme la vuelta para no verla.

Una vez en casa, dejé a Elsa sola, ocupada en dibujar, mientras la visión de la Vilma, desnuda en la terraza, me arrastraba hacia la trasera, hacia algo que tenía una relación directa con ella. Me detuve ante las ventanas laterales, sin acercarme a la puerta, con el sentimiento de estar ante algo prohibido para mí: no tenía la edad reglamentaria para entrar, y cuando la tuviera, el prostíbulo ya no existiría. Solamente me quedaba suponer, adivinar, imaginar lo que allí dentro ocurría y, si tenía suerte, ver algo a través de la ventana.

Oculto entre los matorrales, amontoné unos ladrillos y me encaramé para alcanzar el espacio de una rendija que dejaba escapar esa luz especial, rojiza, cuyo calor creí sentir en los ojos, al tiempo que atisbaba un rincón, un trozo de habitación, parte de una cama casi llena de cojines que una mano iba apartando y, seguidamente, las piernas de una mujer, que se derrumbaba sobre la cama y se quitaba los zapatos. Flotaba allí un misterio denso, casi palpable, como en una de esas iglesias barrocas sobrecargadas de flores de trapo y del brillo polvoriento de la purpurina. Por un instante, creí que aquella mujer me miraba, pues sus ojos parecían clavados en los míos, pero en realidad estaba distraída, inclinada todavía hacia sus pies, que se acariciaba, hablando indiferentemente con alguien que apareció momentos después: el cuerpo de un hombre, en camisa, que hizo un gesto especial, como indicándole a la mujer que se quitara una prenda, pues, efectivamente, ella se desabrochó el sujetador. El calor me llegaba en oleadas, como si algo ardiera en la habitación, y apenas sentía la incomodidad de mi postura, sino que aún alcé la cabeza para ver mejor.

El hombre se había desnudado por completo, y su piel parecía casi negra al resplandor de la lamparita, tapando con su cuerpo el de la mujer, cuyos brazos se plegaron sobre ese cuerpo y ambos caían sobre la cama.

Cuando la mirada es tan intensa como lo era la mía, debe hacerse tangible: de lo contrario, no me explico cómo advirtieron mi presencia. Tal vez fueron otras mujeres quienes me vieron, o bien la que trabajaba entonces había pulsado un timbre, el caso es que, de pronto, sentí unas manos en la cintura y caí al suelo, al tiempo que me empujaban hacia la puerta, sin que yo viese nada en mi lucha por huir. Inopinadamente, me encontré dentro de la casa prohibida, arrojado sobre una alfombra, en medio de un corro de colores, de jirones de tela, de joyas que relampagueaban bajo una serie de rostros que me observaban, burlescos, la boca estirada en una extraña expresión de contento.

Al fin me encontraba cerca de aquellas mujeres que habían poblado mis sueños, mujeres que habían perdido ese hieratismo de cuando las veía caminar, serias e indiferentes, y que ahora se desataban en una especie de aquelarre del cual yo era el objeto, la víctima. Solamente había una que se mantenía aparte, en pie contra la pared, mirando a sus compañeras como si no comprendiera nada, asustada e infantil, sin atreverse a acercarse, a pesar de que una de ellas le gritaba de vez en cuando: "¡Eh, Dalia, ven tú también!".

La Dalia bajó la cabeza y se acercó a una vieja gramola. Surgió una música chillona, áspera, y algunas de las putas se pusieron a bailar, cada vez más cerca de mí: veía sus cabellos desordenados, sus combinaciones coloreadas, sus piernas, sus uñas rojas, sentía su olor a sudor y a perfume, su contacto blando de carne en venta, y era como si se convirtieran en fieras hambrientas, dispuestas a tragar, a devorar, a poseer, tal vez hartas de cuerpos viejos y peludos, de manos callosas, de bocas de mal aliento... No hice nada por escapar, por defenderme, sino que me entregué a ellas, sin voluntad, la mente vacía y el cuerpo brutalmente despierto. Ellas mismas me sorteaban. Algunas me hicieron bailar al son de los discos rayados de la gramola. Los espejos no me lanzaban la misma imagen de la tarde, en casa de la Vilma. Era como si de pronto hubiera crecido. Me hicieron beber, y bebí. Reí con ellas. Sentí sus manos posadas sobre mi cuerpo, arrancándome la ropa, sentí sus músculos algo fláccidos, y sus huesos, y yo me dejaba arrastrar, desnudo entre las putas desnudas, agitado de un lado a otro de la alfombra, sobado, lamido, poseído, iniciado por fin en lo más escondido de sus ritos.

Junto a la gramola, aquella a quien llamaban Dalia arrancó el disco y lo partió por la mitad. La realidad, la lógica, descendieron, de repente, brutales, como uno de esos despertares bruscos que le reintegran a uno a la vida de todos los días. El silencio se extendió como una mancha. Una de las putas me tiró mis ropas a la cara y gritó: "¡Largo!".

El día de la boda de Marta, la familia componía un cuadro pesado, sombrío, en el que solamente destacaba el vestido blanco de Marta y, en un tono más tenue, la cabeza dorada de tía Elvira. Los demás colores se fundían en tonalidades oscuras que formaban un todo compacto y denso: el amarillo ceniciento de los abuelos, el tinte verdoso de la cara de papá, los vestidos negros de las amigas de la abuela, y como aparte, descentrada, la señorita Eloísa, metida en un traje de chaqueta azul marino. Elsa y yo nos cansamos pronto de estar en la mesa y nos encerramos en el desván, con una botella de vino. Era esa hora de la siesta que es como una noche al revés. El sol se filtraba por entre las tejas y formaba rayos planos y plagados de puntitos luminosos, de modo que, gracias a esos rayos, la claridad era más viva y las partes oscuras más negras. Las muñecas muertas de Elsa reposaban en un rincón, amontonadas, los ojos cerrados y las manos unidas. Elsa y yo nos pasábamos los cubos coloreados del rompecabezas. Al mismo tiempo, yo le contaba lo que me había pasado en el burdel, y Elsa reía, lloraba de risa, se sujetaba el estómago para reír mejor.

—Cuando se lo cuente a la Vilma... ¿Qué ves aquí?

—Debe ser la Sole, una que movía la lengua... así. Y tú, ¿qué ves aquí?

—Ay, no me hagas reír más... Eso es una boda. La de Marta. En cuanto al prostíbulo, van a cerrarlo. Me lo ha dicho la Vilma.

Elsa colocó los cubos en la caja y añadió:

—Marta. Una menos —y después—: ¿Por qué no bajas a por otra botella? Me apetecería emborracharme.

Mientras descendía la escalera, pensé que Marta no estaría más con nosotros. A Marta se la llevaba en brazos un muchacho del campo, Gabriel, casada por la iglesia y como Dios manda. Marta no se había fugado como habría hecho Elsa, sin decir nada a nadie. Por eso, ante nosotros, Marta se diluía como si no existiera, dentro de su vestido blanco. No sentí nada ante su mirada reprobadora cuando me apoderaba de una nueva botella y me iba con ella, al tiempo que el dedo índice de la abuela me señalaba y su boca sin dientes se abría en una risa simiesca, y la cara verdosa de papá, reflejo de la enfermedad, flotaba como un globo arrugado, y en fin, todo ese cuadro, ese conjunto de rostros, vestidos, botellas, platos, se petrificaba como una visión obsesiva y sin realidad, intangible, incomprensible, absurda.

—La señorita Eloísa habla muy animadamente con Elvira —dije a Elsa.

—Ya. Debe estar radiante y dando gracias a Dios por la ley contra los burdeles...

—Tendríamos que saber sus planes...

—¿Bajamos?

Nuevamente nos integramos en la escena como dos piezas que no casaran en ella, dos piezas rotas de un rompecabezas insólito. Elsa, que se había puesto una especie de túnica roja, la cara pintada como una puta, que tenía aquella tarde los ojos color violeta y el cuerpo serpentino, estaba cien veces más hermosa que Marta, y casi borracha, se había sentado junto a Gabriel, le incitaba, se rozaba contra él, hasta que al fin Marta prorrumpió en un llanto silencioso y tía Elvira tuvo que empujar a Elsa a la cocina. Allí, entre Paca y Mauricia, Elsa se puso a fumar, sentada en el fogón, sacudida a intervalos por una risa nerviosa.

Yo miraba a papá, y no lo conocía. Pensaba en mi madre muerta al darnos a luz. Miraba a los abuelos, y a éstos los sentía más cerca, porque pronto se convertirían en cadáveres, y los cadáveres con cosas, y las cosas son eternas. También miré a la señorita Eloísa, a la que, definitivamente, habría que eliminar, porque hablaba de proyectos insensatos con tía Elvira, "¿sabe, Elvira? Un ala exclusivamente dedicada a los hijos de los obreros... Ahora que Dios ha escuchado mis preces y al fin va a desaparecer esa casa de vergüenza y de escándalo..."

Apuré mi copa y reí con ganas. El alcohol me soltó la lengua y me puse a hacer una especie de discurso, ridiculizando las obras sociales de la profesora, las inestimables ventajas que para todos presentaba la limpieza moral, pero apuntando intencionadamente la próxima situación de las prostitutas abandonadas: "Señorita Eloísa, ¿y esas pobres mujeres? ¿Por qué no pide a mi tía acondicionar un ala para enseñarlas a redimirse?". Elvira me fulminó con sus ojos miopes. Marta estaba tan nerviosa que Gabriel se la llevó del brazo hasta la ventana. Los miré, sonriéndome. Gabriel tenía en su cuerpo, y lo tendría para siempre, el deseo de olvidar lo que debe ser, con el ansia insatisfecha de estrujar a Elsa entre sus brazos, de pagar como fuera el placer de pasar una noche con Elsa...

Yo también me desprendí de la mesa. Elsa seguía en la cocina, sentada sobre el fogón, y yo me puse a su lado, mientras Paca y Mauricia, negras y enfadadas por el exceso de trabajo de aquel día, despotricaban sin cesar, nos miraban con recelo y movían las cabezas polvorientas. Mauricia, que era sorda, preguntaba a Paca qué ocurría exactamente. Las orejas estiradas, Mauricia asentía con la barbilla, los labios plegados, ponía a veces los ojos en blanco. Elsa las miraba y se reía, abrazada a una gata parda que se llamaba Miseria y que le había hecho un roto en el vestido. "Miseria, misi —susurraba Elsa—. Miseria, Miseria..."

Cuando terminó la comida y todos se marcharon, Elsa y yo nos sentamos en la escalera, mientras Paca recogía la mesa y ponía orden en la sala. Estuvimos casi una hora sin hablar, bebiendo champán, observando el manipuleo de la criada, robusta, redonda, protestando para sí misma. A ratos nos llegaba una frase más alta que otra.

—Ordenar, ordenar, venga a ordenar lo que los demás desordenan. Y así siempre... Una nació para eso, otras nacieron para vagas... La leche.

Los platos hacían un ruido claro, cristalino, al chocar unos contra otros. Parecía que los iba a romper. Los cubiertos y los vasos tintineaban como pequeñas campanas. El olor del café impregnaba aún el ambiente. A mí me gustaba ver la figura de Paca moverse pesadamente. No me estorbaba como los otros. Porque era como un mueble, como un perrazo, no tenía posibilidad alguna de molestarme.

—Eso sí, estaba guapa con su vestido blanco, la señorita Marta...

Creo que al decir esto lanzó una mirada maligna al trapo rojo de Elsa, y sobre todo, al humo de su cigarrillo, pues musitó entre dientes algo así como "sinvergüenza".

A mí me daba asco aquella mesa desordenada, llena de restos de comida, que Paca había abandonado inopinadamente para dedicarse a barrer el suelo, lanzando la escoba con furia, arrullada por sus propias protestas, protestas que venían a ser un instrumento más, una ayuda para arreglar el desorden de los amos.

Mauricia apareció después, como una sombra delgada y sin edad, para sacar brillo a los metales. Además de sorda, Mauricia no veía bien y guiñaba los ojos mientras daba con el trapo a la plata.

—Para ti, lo más fino —le espetó Paca, al salir, cargada con la escoba y un cubo, y la otra arrugó los ojos y volvió a mover la cabeza.

Fue aquella misma noche cuando papá se puso muy enfermo y le subieron a su cuarto, del que solamente saldría muerto. La abuela unía sus manos resecas y decía que de grandes cenas estaban las sepulturas llenas, aunque esta vez se trataba de un almuerzo. Tía Elvira cogió su coche para ir en busca de un médico y la señorita Eloísa la acompañó, toda alarmada y preguntando incesantemente qué podría hacer. Marta y Gabriel no volvieron, no volverían nunca. En un rincón, el abuelo leía un periódico, pasando las páginas con un dedo mojado en saliva.

Elsa y yo dormimos en la habitación, o mejor dicho, pasamos allí la noche, maquinando venganzas contra Eloísa, cuya amenaza comenzábamos a comprender, cuyo peligro nos llegaba ya de cerca, cuya intromisión en la casa parecía solidificarse, "...y se saldrá con la suya, Edu, ya verás, pues papá no puede mover un dedo y Elvira odia esta casa, Elvira no puede respirar entre estas paredes, tía Elvira quiere dar un buen ejemplo, hacer una donación, qué sé yo, algo que haga olvidar a la ciudad, a la gente que le interesa, que hasta hace poco teníamos alquilada una casa de putas..."

—¿Cómo hacer? Tendríamos que atacarla por su punto más vulnerable. Robarle su diario, por ejemplo...

Y brindamos por la idea. Los ojos de Elsa brillaban tras la copa de champán. Yo tiré la mía y me recosté en su regazo. Elsa apagó la luz, y poco a poco me quedé dormido, mientras ella me acariciaba dulcemente la cabeza.

Elsa se las ingenió para robarle el diario a la señorita Eloísa. Se lo sacó limpiamente de su bolso, en una de las clases de la escuela nocturna, y así, con ese diario, comenzamos a adueñarnos de ella, de su vida, de su alma. Reconstruimos su historia y nos introducimos en ella.

Además del diario, la señorita Eloísa tenía un cuaderno con cubiertas de hule negro en el que apuntaba las notas de sus alumnos. Cuando llegaba a casa por la noche —una pensión sombría de la calle Norte—, Eloísa vaciaba su bolso sobre la mesa y se dedicaba a mirar sus cosas, a ordenarlas y a acariciarlas, como si se encontrara con un tesoro cada día renovado. Ponía el diario a un lado, para después atenderlo más libremente, y recontaba su dinero, sacaba punta a los lápices y consultaba su agenda para ver qué podía apuntar en ella: la última película que había visto, el último libro que había leído, las medicinas que había comprado. No había polvera ni barra de labios en el bolso de la señorita Eloísa. Sólo un espejito redondo, de propaganda. Inclinada sobre las páginas del cuaderno de calificaciones, los ojos miopes descansados ante la cercanía de las cosas y la lengua entre los dientes, Eloísa repasaba las notas de sus alumnos, sus faltas de asistencia o de urbanidad, su grado de evolución, etc., determinando sobresalientes, aprobados y suspensos con un placer casi morboso. Terminada su tarea, prolongada generalmente en la corrección de deberes o exámenes suplementarios, Eloísa escribía algo en su diario. Cuando estaba deprimida, cuando sufría ante la indiferencia de sus alumnos o la sordidez de su pensión, la profesora se desahogaba a través de numerosas páginas que releía emocionada. Si, por el contrario, se encontraba alegre, ilusionada, le era más difícil escribir. Como si los acontecimientos positivos de su vida no merecieran ser registrados. Finalmente, Eloísa se metía en la cama, saboreando con delicia la lectura del libro que tenía entre manos. Después de una hora o dos de lectura, rezaba sus oraciones y poco a poco, entre imaginaciones y ensueños que en ocasiones la perturbaban, se quedaba dormida.

En cierto sentido, Eloísa se parecía a nosotros. Para Eloísa, el pasado no era una cosa que desaparece en la inexistencia, sino una presencia aún más real que el presente. Algo concretizado y hecho. Yo había explorado su universo, la había seguido, había ido a su pensión con el pretexto de llevarle un libro o un ejercicio. Incluso una tarde en que la esperaba, me introducí furtivamente en su dormitorio, lancé un vistazo y registré en mi mente una fotografía gris, anodina, de ese espacio vital que le servía de refugio: una cama metálica, como de hospital, una estantería, un armario desvencijado, una mesa, una silla. Contra la pared había un crucifijo negro y patético. La dueña de la pensión, una tal doña Bene, me sorprendió en el momento en que yo inspeccionaba una bolsa de goma. Doña Bene, desgreñada y sucia, se puso en jarras y me dijo:

—Pero vamos, ¿qué haces aquí, demonio? ¿Y para qué te interesa esa bolsa de agua caliente?

Musité algo y volví a la silla donde la esperaba, pero al poco, nervioso, temiendo que doña Bene comentara algo a Eloísa en mi presencia, dije que estaba harto de esperar, que ya la consultaría en clase, y me marché.

Me imaginaba la cara que iba a poner la sublime señorita Eloísa cuando vaciara su bolso y no encontrara el diario. Seguro que se le quedarían las venas vacías.

—Doña Bene, ¿ha visto usted por casualidad un cuaderno muy grueso con pastas oscuras?

Al mismo tiempo, Eloísa pensaba: "Lo habré dejado en el cajón de la mesa del aula". Pero estaba pálida, sin sangre en el cuerpo, y sólo después de haber mirado en todos los rincones, e incluso en el cuarto de baño, se había atrevido a hacer aquella pregunta a doña Bene, que dijo que no, que ella no había visto ningún cuaderno.

—Tal vez Anita, que hoy ha hecho la limpieza de su cuarto.

Anita, la hija de la patrona, miró a Eloísa de un modo especial y negó con la cabeza. ¿Pero por qué la había mirado Anita de esa manera?

Eloísa se enclaustró en su cuarto. Si encontrara su diario, si de repente apareciera de un modo mágico o sobrenatural, Eloísa escribiría en sus páginas: "Acabo de pasar por una situación límite. Sólo la fe en Dios me ha librado del suicidio..." Efectivamente, las últimas páginas de aquel cuaderno contenían el relato del hecho más increíble, más comprometedor y peligroso que le había sucedido en toda la vida.

El diario en cuestión comenzaba algunos años atrás, y debía haber un cuaderno precedente, porque el que nosotros leímos arrancaba de las vísperas de la boda de su hermana Beatriz. "Bea se va —había escrito Eloísa con una mano temblorosa—. Bea me abandona..." Eloísa recordaría siempre aquel día de octubre en que se casó su hermana. Qué esfuerzos por no llorar, cuánta amargura. Metida en su vestido blanco, Beatriz no parecía la misma. Era, pensaba Eloísa, como una de esas vestales destinadas a ser sacrificadas en el altar de un dios sanguinario. Pronto esas vestiduras blancas estarían manchadas de sangre, de su propia sangre. En cierto momento, Eloísa no pudo por menos de llamar a su hermana. Quizás estuviera a tiempo de arrepentirse... Pero Beatriz le puso una mano en el hombro, de una manera muy maternal, y le dijo que el matrimonio era una institución sagrada, que los hijos... Eloísa la interrumpió cuando su hermana pronunció la palabra hijos. Como si para tener hijos no fuera necesario acostarse con un hombre. Beatriz le respondió que la Virgen también fue madre, Eloísa objetó que por obra y gracia del

Espíritu Santo, y Beatriz dio la discusión por terminada alegando que pretender lo mismo sería demasiado...

(Y ambos nos retorcíamos de risa, las cabezas juntas, inclinados sobre el manuscrito de nuestra profesora...)

Eloísa ahogó un bufido y fue a encerrarse en el water para llorar mejor. ¡Qué asco, Señor, qué asco! Su propia hermana... Ellas, que siempre habían estado juntas, iban a separarse. Qué tristeza, qué pena tan inmensa... Adiós a aquellos años en que estuvieron tan compenetradas. Siempre estudiando, tomando apuntes, asistiendo a conferencias... Jamás una frivolidad. Únicamente los domingos, iban a merendar a una cafetería, y después al cine, si la película, desde luego, no era pecaminosa. Y en verano, en lugar de acudir a una playa de moda, ambas hacían circuitos artísticos: Avila, Salamanca... Se quedaban pasmadas ante las catedrales, tomaban notas, disfrutaban de emociones estéticas, sublimes, puras. Beatriz preparó su tesis de licenciatura sobre la evolución del gótico en las catedrales castellanas, y ella, Eloísa, sobre el teatro español en el Siglo de Oro. Nunca salían con chicos. Lo más, hablaban con compañeros de curso, y a veces, les aceptaban un vaso de vino en el bar de la Facultad, entre risitas, miradas huidizas y sofocos. Cosa que sucedía pocos días, pues vestían como monjas, no se maquillaban y hasta disimulaban el busto bajo las opresiones de una faja, lo cual constituía una especie de muralla de la virtud. Precisamente, el verano era un martirio para ellas, porque los senos se hacían difíciles de disimular. Les parecían indecentes esos bultos, una provocación... Y he aquí que ahora Beatriz los mostraba bien marcados bajo su traje blanco. La sucia... Quién sabía si hasta llevaba relleno... ¿Cómo podía haber cambiado de esa manera? ¿Quién podría haber dicho que Andrés, el único chico del que ambas se fiaban porque parecía algo frailuno, iba esta noche a hacer porquerías con su hermana?

Después de la boda de Beatriz, Eloísa atravesó una crisis de misticismo y pensó muy seriamente ingresar en un convento, pero su pasión por la enseñanza, por saber y aprender, la requerían en el mundo. Precisamente venían entonces las páginas más espirituales del diario...

Elsa y yo interrumpimos la lectura para reír a gusto, comentar cosas. Nos imaginábamos la angustia de Eloísa ante la pérdida de sus secretos. Debía sentirse desnuda, en medio de la plaza mayor, expuesta a las risas de todos... Sin embargo, cuando recomenzamos, nuestro interés se acrecentó, dejamos de sonreír y nuestra expresión debió hacerse tensa: ya no se trataba de nada ridículo, ni de sensiblerías. La prosa de nuestra profesora adquiría belleza, se sublimaba, y de repente, en las últimas páginas, encontramos el arma con la cual podríamos atacarla, porque súbitamente Eloísa se desquiciaba, sufría de verdad, vacilaba sobre unas bases —las reflejadas ante la boda de su hermana— que hasta entonces habían sido firmes y que se resquebrajaban ahora como por el efecto de un terremoto.

A veces, Eloísa parecía encontrarse tan segura de haber soñado, que terminaba por apartar de su mente aquella obsesión que se tejía en su espíritu y en su cuerpo, pero la obsesión volvía y la imagen adquiría cada vez una fijeza más marcada. No era ya tan sólo una imagen, sino una vida, un ser, algo clavado en su carne.

¡Y pensar que al principio ni le había visto!, escribía Eloísa, trémula, con una letra distinta, más nerviosa y apresurada que la de las primeras páginas del diario. No obstante, él estaba allí. Había venido a principios de octubre, y se había sentado en el último banco: Antonio Martos, un obrero llegado del Sur para la construcción de la nueva cárcel. Tal vez aquello comenzó a suceder después de una semana de su llegada, cuando él le entregó su cuaderno garabateado: Eloísa le tocó la mano, sin querer, o bien fue él quien se la tocó a ella, también sin pretenderlo. Un contacto accidental y sin importancia en sí, pero al mismo tiempo él la miraba y ella sentía el fuego de sus ojos y de su mano, unidos. No pasó nada, en realidad. Ella puso el cuaderno junto a los otros y él se alejó hacia la puerta.

Al día siguiente, cuando Eloísa entregó los cuadernos con las correcciones, el contacto volvió a repetirse. Durante toda la clase, sintió la sensación absurda de haberse quemado. Le parecía tener algo en la mano, una especie de picor, un calor, no sabía definirlo. Y mientras los alumnos copiaban las frases que ella había escrito en la pizarra, Eloísa se fijó en aquella cabeza inclinada, en aquellos dedos demasiado ásperos y grandes para coger el lápiz. Contempló su pelo liso y negro, parte de la nariz y las pestañas, además de esa mano torpe –la izquierda– sobre el cuaderno. Luego, le vio los ojos, cuando él los levantó para descifrar la frase siguiente. Unos ojos como de carbón, dulces y salvajes, con algo triste y como de otro mundo. Debe venir de muy lejos, pensó Eloísa. Del Sur, del mar, de otras tierras.

Cuando Eloísa preguntó a sus alumnos si tenían alguna duda, Antonio Martos le preguntó: "Señorita, ¿alma se escribe con hache?".

Eloísa dijo: "Sin hache", y él bajó los ojos hacia su cuaderno. Sí, efectivamente era del Sur. Su acento lejano y agreste le había hecho la misma impresión que el contacto brevísimo de su mano. Alma. Le había preguntado cómo se escribía alma. Después, recordó que días atrás había escrito en la pizarra: "El alma es inmortal". Sin duda, había corregido la palabra, y ahora él no estaba

101

seguro. En el Sur, aspiran las haches y las primeras vocales, se dijo Eloísa: jalma, jocho...

Era a principios de noviembre. Eloísa había puesto un dictado como examen y Antonio fue el último que se acercó a ella para entregarle su papel. Eloísa tropezó con sus ojos y, nerviosa, le preguntó si deseaba algo.

—Que lo lea para saber si lo he hecho bien —dijo él.

—Lo leeré en casa, junto con los demás.

Él dibujó una sonrisa algo triste y se alejó lentamente hacia la puerta. Eloísa le miró ya de un modo especial, considerando sin querer sus piernas fuertes, su esbeltez y ese negro casi azul de sus cabellos. Después, distraídamente, leyó el papel: "La espero esta noche a las ocho en la puerta de la catedral que llaman del Alma".

Eloísa arrugó el papel entre las manos, tuvo un gesto de ira, un gesto de extrañeza, un gesto de ilusión, un gesto de horror, y desde ese momento ya no volvió a ser la misma.

La idea de acudir a esa cita absurda no se le ocurrió ni por un minuto. Eloísa se marchó a su pensión, con el sentimiento de haber sido insultada. Incapaz de saberse deseada, consciente de ello, siempre había sido su actitud la de mirar a los hombres como a las mujeres, sin pasión ni interés especial. Y estaba muy orgullosa. Por eso le parecía un insulto, algo que no encajaba en su ser, un elemento extraño, en fin, semejante burla, pues solamente como burla podía considerarse aquella cita, una burla que, por otra parte, no se merecía.

Como todas las noches, Eloísa tomó su tisana y se fue a la cama con un libro, pero permaneció casi media hora con la vista fija en la misma página, una expresión concentrada en la cara, los labios estirados y el entrecejo fruncido, sin poder leer, llena de indignación y rumiando en su mente mil respuestas que dar a ese descarado.

Cuando el sueño comenzó a llegarle a pequeñas oleadas, Eloísa distendió el entrecejo, aflojó los labios y entornó los ojos. La irracionalidad de los primeros instantes del sueño le hizo sentir el calor de las manos y de la imagen de su alumno, y así se quedó dormida.

Al día siguiente, Eloísa se entregó con pasión a sus clases del instituto. Sobre todo a nosotros, los del último curso, nos obsequió con una explicación excelente del teatro de Cervantes, una explicación en la que incluso introdujo puntos de vista propios, consideraciones justas y hasta observaciones originales e irónicas. Era como si un espíritu la estuviera iluminando. Eloísa se sentía arrastrada por sus propias palabras, su cerebro trabajaba, toda ella no era más que pensamiento, desasida de su pobre cuerpo. Pensamiento y alma.

Alma. Eloísa se detuvo un instante en su explicación y miró a derecha e izquierda, como si el espíritu se hubiera desvanecido de repente para dejar en su lugar al mismísimo diablo. Alma. La puerta del Alma. La catedral. Esta noche, a las ocho. Nuevamente poseída, sin embargo, por ese aliento literario que la impulsaba, Eloísa sacudió la cabeza y continuó sin darse cuenta de que el bedel había dado ya la hora.

Entonces, yo, con una solemnidad un tanto irónica, me acerqué a ella y le dije:

—Señorita, gracias por esta clase.

Ella me miró, extrañada, y no pudo evitar sonreír. Decididamente, éste era el curso de los alumnos originales. Los que no se mueren por salir de la clase y, a otro nivel, los que se citan. Eloísa recogió sus cosas, estremeciéndose ligeramente. Ella, que había observado parte de nuestro comportamiento en casa, nuestra anarquía, sin duda desconfiaba de nosotros y quién sabe si hasta sospechaba que estábamos tramando algo contra ella.

Sin pretenderlo, todo volvía a su memoria: sus páginas del diario, el alumno de la escuela, esta curiosa felicitación que terminaba de recibir. Y luego, la clase nocturna, la escuela.

Pensó faltar, ponerse enferma, encerrarse, irse a la iglesia para rezar, pero decidió que exageraba y que no debía dar importancia a una cosa como aquélla. Una broma de mal gusto, al fin y al cabo, se la dan a cualquiera.

Lo que le extrañó aquella noche en la escuela, lo que la estremeció, fue el cambio de puesto del alumno Antonio Martos, que se había sentado en el primer banco, como para verla mejor. Eloísa procuró componer su cara gris de siempre, pero se sentía roja, tensa y llena de tics. Los mismos tics que le entraban en sus exámenes de la Universidad, hacía ya tantos años. Eloísa repetía el abecedario, los números, escribía en la pizarra diversas combinaciones de sílabas. En cierto momento, armándose de valor, decidió enfrentarse con aquella mirada estática que no podía dejar de sentir.

—Si mira a la pizarra se enterará mejor, ¿sabe?

Y continuó escribiendo, en un esfuerzo sobrehumano, para apartar de su mente esa cabeza de pronto inclinada, sumisa, hermosa y vencida como la de un guerrero herido.

—Las palabras que terminan en ir se escriben con be, excepto hervir, servir, vivir...

Terminada la clase, Eloísa fue recogiendo los cuadernos maquinalmente. Elsa apareció para ayudarla, pero al advertir a Antonio, se escondió. Él parecía tardar intencionadamente en darle su ejercicio, que Eloísa puso junto a los otros, sin mirarlo. Nerviosa, advirtió que el muchacho no salía del aula. Para colmo, tenía la impresión de haber visto asomar a Elsa, desaparecida sin saber cómo. Dios mío, era demasiado. ¿Por qué la atormentaban así? ¿Por qué no la dejaban en paz? Eloísa se dejó caer en su silla, sin fuerzas, resignada a recibir ya todas las burlas en el rostro.

—¿Qué quiere usted? —susurró—. ¿Qué quiere usted de mí?

—La espero fuera —dijo él—. Si no quiere que nos vean juntos, yo estaré en la esquina de más arriba, y la seguiré...

Le había hablado desde muy cerca, echándole el aliento a la cara, un aliento cálido que olía un poco a vino y a tabaco, pero que a Eloísa le pareció fresco y puro como el aire de las montañas. Eloísa se encogió como un gorrión, extendió después sus alas y, dándole la espalda, le suplicó que se fuese.

—Déjeme en paz —se oyó decir, y cuando él ya se había ido, casi gimió—: No, no me dejes en paz, persígueme, oblígame a seguirte, aplástame contra la pared, y...

Eloísa procuró dominarse, roja de vergüenza. Salió del aula, y con un trotecito débil y torpe, se alejó calle abajo, sin volver la cabeza hacia atrás.

Pero, en realidad, su verdadero suplicio comenzó al día siguiente, cuando Eloísa comprobó casi con horror que su alumno no había ido a clase. Estará enfermo, estará ocupado, no podrá venir... Eloísa buscó el nombre del alumno en su lista: Antonio Martos. Al cuarto día de su ausencia, al pasar lista, Eloísa preguntó con una voz indiferente:

—¿Alguno conoce a Antonio Martos?

Se encogieron de hombros.

—Necesito saber si no viene más, para borrarle.

Pero nadie le conocía.

Al salir de su escuela, Eloísa trepó penosamente calle arriba, pasó ante la catedral y se ocultó en su pensión.

En realidad, Antonio Martos estaba con Elsa, que le había abordado para que hiciera algunas reparaciones en su dormitorio. Tapar unas manchas de humedad que a Elsa le obsesionaban porque, decía, formaban caras de monstruos, caras que la amenazaban incluso tras la oscuridad, en el silencio.

Elsa, tumbada en la cama, observaba a Antonio, que extendía una capa de pintura sobre las manchas de la pared. Elsa tenía en sus manos el diario de la señorita Eloísa, con el dedo a modo de señal separando las páginas en que la profesora hablaba de sus últimas inquietudes, de su cita, de esa pasión inopinada que no la dejaba vivir... Yo me incliné hacia Elsa y le pregunté en voz baja:

—¿Es un pretexto eso de las manchas de la pared?

El día anterior, me dijo Elsa, la señorita Eloísa había parecido derretirse cuando Antonio le entregaba su cuaderno de ejercicios. Oculta en un rincón, Elsa esperó a que Antonio saliera y le abordó en la calle, le pidió que le quitara esas manchas de humedad que habían aparecido en su cuarto, le aseguró que le pagaría bien.

Antonio se mostró taciturno y cohibido. No quería ir. Sobre todo no quería perder sus clases.

—Pero terminé por convencerle, y estoy segura de que ahora la señorita Eloísa comenzará a interesarse verdaderamente por él.

Lo curioso era que a Antonio también le interesaba Eloísa. Elsa no lo comprendía.

—¿Te das cuenta? Si parece una polilla...

Cuando Antonio terminó de cubrir las manchas, Elsa propuso que nos reuniéramos los tres en la habitación. Yo fui a por una botella de champán. Antonio, con sus pantalones manchados, su mirada baja, pensaba probablemente en su clase perdida, en Eloísa. Elsa le llenó dos veces su copa. Los ojos de Antonio, por fin, comenzaron a brillar cuando se fijaban en Elsa, que desabotonaba distraídamente los botones de su blusa. También, Antonio se puso algo más locuaz.

—Ella sabe mucho —decía, refiriéndose a Eloísa—, y yo admiro a la gente que sabe.

—¿Pero te gusta? —le preguntó Elsa, acercándose a él—. ¿Te gusta como mujer?

Antonio se puso rojo y apuró su copa nuevamente.

—Nunca había bebido esto —sonrió—. Y está bueno...

Elsa me miró, sonrió significativamente y dijo:

—Los pobres. Desde que han prohibido el prostíbulo se agarran a lo que pueden...

En efecto, hacía solamente unos días que la ciudad se había al fin desembarazado de "aquella vergüenza". La señorita Eloísa podía estar contenta. Sin embargo, no había en su diario nada relativo al hecho. Las preocupaciones actuales de Eloísa eran más íntimas.

—¿Qué quiere decir usted? —preguntó Antonio a Elsa, levantándose bruscamente—. Si quiere reírse de mí...

Ella le obligó a sentarse de nuevo, mientras le acariciaba la cabeza, las orejas, le metía la mano entre la camisa.

—¿De verdad te gusta ella más que yo?

Fui a por más champán, y mientras abría la botella, Elsa me hizo una seña para que les dejara solos. Era ya muy de noche. Al cerrar la puerta, tuve la ocasión de ver el gesto brusco de Antonio, que apretó a Elsa entre sus brazos de una manera torpe y brutal.

107

Desde una ventana, ante los jardines, miré la masa sombría del viejo prostíbulo vacío, ya sin esas rendijas de luz. Una de sus ocupantes, que probablemente no sabía adónde ir, hacía su carrera en el exterior, amedrentada y miserable como una perra vagabunda. Era la Dalia, que tía Elvira terminaría por recoger para hacer de ella una criada más. La muchacha que aquel día en que me cogieron las putas se mantuvo aparte, junto a la gramola, y que luego rompió el disco. Pensé que tal vez si Antonio la hubiera encontrado no estaría ahora con mi hermana. Sentí en el pecho un amargo resquemor contra Elsa, una inquietud corrosiva. La veía debajo del cuerpo de Antonio. Y supe cuando él salió de la casa, sin verle, porque intuí a Elsa libre, acudí a su cuarto y la encontré dormida, los labios entreabiertos y en los pómulos la sombra espesa de sus pestañas. Me eché junto a ella, y por un momento aspiré el aire suave de su respiración. Me habría gustado dormir a su lado, pero no tenía ningún sueño. Sentía la necesidad de hacer algo, de desahogar mi nerviosismo. Salí del cuarto de Elsa, pero el portazo que di no la despertó. Toda la casa y toda la ciudad estaban dormidas. Nadie. Solamente, en los corrales, en los jardines abandonados, se entrecruzaban las sombras de los gatos. Me entretuve en observarlos. Pequeños seres movedizos y elásticos, un resplandor fosforescente de ojos, orejas estiradas, atentas a todos los sonidos. Deseé ser uno de ellos. Ser un gato. Animales superiores, parecían conservar el recuerdo de sus antiguas deificaciones y condenaciones, por lo cual actuaban a la vez con insolencia y con precaución —como nosotros—, buscando a través de un mundo inseguro el mundo propio que habían perdido, su paraíso original gatuno. Llenos de astucia y sabiduría, se servían de los hombres más que los hombres de ellos, e incluso se burlaban del mundo desde sus dominios particulares, allí, sobre los tejados o en los jardines, pequeñas fieras de raza aparte, vigilantes y dañinas... Me deslicé en la noche, con el diario de la inefable Eloísa en las manos. No hacía frío. Los maullidos de los gatos rasgaban un aire quieto. Una página del diario, que se me había pegado a los dedos, evocaba una tarde en que Eloísa se encontró como perdida en un museo de reproducciones artísticas, sola entre las estatuas de dioses desnudos, turbada dentro de un mundo pagano que, de pronto, se ponía en movimiento, cobraba vida, el matiz incoloro de las estatuas se trocaba en el tinte de la piel, y había un guerrero herido que se levantaba y le tendía los brazos...

Antonio. Eloísa estaba enloquecida por Antonio. Al final de la página donde Eloísa describía su visita al museo, esa especie de alucinación que le había sugerido su alumno analfabeto, escribí con una letra entorpecida a propósito: "La espero siempre en la puerta de la catedral que llaman del Alma..."

Caminé hacia la ciudad, que se hacía casi invisible en el horizonte oscuro. Pasé por la plaza desierta, riendo de una manera entrecortada, incontrolable, y una vez en la escalera de la pensión de Eloísa procuré no reírme más, subí de puntillas y sujeté la hoja del diario entre el corazón de Jesús que había en la puerta. Escribí su nombre y descendí al trote. Ya no me importaba hacer ruido, y reí bien alto, escuché mi propia risa y volví a la casa. Pronto no habrá más escuela, me dije, ni más proyectos, ni nada... Pronto Elsa se cansará de Antonio, papá se morirá, los abuelos se morirán, y tía Elvira desaparecerá para siempre... Nuestro mundo oscuro e interno sería sólo para nosotros. Para nuestros juegos.

Desperté a Elsa arrojándole encima un montón de muñecas. Olía a pintura, la pintura que Antonio había extendido sobre las manchas de la pared. Elsa se incorporó y me arrojó una muñeca a la cara. Me senté a su lado y le conté lo que había hecho. Ella me acariciaba la cabeza y me decía, entre risas, que nunca se separaría de mí.

Cuando Eloísa encontró aquella hoja de su diario clavada en la puerta de la pensión, exhaló un gritito y retrocedió unos pasos. Doña Bene, que abrió la puerta, la vio apoyada contra la pared, los ojos enormes y más pálida que una sábana. Apoderándose de la hoja, Eloísa corrió a encerrarse en su cuarto. Se quedó en pie, parada, las manos cruzadas, la mente en blanco, y después, sin saber cómo, se derrumbó sobre la cama y se durmió casi instantáneamente, con una sonrisa tonta flotándole en la boca.

Horas después la despertaron unos golpes en la puerta. Era doña Bene. Que si necesitaba algo... Con una voz de hilo, Eloísa dijo que no. Las pantuflas de doña Bene se alejaron por el pasillo. Eloísa miró el reloj. Era ya muy de noche y había olvidado beber su tila, mirar sus cuadernos, recontar su dinero. No tenía sueño, naturalmente, después de aquella especie de siesta que le había impedido acudir a la clase nocturna. Cerciorándose de que no había nadie en la cocina, Eloísa se preparó agua caliente para su bolsa de goma. La llenó, volvió a su cuarto y se metió en la cama, con la bolsa bajo los pies. Eloísa miró el techo, las paredes. Nunca le había parecido tan fea aquella habitación. Ni un adorno, ni un detalle, nada. El flexo, cuya luz baja siempre la había confortado, se le antojó un aparato absurdo, poco femenino. Eloísa suspiró resignadamente y cogió un libro de sobre la mesita. Quizá leyendo lograra tranquilizarse. Pero las risotadas de una nueva huésped, o probablemente una antigua huésped que regresaba, le impidieron concentrarse. Debía de ser una mujer rubia que había entrevisto vagamente en el comedor, con un aspecto equívoco, o en realidad inequívoco, tal vez una de las exiladas del prostíbulo. Eloísa arrojó el libro al suelo. Si al menos aquella mujer no se riera así. Parecía verla. Una melena rubia sobre los hombros, la boca abierta, el busto hacia adelante. Eloísa la imitó, haciendo "ja, ja, ja", abriendo mucho la boca y contorsionándose sobre la cama. Al fin, la mujer dejó de reírse y se oyeron sus agudos zapatos taconear hacia el cuarto de baño.

Tenía que buscar otra pensión, esto no podía ser. Una habitación más moderna, más alegre. A ser posible, un sitio donde hubiera poca gente, más cerca del instituto. Pero ante la idea de hacer su equipaje y cargar con sus libros, Eloísa se desalentó.

Octubre, noviembre, el invierno, el curso, la escuela nocturna, los exámenes... Siempre le había gustado esa monotonía, esa tranquilidad. Los días grises, el cine de los domingos, la lectura. Siempre, además, había tenido el aliciente de un proyecto. Hasta hacía poco, la escuela y sus planes para acondicionar un ala de la casona del río para los hijos de los obreros, le dieron mucha importancia ante sí misma. Se llegó a sentir como bendecida desde las alturas. Y he aquí que ahora ni pensaba en ello. Todo porque algo innoble, obsesivo, pegajoso, se había instalado dentro de ella. Sí, ¿por qué disimularlo? Era eso. Eloísa se sintió enrojecer. Se habría ocultado entre las mantas, tanta era su vergüenza. Sin embargo, con un gesto de coraje, Eloísa tomó su espejito de mano y se observó detenidamente, se enfrentó con su cara gris, lisa, sin sangre. Si al menos se atreviera a pintarse. Quizá un poco de rouge, un toque de polvos, y sería otra cosa. Y una manera distinta de vestir. No es que fuera a convertirse en una mujer como aquella cuyas risas tanto le habían irritado, sino solamente cambiar un poco, renovarse. Claro que en el instituto la criticarían. No podía ser. De todos modos probaría mañana, aunque sólo fuera para sí misma. Iría a una perfumería alejada, una perfumería en la que nunca hubiera puesto los pies. Se compraría una crema de belleza, para dársela por las noches. Eso nadie lo iba a notar. Dicen que las hay que hacen milagros. El espejito devolvió a Eloísa una futura imagen radiante, una imagen que se deshizo en polvos plateados que al desaparecer le mostraron de nuevo su rostro cansino. El peso de los años se le quedó localizado en un rincón del cerebro. La época de sus estudios, sin una cita con un chico, sin un solo día, un solo momento de auténtica diversión. Sus amigas, parduscas y solteronas como ella. Sus escrúpulos, sus confesiones, el terror al sexo.

Ah, el terror al sexo. Eloísa enrojecía, oleadas de sangre le acudieron hasta las raíces del cabello, y le pareció que su cara se incendiaba, que terminaría por estallar como un globo. Volvía a sentir ese monstruo en el cuerpo. Cómo la mordía, cómo la acariciaba, a ella, que nunca, nunca había tenido tentaciones, que siempre se había reído de esas cosas. ¿Por qué, por qué? Y lo veía allí sobre ella, dentro de ella. Cerraba los ojos y lo veía, como una visión del infierno, igual. ¿Por qué ocurrió? ¿Por qué aquel contacto, aquel fuego mínimo de una mano le había causado semejante incendio en su cuerpo? Si al menos no la hubiera tocado. Pero la tocó, y entonces algo en su cerebro, una célula, una partícula quedó suelta, en libertad. Había bastado uno de esos gestos mínimos e imprescindibles, un roce de manos. Una mano que le quemaba todavía. Y esos ojos negros, profundos como pozos, esos ojos salvajes y dulces. Esa manera de andar, las piernas algo separadas. Y luego, aquellas palabras escritas en el cuaderno, torpemente, como escribe un niño, esas palabras que la indignaron, que le hicieron romper el papel, tan segura de que jamás volvería a pensar en ello. Y he aquí que ahora las repetía, y le parecían increíbles, aquella palabras, la única flor que había recogido en el desierto amarillento de su existencia. "La espero a las ocho en la puerta de la catedral." Y ella, naturalmente, no había ido, mientras que él, por su parte, hacía cuatro días que faltaba a clase. Exactamente desde que Elsa les había visto, pues ahora Eloísa estaba segura de que Elsa se había escondido para observarlos, para controlar su confusión repentina, así como también comenzaba a estar segura de que era ella quien le había robado su diario.

Eloísa pensó que debería haber acudido a la cita, aunque sólo fuera para saber qué quería, pero al mismo tiempo estaba contenta de no haber ido. En realidad, lo que ella quería era haber ido a la cita y no haber ido a la cita, así, a la vez. Yendo, ella le habría estrechado la mano y le habría preguntado, sin temblores, llanamente: "Bien, aquí estoy, ¿puede decirme lo que quiere?" Y él, entonces, sin poderse contener, la habría tomado entre sus brazos y la habría besado. En este caso, lógicamente, ella le habría dado una bofetada, que era lo más decente, pero el beso nadie podría quitárselo ya, lo guardaría sobre sus labios resecos y su vida estaría marcada por un sentido. No yendo, Eloísa tenía la satisfacción y el orgullo del deber cumplido. Pero en realidad, lo ideal era haber ido y no haber ido.

Eloísa se abrazó a la almohada, se estiró, los ojos cerrados, recreando a Antonio en su mente. Lo veía sentado en su puesto, tan formal y callado, escribiendo con sus dedos gruesos de albañil. ¿Dónde estaría ahora, en este momento? Durmiendo, quizá, o bebiendo vino. También podría ser que estuviera con una de esas mujeres expulsadas del burdel, algunas de las cuales pululaban por la ciudad, apareciendo y desapareciendo inesperadamente, como estrellas fugaces. O quién sabe si estaba con Elsa, pues esa muchacha, a pesar de la categoría de su familia, de su clase, era muy especial, tenía cierta mala fama, no era como su hermana Marta, y en fin, Eloísa nunca había visto muy clara su presencia en las clases nocturnas, pues le daba la impresión de que iba allí para encandilar a los alumnos.

Probablemente, determinaba Eloísa, Antonio estaría solo, tan callado y serio que era. En su cuarto, en su cama, así, tendido. No llevaría pijama, pues los obreros no usan pijama. Eloísa se inflaba, estallaba, enloquecía, sintiendo que la almohada se convertía en el cuerpo duro de Antonio, agitándose contra su vientre y sus senos, apasionado, salvaje. Qué cosa tan ingenua el primer contacto de sus manos, ahora que podía sentirlo así, desnudo, ahora que la poseía...

Ah, basta, basta, basta... Sin saber cómo, Eloísa se encontró tendida sobre la alfombra, los pies contra el suelo helado, revuelta en su camisón y la almohada todavía pegada a su cuerpo, como un ser viviente. ¡Qué vergüenza, qué cosa tan horrible...! Si alguien la viera, si las almas caminasen desnudas, ella no saldría jamás de este cuarto. Lucharía por morir, matar con ella ese monstruo indigno y miserable.

Eloísa se levantó, se estiró el camisón, atusó sus cabellos y salió al cuarto de baño. Tenía que tomar algo para dormir, pero no encontró nada. Si despertara a doña Bene y le pidiera permiso para hacerse una taza de tila... Pero iba a pensar algo, le preguntaría cosas. No obstante, tenía que dormir. Decían que con el gas algunas sirvientas atontaban a los niños para conseguir dormirlos y que les dejaran en paz. Eloísa abrió levemente una de las llaves del gas y aspiró el veneno, pero se apartó bruscamente y tosió con tal fuerza que doña Bene apareció precipitadamente, envuelta en un abrigo de hombre, toda alarmada, mientras Eloísa cerraba furtivamente la llave del gas.

—¿Pero qué le pasa a usted, Eloísa? ¿Se siente mal?

—No es nada, no es nada...

Eloísa huyó a su cuarto, pero la patrona la siguió, como flotando, igual que un nubarrón oscuro.

—Ah, qué susto me ha dado usted, Eloísa. Estoy segura de que se siente mal. ¿Quiere que llame a un médico?

Eloísa casi gritó, las manos extendidas, con el gesto de detener una aparición diabólica.

—Ah, no, eso no...

—Pero vamos, cálmese, cálmese...

—Le aseguro que no es nada. Nada —y Eloísa sintió que las lágrimas le mojaban las mejillas—. Váyase, se lo suplico.

—Bueno, hija, pero hasta que no la vea tranquila en la cama no me voy en paz.

—Déjeme sola, por favor.

Eloísa cerró la puerta bruscamente y se arrojó sobre la cama, víctima de un llanto convulsivo, atroz. Por un momento, creyó que sus lágrimas habían manado en tal cantidad que era por eso por lo que la cama estaba toda empapada, pero se trataba de la bolsa del agua caliente, que se había salido y se enfriaba entre las sábanas. Aquella desgracia, más material que la suya verdadera, casi le puso los pelos de punta. ¿Qué iba a hacer ahora? ¿Qué iba a pensar mañana doña Bene cuando viera las sábanas mojadas? Seguro que no creería que era la bolsa del agua caliente. Pensaría que se habría orinado, qué horror, qué horror tan indecible, orinarse en la cama, la considerarían anormal, o algo peor. Eloísa deshizo la cama, y para mayor martirio suyo escuchó a doña Bene, detrás de la puerta.

—¿Está mejor, hija mía?

—Sí, sí... —musitó Eloísa—. Han sido los nervios, porque no podía dormir, pero ya pasó, gracias, doña Bene, hasta mañana.

Eloísa abrió la ventana para sacar las sábanas. Un frío cruel le hizo temblar, pero lo resistió heroicamente y puso las sábanas en la cuerda. Le pareció que alguien la miraba desde otra ventana, alguien que estaba descubriendo lo que hacía. Eloísa cerró con un ademán seco, exacto, e inspeccionó la colcha y el colchón, que también estaban mojados. Volvió a derrumbarse sobre la cama, temblando. Estaba perdida. Completamente perdida.

El alba la sorprendió sin haber dormido un minuto, los ojos abiertos, amoratados. Eloísa retiró las sábanas, que parecían estar aún más mojadas que la noche anterior, tiesas por el frío. Decidió no salir del cuarto en todo el día. No iría a clase, no comería, se quedaría allí, hasta que las sábanas, la colcha y el colchón se secaran con el calor de su cuerpo.

En realidad, Eloísa no salió de su habitación durante una semana: había cogido la gripe, me dijo doña Bene cuando fui a preguntar por ella. Doña Bene, que se encontraba locuaz, me contó en todos sus detalles el comienzo y desarrollo de la gripe de Eloísa. "Pero para mí —añadió la patrona—, creo que hay algo más..."

Después de esa gripe, o lo que fuera, Eloísa volvió al instituto y a la escuela, más delgada, pálida y ojerosa, pero con una firme voluntad de superarse que, de todos modos, se derrumbó cuando vio a Antonio en su puesto, y junto a él a Elsa, guiando la mano izquierda del obrero, que escribía trabajosamente en su cuaderno una frase que Eloísa había trazado en la pizarra. A Antonio le brillaban los ojos y prestaba toda su atención por aprender. Pero Eloísa casi se desvaneció cuando, al terminar la clase, Antonio y Elsa se marcharon juntos por los campos salvajes que rodeaban la casa, dejando atrás las calles que subían a la ciudad.

Eloísa acudió a buscar refugio en las iglesias. Las recorría todas, como si en cada una fuera a visitar a un dios distinto. Una de aquellas tardes volví a ver a Eloísa por la catedral, parada ante la puerta del Alma, temblando, como si las alas de los ángeles descendieran de las alturas para quemarla. Sin duda, eran ángeles-demonios aquéllos que había en la catedral, pues vi a Eloísa petrificada, sin poder moverse, impávida entre la lluvia y el frío.

Me acerqué a ella. Tenía que conseguir que se marchara de la ciudad, fuera como fuera. Que su propio sufrimiento la arrastrase hacia otro lugar. Ya no era solamente el interés por destruir sus proyectos en favor de nuestra independencia en la casa, sino una especie de juego diabólico que me apasionaba.

Ella se asustó, como si yo fuera una estatua de piedra que hubiera bajado de una hornacina para atacarla. Se asustó tanto que se alejó con su trotecillo habitual y se escondió en la gran puerta de la torre. Allí, casi a oscuras, continué, mientras ella se pegaba contra la pared,

117

indefensa y patética como una de esas figuras atormentadas de los cuadros religiosos.

—Elsa y yo lo sabemos todo de usted. Todo, ¿comprende? Y estamos hartos. Hartos de que nos vaya tomando la casa. ¿Qué se ha creído? ¿Qué nos va a rodear de obreros, de hijos de obreros, de enfermos, de anormales...?

Muerta de miedo, Eloísa musitó algo ininteligible, subió unos escalones, sintió miedo de la oscuridad acentuada y se detuvo, nuevamente frente a mí.

—¿Qué quiere usted? —murmuró—. Es innoble... Innoble, asustarme así. Informaré al director del instituto, a su tía Elvira...

Mi risa se multiplicó en el eco, trepó por la escalera de la torre, se elevó hacia las nubes: "Usted no informará a nadie, si no quiere que publique su diario en el periódico local..."

Eloísa se dejó resbalar por la pared hasta quedar sentada sobre un escalón húmedo. Hacía esfuerzos por no llorar. Sentí algo de pena y, en un tono más dulce, proseguí:

—Ese obrero, Antonio, está loco por usted, Eloísa. Tan loco por usted como Elsa está loca por él. Le aconsejo algo. Váyase con él. Elsa intentará impedírselo, porque ella le tiene acaparado, pero podrá verle por la mañana, en las obras de la nueva cárcel. Huyan los dos. Viva, señorita Eloísa. ¡Viva! Pero deje nuestra casa... No vuelva a la escuela, ¿comprende? Deje tranquila a mi tía Elvira, no le hable de un solo proyecto más. De lo contrario...

Eloísa se puso en pie penosamente, me miró con sus ojos de agua, abrió los labios para decir algo, no encontró el qué, y desapareció, rápida y delgada, envuelta en su abrigo, como estrangulada por su gruesa bufanda de lana.

Regresé a casa. Elsa y Antonio estaban en la habitación. Los miré torvamente, con un fuego oscuro que me consumía, porque yo no quería solamente que Eloísa se marchara, sino también que Antonio la siguiera. Que desaparecieran los dos. Que la casa fuera más nuestra, Elsa más mía.

Le quité a Antonio el vaso de vino que se llevaba a los labios, mientras Elsa me miraba con el ceño fruncido.

—He hablado con la señorita Eloísa —dije, y dirigiéndome a Antonio le susurré al oído, sin que Elsa pudiera entenderme—: Te espera en las obras de la cárcel, por la mañana...

—¿Y qué se cuenta la señorita Eloísa? —me preguntó Elsa.

—Nada extraño: nos deja. Lástima, ¿verdad? Era una buena profesora.

Antonio se puso su viejo chaquetón oscuro, y poco después vi su sombra atravesar el jardín. Elsa, fastidiada, rabiosa, me increpó:

—¿A qué vienes a meterte entre nosotros? ¿A ti qué te importan mis amistades?

Yo le dije:

—A Antonio no le interesas, ¿no te das cuenta?

Ella rió estruendosamente, con esas carcajadas rojas, insolentes, que llenaron la habitación como una marea.

—¿Sabes una cosa? En realidad, cuando llegaste yo estaba hablando a Antonio de las estrellas. De las constelaciones. Y era enternecedor su interés, su expresión atontada... Eso era todo.

Aquella noche Elsa y yo no hablamos más, no hicimos ningún plan, ni jugamos con el rompecabezas. Cuando me fui a acostar vi en el vestíbulo a una muchacha sentada sobre la punta de una silla. La acababa de traer Mauricia, por orden de tía Elvira, que la iba a recibir de un momento a otro. La Dalia. Cuando pasé por el despacho de tía Elvira, asomé la cabeza y le lancé con todo el sarcasmo que pude: "¿Esperas ganarte el cielo a fuerza de obras de caridad o el infierno a costa de torpezas?".

A la mañana siguiente, semioculta la cara por una bufanda y unas gafas oscuras, subí hasta las obras de la nueva cárcel.

Con el mismo afán de ocultarse, también con su gruesa bufanda y unas gafas de sol, Eloísa deambulaba por las obras. Los albañiles trabajaban impregnando el aire helado de la mañana con sus alientos blancos. Muerta de frío, temblando, Eloísa espiaba el ir y venir de los obreros, escuchaba sus voces, aspiraba con ansia aquel viento de polvo en el que deseaba integrarse. Eloísa sabía que su presencia en aquel lugar sería pronto observada, y en efecto, en seguida advirtió miradas, comentarios confusos, pero resistió, apretando fuertemente sus puños dentro de los guantes. Si al menos pudiera verle... ¿Se atrevería a preguntar por él? ¿Dónde estaba? Sus ojos miopes no podían distinguirle, y los cristales oscuros de sus gafas le dificultaban aún más la visión.

A ramalazos, Eloísa sentía horror de sí misma, pero había resuelto soportarlo todo, el frío, las humillaciones y el pasar por loca, con tal de dar a su vida, aunque sólo fuera por un minuto, el calor y la sangre que necesitaba.

Cuando los albañiles terminaron su trabajo de la mañana, salieron en grupos y se dispersaron. Unos se marcharon por la carretera y un grupo de seis o siete entró en un bar cercano.

Eloísa no había visto a Antonio. Si alguno de ellos pudiera decirle dónde vivía... Eloísa se decidió a entrar en el bar, ocupó una mesa y esperó, estre espantada y valerosa. No había allí otra mujer que ella, y todos la miraron haciendo muecas interrogativas.

Eloísa salió sin tomar nada, vencida y enferma. Un sol pálido y lejano se insinuaba más allá de las nubes. Se alejaba ya por la carretera, hacia la ciudad, cuando vi que Antonio corría tras ella y, jadeante, se detenía a su altura. Me pareció ver que Antonio tuvo que sujetarla por el brazo, como para impedir que se desvaneciera. Después, juntos, desaparecieron entre la niebla.

No volvimos a verlos nunca más. Elsa estuvo una semana sin hablarme, pero poco a poco se le fue pasando el enfado, olvidó su capricho y juntos reconstruimos la historia de Eloísa, esa curiosa historia de destrucción y de amor que nunca sabríamos cómo terminaría para ellos. En cuanto a nosotros, el fin estaba logrado: la casa se vaciaba, del prostíbulo, de la escuela, la casa volvía a ser nuestra y nos acogía, reino hundido y fabuloso de fantasmas de monjas, prostitutas, alumnos...

La Dalia tenía algo de perra apaleada, de perra que husmea en las basuras para comer restos de otras perras más poderosas que ella. Por eso fue de las últimas en abandonar la trasera, remolona y lastimosa, hasta que se vio obligada a dejar su habitación. Sin dinero, sin servir para hacer la carrera por su cuenta, como la Vilma, la Dalia sobrevivió malamente de algunas conquistas que hacía en la carretera, hasta que se refugió subrepticiamente en una de las celdas abandonadas, tal vez la de la madre Amor de Dios, celda que recompuso a su manera

121

y en la que durante algún tiempo llevó una vida que la misma madre Amor de Dios hubiera tenido por ejemplar. La Mauricia sintió pena de ella, y como hacía falta una persona para cuidar a papá, le habló a tía Elvira, le dijo que la aceptara, porque a ella, a la Mauricia, se le partía el alma cuando la veía pasearse por los patios, la cabeza baja, las manos unidas, triste y llorosa como un nazareno. Una vez limpia y vestida con la ropa que le había dado Elsa, la Dalia resultó hasta bonita. Solamente si se la miraba desde muy cerca se advertía en ella algo de no humano, como de animal, sobre todo en sus ojos, que eran opacos e incoloros. Elsa decía que la Dalia le repugnaba, pero en el fondo le gustaba su inmensa humildad. Por eso le hizo tomar el papel de víctima en nuestros juegos, a los que la Dalia se entregaba con un masoquismo insólito, lo cual hacía comprender su profesión anterior, pues era de las que se prestaban a dejarse pegar, según nos había dicho la Vilma, a que la atasen a las cuatro esquinas de la cama y le propinasen una buena tanda de zurriagazos.

Una de esas tardes en que tía Elvira había salido en su coche, papá dormía y los abuelos se consumían en sus cuartos, Elsa ordenó a la Dalia que preparase la mesa, con la mejor vajilla, en la habitación. Yo subí vino de la cueva y Elsa fue a arreglarse a su cuarto. Después, le vi bajar la escalera, con un vestido que probablemente había encontrado en uno de los baúles del desván, y descendía en una actitud regia y cómica a la vez, los ojos entornados y tapándose la boca para contener la risa. De cerca, vi que el vestido que llevaba tenía un tinte amarillento y antiguo, con puntitos brillantes, como pequeñas perlas. También observé su maquillaje exagerado, los ojos ribeteados en negro, las cejas marcadas y los labios de un rojo vivo. Me detuve un momento frente a ella, con un miedo extraño que me paralizaba, pero al fin su risa alejó mi temor. Una extraña alegría se extendió por mi pecho, mientras corría escalera arriba y buscaba algo extravagante que ponerme. Encontré una casaca azul, con botones dorados y un brillo polvoriento en los bordados de hilos rotos. Bajé a reunirme con Elsa, que ya estaba sentada en un extremo de la mesa, seria y enigmática, sus ojos brillantes entre las llamitas de los candelabros. La tarde estaba ya muy avanzada y el sol se había puesto. Nuestros atavíos y el mantel blanco de la mesa resaltaban en la penumbra, mientras los demás objetos —el reloj, los candelabros e incluso el ramo de rosas de trapo que la Dalia había puesto en el centro de la mesa— se hundían en la oscuridad, que las llamitas de los candelabros apenas disipaba. Ni Elsa ni yo habíamos premeditado el juego de aquella noche, que se desarrollaría por sí solo, partiendo de ese ambiente misterioso, casi insostenible, que nos atrapaba, nos hundía, nos integraba a las cosas intemporales que se amontonaban junto a nosotros. Sentados frente a frente, cada uno en ambos extremos de la mesa, Elsa y yo nos mirábamos mientras bebíamos de nuestras copas un vino rojo lleno de reflejos. Nos mirábamos con una sonrisa fija, feliz, oh, sí, feliz, y aunque yo no sé qué expresión tendría mi cara, la de Elsa reflejaba todo ese mundo cuyo movimiento constante y lento aparecía plasmado para siempre, como en una fotografía. Así, me fui contagiando del poder hipnótico de la escena, acentuado por los cigarrillos que Elsa había traído de casa de la Vilma, y cuando no miraba a Elsa, la veía en el reloj, en el cristal de las copas y en los cubos del rompecabezas, que esperaban en su caja coloreada.

En cierto momento, Elsa dio unas palmadas, y al poco,

el rostro rojizo de la Dalia asomó por la puerta. La Dalia se había detenido allí, pero no parecía sorprendida, pues la pobre comenzaba a acostumbrarse a nuestras extravagancias, y permanecía quieta, sumisa, dando forma en sus labios a la pregunta que le quemaba: "¿Queréis que juegue con vosotros?". Era la voz de la víctima ya dispuesta, en la cual la palabra juego iba unida a deber, a crueldad, a vasallaje, y a la vez, a un hechizo del que no podía sustraerse, pues cuántas veces después presenciaría nuestros juegos como el pobre que espera los restos de los banquetes de los ricos. Elsa dibujó en su cara una sonrisa despectiva e indicó a la Dalia que trajese la cena. Elsa tenía ademanes y gestos de reina y la Dalia, para divertirnos, adoptó el papel de chacha insolente y vulgar, sin duda para conseguir ser castigada, y así, cuando volvió con la sopera de porcelana, me sirvió antes que a Elsa y derramó algo de sopa en mis pantalones. Yo me puse en pie, furioso, y Elsa arrojó a la Dalia un trozo de pan, que cayó dentro de la sopera y manchó el mantel y las rosas de trapo. "Soy tan torpe —se excusaba la Dalia—. Espero que los príncipes me perdonen..." Quería hacerse la graciosa, y era patética, sobre todo cuando se le ocurrió limpiarme los pantalones con una servilleta mojada, y yo reía, porque me hacía cosquillas... Después, la Dalia volvió con el segundo plato, unas rebanadas de carne fría y unas patatas fritas también frías, que apenas probamos, pues con el vino teníamos bastante. Mezclando el vino con el champán, hicimos beber a la Dalia, casi a la fuerza, pues ella se resistía: "Yo no... champán, no... Eso para los señoritos..." Pero el juego no había comenzado todavía. No era un juego, era algo más, un ceremonial, un rito, que se inició cuando el alcohol y los cigarrillos nos habían mareado lo suficiente, y era curioso cómo la Dalia se entregaba, así, igual que el que se asoma a un abismo, atraído y repelido por las sombras del fondo: sus ojos expresaban ansiedad y temor, pero era tal el honor que le hacíamos que no dudaba un momento en ofrecerse. Para ella, jugar con nosotros era ascender de categoría, situarse un poco a nuestro nivel, y el papel de víctima que le asignábamos satisfacía generosamente su masoquismo. Perdida en los corredores sin luz, ciega en las tinieblas, la Dalia debía buscarnos, muerta de terror, agazapada quizá junto a un ventanuco por el que penetraba algo el resplandor de la luna o de alguna luz de la carretera, y del que no se atrevía a separarse por miedo a volver a caer en la oscuridad absoluta, dentro de la cual Elsa y yo sofocábamos nuestra risa, ante sus llamadas angustiosas, que eran como maullidos: "¿Sois vosotros? ¿Dónde estáis? A ver si salííís..." La invención fue construyéndose, adquiriendo forma, entre susurros que Elsa y yo nos intercambiábamos: cada uno por su lado debía llegar a la habitación en forma de T, en la trasera, lo cual Elsa indicó a la Dalia, con una voz grave y cavernosa que me hizo doblarme en dos para reír más a placer. Allí, en la T, la Dalia tendría que representar su antiguo cometido, hacer lo que había hecho cuando estaba en el prostíbulo, mientras que Elsa sería la patrona, la Salomé, y yo, el cliente, para lo cual yo debería pagar a Elsa una suma cuya cuarta parte iría a parar a manos de la Dalia, lo que no dejaría de representar cierto aliciente para ésta, pues así podría comprarse una barra de labios, un sostén, unas bragas, le decía Elsa, "...pero tendrás que volver a hacer de puta, ¿sabes?, y Edu se acostará contigo, yo os dejaré solos, pero os miraré por un agujero, desde la puerta, tendrás que encender unas velas..." Elsa y yo vimos que la Dalia temblaba, porque desde el primer momento se había

125

enamorado de mí, y yo, mareado, me dejaba envolver por el hechizo sensual del juego, apretaba entre las mías las manos de Elsa, que estaban calientes, como febriles, pero Elsa se desprendió de mí y avanzó sola hacia la trasera, en donde nos encontramos los tres. Elsa se iluminó la cara con una linterna y empezó a hacer gestos, despeinada, los ojos pintarrajeados, la mano tendida para que yo le entregara el dinero: unas piedrecitas que había recogido en mi camino. La Dalia esperaba, trémula, en la cama, sin saber qué hacer, de modo que Elsa tuvo que sacudirla: "Vamos, ¿es que tan pronto te olvidaste de tu oficio? Prepárate de una vez. ¿Te has lavado bien? ¿Te has perfumado con Tabú? ¿Tienes limpia la ropa interior?". La Dalia asentía a cada pregunta, y Elsa terminó por salir de la T, nos dejó solos, y entonces, yo fingí que era un tigre, comencé a dar gruñidos, me lancé sobre la Dalia y la até a los cuatro extremos de la cama, sin que ella opusiera la menor resistencia, excitada la perra que llevaba dentro. Todo debería terminar así, sin más, pues Elsa golpeaba la puerta insistentemente, pero yo no hice caso, y borracho, sin ver, arrancaba las ropas de la Dalia e imaginaba, volvía a vivir, la escena del día en que me atraparon las putas y todas me poseyeron sobre el suelo, y la Dalia ya no era la Dalia, sino una de las mujeres de nombre falso que antes veía entrar y salir de la trasera. No, Elsa no creyó ni un momento que yo iría a hacerle el amor a la Dalia, pero el juego comenzó a hacerse otra cosa, una realidad hundida y negra, excitante, que pudo conmigo, y así fue cómo aquella diversión a la vez pueril y siniestra se materializó nueve meses más tarde en una realidad imprevista: tú, Toy, que naciste de ese rito absurdo, que viniste como un juguete más, y que por eso nos divertiste, te aceptamos gustosamente, yo estaba contento contigo, yo era un padre de apenas diecisiete años, eras mi obra, y esto me emocionaba extraordinariamente, eras algo mío, y yo te quería mucho, Toy, cuando por primera vez te tuve entre mis brazos, así, extrañado, sin comprender: no comprendía tus manitas que se alzaban para atraparme la nariz, no comprendía que se trataba de mis mismas manos, era curioso, extraño, insólito, eso de sentirme padre sin dejar de ser niño, y me gustaba tanto verte cómo correteabas por el jardín, pequeño y dorado, inclinarte torpemente hacia la tierra para examinar cualquier objeto brillante, cogerlo y llevártelo a la boca, oh, sí, te miraba como se mira algo increíble y maravilloso, mil veces más extraordinario porque yo te había hecho, yo solo, pues tu madre, Toy, sólo fue una puta cualquiera, aun inferior a las demás, inferior a todo, que ya embarazada ni se atrevió a pedir sus derechos y que cuando te tuvo te dejó en mis brazos, no por maldad, eso hay que reconocerlo, sino porque no se consideraba digna ni como madre, no podía darte un sentido en su seno, y por eso huyó un buen día, Dios sabe adónde, porque, al igual que la señorita Eloísa, nunca volvimos a saber de ella.

III

Después de un punto, mi padre continuaba la traducción en la hoja siguiente, de modo que la nube de pavesas que me rodeaba se disipó bruscamente y me encontré de nuevo en la realidad. Dejé los papeles y me dirigí hacia la playa. El mar estaba agitado y plomizo bajo una tormenta. Me senté en una roca y la lluvia comenzó a empaparme, a lavarme. Alcé mi cara al cielo, agradecido. Era como si de pronto hubiera advertido en mi ser algo sucio que era necesario limpiar, borrar. La Dalia, esa perra con el rabo entre las piernas, ese despojo de mujer, huidiza y miserable, era mi madre. Y bien, ¿debía llorar, romper los papeles de mi padre, estrellar las botellas contra las paredes, enfrentarme con él? En realidad, no sentía más que una fría tristeza, un vacío y una ausencia indeterminados, alojados en mi cuerpo, en mi cerebro, como algo que había venido a caer sobre mí inopinadamente. Sin embargo, él ya me había dicho una vez: "Eres hijo mío y de nadie más; tu madre no cuenta, tú nunca tuviste madre..."

Sí, tenía que estar de acuerdo con él, triste y calladamente de acuerdo con él. Fue él quien me cuidó, quien me daba los biberones, quien me buscaba, inquieto, cuando llegaba de la Universidad. ¿Qué podía reprocharle? Bajo la lluvia furiosa que azotaba la playa esbocé una sonrisa sarcástica, cínica: me sentía el protagonista de un folletín, el típico niño abandonado que descubre un buen día quién es su madre. Mi sonrisa desapareció pronto. No había folletín en aquella historia inverosímil, cuyo misterio no estaba en el orden de las cosas. En realidad, yo nunca sabría la verdad, por mucho que mi padre me la contara, pues él siempre la cubriría con algo, con una capa de polvo y cenizas, impenetrable para todos los que no hubieran participado en su mundo. Tendría que volver a la casa, vivir con tía Elsa y dejarme perder por los corredores hasta llegar a la habitación en forma de T y recrear allí esa noche de vino y de locura que me dio forma. Sin embargo, él mismo me había arrancado de la casa; no me dejó allí como un trasto más, al cuidado de las criadas, de Elsa o de Elvira, sino que me llevó con él, como su último juguete, tal vez como el símbolo de sus juegos, de su mundo anterior, que conforme me vio crecer, día a día, año tras año, yo no pude restituirle.

No sé por qué, pero sin haber escuchado sus pasos, ni su voz, supe que estaba detrás de mí, también dejándose empapar por la lluvia, observando el mar con una mirada hostil, casi crítica: algo me había impulsado a volver la cabeza.

—No acaba de gustarme el mar —dijo—. No lo comprendo. Sobre todo, de noche, me aterroriza.

No contesté; me alegré de que lloviera, porque así mis lágrimas y la lluvia se confundían en mis mejillas como una misma cosa. También procuré que mis hombros no se estremecieran.

—Prefiero los ríos —siguió él, sin mirarme—. Los ríos se sabe adónde van, pero el mar...

Se sentó junto a mí. El pelo se le pegaba a la cabeza, a la frente. Padre a los diecisiete años, no se había desprendido, ni siquiera al lado de un hijo de dieciocho, de su aspecto casi adolescente inquieto y huidizo. Cualquiera que nos viese nos podría tomar por dos hermanos o dos compañeros.

—...el mar... no lo puedo dominar.

No, pensé, el mar no lo puedes dominar con diques ni

hacerlo desbordar con dinamita; por eso no te gusta, porque odias lo que te supera, te encierras en la pequeñez de un universo capaz de modelarlo a tu antojo, rey diminuto de un reino diminuto, mundo cubierto bajo techos, encerrado entre paredes, poblado por muebles que puedes cambiar de lugar... Tienes miedo de lo exterior, de la naturaleza, del cielo y del mar, que te exceden. Como tienes miedo de las calles, de la gente, de las oficinas y de las asambleas. Por eso te encuentras impotente y desamparado, pequeño, frente a este mar que te asusta, te sobrecoge. Frente a este mundo que rechazas. Frente al amor, que no conoces. Hay en ti un instinto que huye de lo externo y de todo lo que implica responsabilidad, lógica, precisión. Así, esas traducciones que tratan temas que no puedes hacer tuyos se convierten de improviso en relatos oscuros que reúnes al modo de una urraca que atrapa objetos brillantes, relatos de los que no puedo deducir la verdad, ¿pues qué es para ti la verdad? No lo sabes. Si lo supieras, regresarías a la casa. Son pretextos los que te hacen no volver. Pretextos. Quizás, en el fondo, te repugne lo que crees que te atrae. O te gusta recrear las cosas en tu mente, pero no verlas, no tocarlas en su realidad decepcionante. Sí, puede que sea eso: en el fondo, no quieres volver a la casa, llena de incomodidades —tú, siempre rodeado de sibaritismos—, fría —tú, tan friolero—, ni tampoco quieres reunirte con Elsa, a la que prefieres recrear igualmente, idealizar a tu manera. Y, sin embargo, has sido capaz de mover la tierra y el agua para conservar en tu cerebro el espejismo de unas paredes ruinosas. Paraíso de muebles viejos y paredes agrietadas, paraíso sin plantas ni frutos, paraíso de espejos polvorientos que siempre reflejarán la mentira. ¿Pues qué puedo creer de todo lo que he leído? Nada, prefiero no creer nada. Porque, para mí, el paraíso es una especie de isla celeste, o un espacio siempre abierto al amor y a la vida. Por eso te ayudaré, lo sepas o no, haré todas esas traducciones, te las dejaré completas y ordenadas, para que las entregues, te las paguen y puedas comprar muebles y adornos para esa tumba de telarañas y trapos apolillados que te hechiza.

Su voz sonaba junto a mí como un murmullo, hasta que, consciente de ella, la percibí claramente, y todo lo que había decidido no creer lo creí de nuevo, su voz y sus ojos me lo decían: "Pero el río, Toy, el río no mató a nadie ¿no? Dímelo de una vez; tú estuviste allí. ¿Qué ocurrió exactamente? Antes de venir aquí recibí una carta de Elsa, pero no quise leerla, sólo pasé los ojos por encima... Y hablaba de una encuesta. Pude ver las palabras 'encuesta', 'policía', 'Efrén'... Efrén, uno de sus asquerosos enamorados, siempre merodeando por la casa... Y tu madre, Toy, la Dalia, estoy seguro de que también vagabundea por allí, o por todo el mundo, pues a veces creo reconocerla, surge de repente de la oscuridad de una calle..."

Sus manos, que se habían aferrado a mis hombros, dejaron de zarandearme, para caer, como inertes, sobre sus piernas.

—Bah, no me hagas caso —añadió—. He bebido mucho. En realidad, es mejor dejar tiempo al tiempo. Que las aguas vuelvan a su cauce, eso, nunca mejor dicho, que las aguas vuelvan a su cauce.

Creo que sentí miedo y le dejé allí, frágil y desolado, perdido en la inmensidad de esa naturaleza que le rechazaba y que tanto temía. Una vez en la casa, me encontré insoportablemente solo. Fuera, la lluvia cesaba y la tormenta se trasladaba hacia el este. Me cambié de ropa y salí en busca de Cécile.

Toy ha estado dos días sin aparecer, y al fin se ha presentado con su Cécile, una muchacha desgarbada, con los pies descalzos, el pelo rubio en desorden y una sonrisa ancha, partiéndole la cara en dos.

—Así pues, ¿esta es Cécile? —le pregunté a Toy, en el umbral de la casa, mientras él se mantenía aparte, con una mirada retadora e insolente, como si esperase alguna típica reprimenda padre-hijo que por mi parte nunca iba a encontrar.

—¿Me conocía? —me preguntó ella, con un acento que me pareció americano.

—Sólo de haber oído su nombre en alguna canción.

Vi que Toy se ponía rojo y apretaba los puños. Después, la mirada de Toy se perdió en el suelo y su mano derecha buscó la de Cécile, para tirar de ella, para desaparecer.

—Cécile rima con muchos conceptos —proseguí yo, implacable—. Sobre todo en francés. ¿Es usted francesa, Cécile?

—No, americana, aunque mi madre era francesa. Por eso me llamo Cécile, como ella. Yo estudio en Europa, y estoy preparando una tesis...

Pero Toy, de un tirón, casi la arrastró tras él. Cécile hizo un gesto, adaptó su paso al de Toy y ambos se fueron hacia la playa. La muchacha volvió la cabeza dos o tres veces.

Hacía una mañana espléndida, una de esas mañana que suceden a los días de tormenta y que brillan con un sol

133

limpio que parece fundirse sobre la arena y las rocas. La ausencia de Toy había hecho que me encontrara sin provisiones, por lo que decidí ir al pueblo para comprar algunas cosas. La costa estaba ya plagada de turistas y veraneantes, llena de colores, terrazas, tiendas que se desbordaban en las aceras. No me detuve en Le Lavandou y seguí la carretera que bordea el mar. El tráfico se hacía cada vez más intenso y la entrada a Saint Tropez estaba casi bloqueada. Aparqué el coche como pude y me dirigí andando hasta el centro. Quería comprar periódicos españoles, periódicos atrasados, que leería sentado en una terraza del pequeño puerto. Quizás encontraría una noticia relativa al caso, con titulares grandes o pequeños, según hubiera muerto Efrén, hijo del alcalde, o la Dalia, hija de la casualidad... Pero los escasos periódicos españoles que pude conseguir no informaban de ninguna inundación de una pequeña ciudad de provincias. En realidad, era como si aquello nunca hubiera sucedido. Pues, en efecto, se trataba de algo interno. Lo que Toy había visto él mismo terminaría por creer que había sido un mal sueño. Y la carta de Elsa, un juego más. Tal vez, pensé, no existía ni siquiera Elsa, ni la casa, nada. De todos modos, en la Place du Corps, llena de puestos donde se vendía de todo, desde las más ínfimas quincallas a valiosos objetos artísticos, me detuve para comprar un viejo reloj que hice embalar para expedirlo aquel mismo día. A Elsa le gustará, me dije, y lo pondrá en la habitación, sobre el piano...
Habría cambiado de dirección, una vez en el coche, y dirigirme hacia la casa, dispuesto al viaje interminable, para encontrar a Elsa, para encontrar la casa, para saber que nada había cambiado. Un pequeño accidente me hizo perder una hora: por no detenerme a tiempo había golpeado ligeramente el ala posterior del coche

que me antecedía. Hubo que ir a un garaje, preguntar cuánto costaría el arreglo y pagarle al tipo la suma indicada, sin duda algo excesiva, pero método más fácil que el de recurrir al seguro. Por enésima vez escuché las mismas advertencias: "Hay que prestar atención, no se puede conducir así..."

Entré en un bar y tomé unas copas. Me imaginé a Claire, escuchándome, absorta, cuando le hablaba de mi vida: Claire y Toy serán mis enemigos, decidí. Como esas mosconas que zumban en torno a uno, esperando el momento de lanzarse contra la piel y chupar la sangre. Pero no, Toy no puede ser mi enemigo. Toy, y esto debería saberlo de una vez, tiene su pretendido camino recto bien partido por una brecha horrible que nunca podrá superar sin que de tiempo en tiempo deje de sentirla, abierta a sus pies. Toy es parte de mi juego y tendré que enseñarle, que demostrarle, que estará siempre a mi disposición, quiera o no, unido a mis actos. Pero Claire... Miré en torno a mí, como temiendo encontrarla. ¿Cómo desembarazarse de Claire?

Toy y Cécile no habían vuelto de la playa cuando regresé. Puse las provisiones sobre la mesa de la cocina y abrí algunas latas. Escuché entonces unas risas, que se acercaron hacia la cocina, y Cécile se ofreció a preparar una buena comida con mi ayuda. Toy, nuevamente excluido, se puso a tocar la guitarra.

—¿Hemos tardado mucho? —decía Cécile—. En cuanto vimos el coche nos pusimos en camino. Por cierto, dice Toy que la carrocería tiene una nueva abolladura. ¿Es verdad?

—Es verdad.

—Toy dice que un día te matarás, al volante. ¿Te importa si te llamo de tú?

—No, no, lo prefiero.

—Nadie diría que tienes un hijo de su edad.

—¿Verdad que no?

Cécile murmuró varias veces "qué curioso", y como todavía estaba agitada por la cuesta, los cabellos mojados de sudor, le dije que se fuera a tomar una ducha. Después, mientras almorzábamos, Cécile habló de todo un poco, de la costa, de los pueblecitos, de las pequeñas islas, de lo alegre y luminoso que era todo aquello. Toy disimulaba su irritación porque Cécile se dirigía casi exclusivamente a mí. Le pregunté algo sobre su tesis y ella me obsequió con una disertación acerca de los problemas que azotaban a la humanidad, crucificada —según sus propias palabras— entre el dinero y el sexo, horribles conceptos que había que superar para situarlos en el plano que le correspondían.

—Siempre sin prescindir de ellos, ¿no? —apunté.

—Oh, por supuesto que no —asintió ella—. Quiero decir que, en fin..., vulgarmente hablando, una cosa es el uso y otra el abuso.

—Claro —convine, lacónico.

—Por ejemplo, un crimen pasional o por ambición es algo... espantoso.

—O sea, que si el crimen tiene otra causa, aparte de la pasión o la ambición, es ya otra cosa, vamos, casi disculpable, aunque el sujeto del crimen se quede igual de muerto.

Afortunadamente, Cécile acogía mejor que Toy mis ataques torpes y malintencionados, pues ella ampliaba más aún su sonrisa mientras que Toy jugaba con su cuchillo como si quisiera hacer una demostración de que había también un posible motivo disculpable para matarnos a uno cualquiera de los dos, o a los dos a la vez. Sin embargo, Toy se limitó a expresar una frase que ya le daba vueltas en la cabeza:

136

—Lo esencial es hacer algo positivo. Ayudar al que no sabe hacer otra cosa que perder el tiempo y no le importa nada el mal de los demás.

—Bravo —exclamé—. Son teorías verdaderamente originales, recientes... Puede que ganéis el premio Nobel de la Paz...

—¿No puedes dejar de ser cínico ni durante el tiempo de un almuerzo? —explotó, al fin—. Cécile es una chica que se paga ella misma sus estudios y que...

Pero Cécile se las arregló para verter un vaso, y así la conversación, rota, no pudo reanudarse.

—Creo que un buen café nos vendrá bien —dijo la muchacha—. ¿Quién me dice dónde está el café?

Tuve que decírselo yo. Toy había salido a la puerta y estaba apoyado en el quicio, las manos en los bolsillos y la miraba turbia. Por el contrario, Cécile estaba encantada y no se daba cuenta del enfado de Toy, al que sin duda consideraba como un niño. Comprendí entonces hasta qué punto Cécile podría decepcionarle. Por ejemplo, si Cécile le traicionaba, aunque ni él estuviera enamorado de ella ni ella de él, esas ideas que Toy veía plasmadas en su amiga quedarían tal vez no rotas, no muertas, pero sí algo mustias, un tanto vacilantes y débiles.

—¡Café! —gritó Cécile, lanzando una mirada sonriente a Toy, mientras yo disponía las tazas.

Pero Toy, testarudo, continuó apoyado junto a la puerta. Terminado el café, Cécile hizo un gesto significativo y fue a reunirse con él. Mientras tiraba de su mano, me pareció una madre intentando calmar a un niño en plena rabieta.

Ambos se alejaron otra vez hacia la playa, o hacia el pueblo, no sabía exactamente. Tuve tiempo de oír parte del comentario de Toy, furioso, contra Cécile: "Si te parece tan interesante..." No pude oír el resto, pero tampoco era necesario. Sin duda, Toy sufría y me odiaba. Un sufrimiento más profundo que su odio pasajero, pero en ese momento en que los capté me vi obligado a cerrar la puerta de un golpe, porque quería olvidarlos. Cerré también las ventanas e hice que la casa quedara completamente a oscuras, aislada y silenciosa bajo un sol ardiente e ignorado. Fui a echarme sobre la cama, sintiendo un peso alojado en el cuerpo, con ramificaciones hacia el cerebro, algo que iba y venía como un dolor, en ondas sucesivas, y me dejaba llevar por esas ondas sobre un mar que me aterraba, un mar nocturno, cuyo ruido trataba de identificar con el ruido más familiar del río, que era una especie de llanto continuo, un arrastrarse suave, cauteloso, que Elsa y yo escuchábamos por las noches, puede que jugando con el rompecabezas o resolviendo problemas de matemáticas, ruido en el que se incrustaban los golpes de bastón que papá hacía sonar contra el suelo de su cuarto.

Recordé: tres golpes significaban imposición de silencio; dos, que alguien —tía Elvira, las criadas, y finalmente la Dalia, una de ellas— debía subir para atender alguna de sus demandas; uno, que verdaderamente se encontraba muy mal, y en este caso había que llamar al médico.

Elsa y yo nos representábamos a papá como el dios de un grabado de William Blake: alojado en un lugar del espacio, tendido sobre las nubes, la mano extendida y una extraña expresión en el rostro de largas barbas blancas, una expresión como angustiada y gimiente, pero terrible, porque parecía proferir en ese momento una maldición que desencadenaba una tormenta punitiva sobre el mundo. Así, nuestro padre, creador de nosotros, dueño de la casa, nos maldecía a causa de su impotencia en controlarnos, en dominarnos, y se limitaba a hacer chocar su bastón contra el suelo, una, dos, tres veces, mientras Elsa y yo conteníamos el aliento y mirábamos hacia arriba, hacia el lugar del espacio donde ese dios, burlado por sus criaturas, habitaba encadenado, víctima de su propia creación. Pocas veces le veíamos, pocas veces nos acercábamos a él, pero las ocasiones en que salíamos de su cuarto con la impresión de haber estado mucho tiempo sin poder respirar. Allí, sentado en su silla, inmóvil, casi mudo, parecía soportar mejor la presencia de Paca o Mauricia, de tía Elvira e incluso de la Dalia, pues la nuestra le inquietaba visiblemente, y cuando acudíamos a verle solía soliviantarse, golpear el bastón contra el suelo más veces de lo indicado en su código y terminaba por extender su dedo índice hacia la puerta para ordenarnos desaparecer.

Papá había estado casado dos veces. Dos mujeres que pasaron por su vida no sé cómo, tal vez con la insignificancia de un soplo de viento o con la violencia de un huracán. De la primera nació Marta; de la segunda, nosotros, gemelos que ya en el momento de nacer cumplimos con la función de destruir: nuestra madre murió al día siguiente de habernos puesto en el mundo. De ella quedan algunas fotografías que a veces aparecen en el interior de los muebles, trajes que se apolillan en los armarios, objetos de uso personal que ya no reconoce nadie. Pero sucede que esas fotografías, esos trajes y objetos no sé a ciencia cierta a cuál de las dos mujeres

139

pertenecieron: si a María, la primera, o a Elena, nuestra madre. Seguramente, los vestidos de colores vivos y el rostro que amarillea en las cartulinas, todavía con un fuego oscuro en los ojos, pertenecen a Elena, pues Paca, que era quien mejor la conoció, mejor incluso que tía Elvira, solía decir que fue muy guapa, "pero muy suya, muy especial... María, la primera, era una santa, en cambio, como la señorita Marta, igual". Ese "en cambio" siempre despertó en mí la visión de una mujer inquieta, desbordada, digna pareja de ese dios pronto impotente al que el alcohol y la soberbia habían amarrado a una silla metálica, con el consuelo probable de una razón nublada que le impedía calcular exactamente su horrible inutilidad, huésped de un universo de sombras, desde el cual los espantosos golpes de su bastón manifestaban su potencia dormida, su protesta, su inmensa, inmensa amargura.

—Papá ha llamado tres veces.

—No, dos.

—Creo que tres.

—Eso quiere decir: o silencio o que suba alguien.

—Bien, subirá la Dalia...

—¡Dalia!

Poco tiempo después de la boda de Marta, cuando le subieron a su habitación, papá se aficionó a la presencia de la Dalia, sin duda porque ésta era un elemento nuevo que no podía conocerle, que no podía hacerse ningún juicio sobre su época de salud, y así, la Dalia revoloteaba por su gran cuarto como una polilla atontada por la luz, sin saber qué hacer, pero aprendiendo poco a poco las manías y aficiones de nuestro padre, que un buen día le pidió que leyera para él, cosa que tía Elvira no tenía tiempo de hacer y que no podía pedir a Paca ni a Mauricia, que eran analfabetas; en cuanto a nosotros, sola-

140

mente nos quedaba el preguntarnos el porqué del silencio al que nos castigaba, si bien ese porqué pudimos deducirlo en varias ocasiones: era nuestra vida, que le molestaba; nuestra vida en el sentido de algo móvil, audaz, salvaje, seguramente atributos de su segunda mujer, la que tenía ese fuego en la mirada de las fotografías y esos trajes de colores vivos que se descomponían en los armarios. Sí, era eso: papá prefería la presencia anodina de la Dalia, o las sombras parduscas de Paca y Mauricia, pues ninguna de las tres podía superarle, aun estando impedido, mientras que nosotros le habríamos aniquilado con nuestra juventud hiriente, con nuestra manera de movernos, de hablar o de reír.

Esa especie de murmullo que emitía la Dalia cuando leía a papá y que traspasaba la puerta de su cuarto en el gran silencio de la casa, nos hacía reír a menudo, pero también nos causaba pánico, sobre todo si estábamos lejos el uno del otro. Entonces, ese bis-bis-ña-ña... se convertía en un susurro lúgubre, líquido, que se extendía por los pasillos y se perdía en las traseras deshabitadas, iba a morir en las celdas de las monjas, de donde renacía, convertido en rezos que no se elevaban hacia el cielo, sino que reptaban, rastreros, sin encontrar una rendija por donde escaparse. Cuando ese run-run terminaba, sabíamos que la Dalia bajaría lentamente la escalera, somnolienta, cubriéndose con una mano la boca bostezante. En esos momentos nos apoderábamos de ella, la acosábamos a preguntas, volvíamos a hacerla víctima de nuestras invenciones. Por ejemplo, Elsa le decía: "Dalia, lees muy mal. No entonas lo suficiente. Ahora leerás para nosotros y te haremos resaltar los defectos de tu pronunciación".

—Pues él no me hace ningún reproche —decía la Dalia, horrorizada ante la idea de tener que leer aún más.

—A mí me parece —intervenía yo— que ni tú misma te enteras de lo que lees. Vamos a ver si te acuerdas de lo que acabas de leerle a nuestro padre.

—Era... era...

—Nada, nada. Ni te enteras. Habrá que educarte.

—Ven con nosotros.

Y Elsa, convertida en señorita Eloísa, sometía a la Dalia al tormento de hacerle pronunciar perfectamente: "No te comas las eses, diferencia la be de la uve y la jota de la ge. ¿Cómo puede papá soportar ese acento de barrio bajo?".

—Me entra un sueño... —gemía la Dalia.

Pero si se atrevía a bostezar, le metíamos algo en la boca: una bola de papel, una goma de borrar, un hueso de aceituna. Y como las historias gramaticales nos aburrían a nosotros tanto como a ella, tratábamos de inventar otra cosa: hacer espiritismo, disfrazarnos o emborracharnos, simplemente. Algo mareada, la Dalia me atraía de un modo extraño, morboso, como la primera vez que hice el amor con ella, allí en la habitación en forma de T, y, tendidos en la cama turca, me gustaba sujetar sus brazos fuertemente, separarle las piernas, todo ante la presencia de Elsa, en un rincón, abiertos los ojos, quieta en las sombras como una lechuza.

—Que se vaya tu hermana... —jadeaba la Dalia, cuando la perra caliente despertaba en ella y comenzaba a lamerme el pecho, el cuello, la cara—. Dile que se vaya, anda, díselo, amor mío, cuánto me gustas, nos quedaremos solos toda la noche... toda... toda la noche...

Pero la Dalia lo estropeaba todo con su palabrería. Yo la quería como a un objeto, una cosa, y si se convertía en un ser capaz de pensar, capaz de manifestar su deseo, entonces la dejaba espatarrada en la cama, y Elsa estallaba en una risa ruidosa, bronca, a la que yo me unía y a la cual la Dalia hacía coro con su llanto. Ah, el llanto de la Dalia... El llanto de la Dalia me excitaba, y era yo el que entonces sacaba a Elsa de la habitación, la empujaba casi, y así, solos los dos, yo decía a la Dalia: "Llora, llora, so perra, ¿quieres que te haga llorar a latigazos, quieres que te ate con cuatro corbatas a las cuatro esquinas de la cama? Sí, déjame hacer, o no, no me dejes, defiéndete, araña, pero comprende que tienes que dejarte vencer al final, que tienes que lamerme el cuerpo como hacen las perras, el cuerpo entero, de los pies a la cabeza, y si no puedes porque estás atada, no temas, será mi cuerpo el que pase por tu lengua, anda, Dalia, Dalita, Dalitita, di que eres una perra, haz que tenga que pegarte, no disimules, so zorra, no disimules, que para eso te reservaban en el prostíbulo de la trasera, tú eras ésa a la que le iba la marcha, ¿no? Dime, ¿qué te hacían? ¿Qué números representabas allí? Tienes que contármelo todo, y también qué hacía la Vilma cuando no se había marchado, la María Fuego, la María Azul... ¿Que sólo conoces a la Vilma? Puede. No importa. Dime tú cómo se llamaban, lo que hacían. No, ahora no. Después... después... Ya te diré cuando..."

Y de repente, comprobábamos que Elsa había vuelto a entrar, que de nuevo nos acechaba, cuando mi cuerpo descansaba, satisfecho, junto al de la Dalia, y ella tenía la mirada fija, su respiración calmándose poco a poco, recuperando su ritmo... Elsa avanzaba hacia nosotros, se sentaba en la cama, y los tres permanecíamos inmóviles, mudos, a veces yo me dormía...

A medida que el embarazo de la Dalia fue creciendo, la alejábamos de nosotros, como si se tratara de una bestia enferma cuyo pelaje comenzara a apestar. Hubo bisbiseos de las criadas, que me miraban de un modo atravesado, risitas entre sarcásticas y divertidas por parte de Elsa y un seco comentario de tía Elvira: "Qué desagradable..." No sé si papá se dio cuenta del estado de la Dalia, pero en cuanto oyó el llanto de la criatura —el oído era el sentido que mejor conservaba— exigió verla, golpeando repetidamente su bastón contra el suelo: tac-tac, tac-tac...

Yo mismo tomé al niño de los brazos de la Dalia, que se había refugiado en un rincón próximo a la cocina, como husmeando el lugar más ínfimo, más sucio, de la parte habitable de la casa. Y la Dalia me lo entregó para siempre. Me miró un momento con unos ojos tan vacíos como ya lo estaban sus brazos. Pálida y delgada, la cara salpicada de manchas amarillas, fustigada por el desprecio de las criadas, y sobre todo por la indiferencia que sentía en nosotros, la Dalia metió sus cuatro cosas en una caja de zapatos y se fue sin decir nada a nadie.

Con el niño en brazos, sin saber muy bien cómo tenerle, subí al cuarto de papá. Esta vez no sentía temor, ni ansiedad, porque me encontraba completamente absorbido por ese peso que era parte de mí mismo, incrédulo y rabiosamente feliz. Mi vida de diecisiete años parecía de pronto dividida, dotada de un sentido. El mundo de los juegos con Elsa, del rompecabezas, de la inutilidad, se veía enriquecido por un nuevo juguete, más valioso, más auténtico, que, sin embargo, me abría una ventana hacia otro mundo al que, "me gustase o no", debería lanzarme: creo que fue entonces, mientras subía la escalera para enseñar el niño a mi padre, cuando comprendí que iba a marcharme, para seguir una carrera que estaría maravillosamente dividida en viajes a la infancia, cada trimestre. También decidí que me llevaría a mi hijo conmigo, y que le llamaría Toy...

144

Papá estaba sentado en su silla metálica, como siempre, junto a la cama, con una manta a cuadros rojos y negros sobre las rodillas, no muy distinto, sin embargo, del dios barbudo y angustiado del grabado de Blake. Creo que, al verme, papá sonrió y tendió sus brazos hacia el niño, al que deposité con cuidado sobre la manta. Pero improvisadamente, como si el contacto le quemase, toda su expresión de bondad que había iluminado su cara por un instante, se alteró, quiso decir algo y no pudo, me miró, miró al niño, y era como si no comprendiese nada, como si una parte del mundo real hubiera venido a perturbarle.

Tía Elvira acudió cuando oyó los bastonazos que papá daba contra el suelo, mientras yo le miraba fijamente, como intentando comprenderle, sin querer liberarle todavía de ese peso liviano que tanto le perturbaba. Ah, la furia de papá, mil veces más terrible porque no era capaz de gritarla... Su inmenso resentimiento hacia la vida de los otros le sacaba de quicio, era eso. Pero yo le castigué a sentir esa pequeña vida sobre la suya, hasta que tía Elvira le apartó de ella: con un gesto enojado, violento, tía Elvira me puso el niño en los brazos. Parecía decir: tómalo, ocúpate de él tú mismo, no nos compliques la vida a los demás...

Elsa me esperaba, sentada en un peldaño de la escalera.

Desde que Cécile está con nosotros, Toy ha adoptado una actitud despreocupada hacia ella. Por ejemplo, se va al pueblo sin decir nada o se pone a leer debajo de un pino. Cécile escribe notas en un grueso cuaderno que me recuerda el diario de la señorita Eloísa, y yo intento traducir, pero generalmente, ante una asociación de ideas, me pongo a escribir otras cosas, y para terminar, los documentos siguen estancados en su lengua original. Toy, sin embargo, ha traducido algunos. "Para distraerse", me dijo. En este caso, Toy debe saber ya muchas cosas sobre mí, sobre Elsa, sobre la casa, sobre él mismo. Cosas que le obligan a alejarse, porque le perturban, porque le dan miedo. Y no se atreve a preguntarme nada. Cécile, en cambio, cuando está aburrida, se sienta en el suelo, los brazos sobre las rodillas, y se pone a charlar conmigo. Después, por la tarde, los dos se van a Le Lavandou. Debe ser una liberación. Me los imagino vagabundear por las calles, entrar en los bares, bailar, jóvenes y llenos de colores. Sin duda, Toy quiere castigarme demostrando indiferencia en lugar de los celos del primer día. Toy pretende vencerme, extender al viento las cenizas de mis viejas historias, hacerme comprender que para él mi mundo no cuenta nada.

Decidí entonces responderle, o tal vez no, sólo quise divertirme, aprovecharme de Cécile o gozar de un impulso lúdico de nuevo resucitado, el mismo que me guiaba en mis años con Elsa. Durante la siesta, Toy se iba a leer junto al mar, los pies mojados por las olas. Cécile, en cambio, tenía que cuidarse los destrozos que el sol había producido en su piel y dormía una o dos horas en la cama que habíamos preparado para ella, en una pequeña habitación. Me miré al espejo del armario, revolví mis cabellos y me puse un pantalón de Toy. En la penumbra caliente del cuarto de Cécile, ella no dudaría que era Toy quien entraba. Antes, llamé con los nudillos en la puerta.

Me senté en su cama y le acaricié la cabeza. Ella abrió

los ojos y no manifestó ninguna sorpresa. Creía, en efecto, que era Toy.

—¿Hoy te has cansado antes del sol? —preguntó—. Hay que tener la piel de hierro para soportarlo, tú puedes... ¿Pero qué haces?

Yo no hacía más que acentuar mis caricias, sintiendo un temblor nervioso en los dedos, que recorrían la piel martirizada de Cécile, y, los ojos cerrados, la imaginaba amarrada a la cama, boca arriba, riendo, llorando, la lengua fuera, igual que la Dalia, sí, igual que ella.

Cuando sentí que el cuerpo de Cécile se tensaba, que ella sofocaba un grito y rechazaba mis caricias, comprendí que al fin se había dado cuenta de la suplantación. Pero yo le tapé la boca.

—No, no grites, no grites, pequeña. Toy podría oírte, y...

—Pero...

Cécile se relajó, se tendió suavemente, y ya acostumbrado a la penumbra, vi la gran sonrisa que le partía la cara, sus ojos claros que fosforecían. Sin embargo, dijo:

—Por nada del mundo quisiera hacer mal a Toy...

—¿Hacerle mal? ¿Dónde están vuestras ideas de libertad, de amor universal?

—Para qué hablar de ideas...

Me incliné algo más sobre ella y besé su cuello, sus pechos, primero con suavidad, después brutalmente. Cécile comenzó a gemir y a reír, y a llorar. Sí, Cécile lloraba y reía, como la Dalia en la habitación en forma de T, en la cama turca, Cécile sufría y gozaba bajo mi cuerpo, y no muy lejos de nosotros, Toy leía, las piernas acariciadas por las olas, pensaba a ratos en Cécile y en su amor...

No mucho después, cuando ya había pasado la fuerza del sol y Toy regresaba, una Cécile desconocida arran-

caba las páginas de su cuaderno y las lanzaba al viento.
Le pregunté qué hacía y ella volvió hacia mí su rostro
marcado.

—Ya ves. Digo adiós a mi tesis. Ya no me interesa, ya
no creo en ella.

—¿No será eso dar demasiada importancia a lo que no
la tiene?

—La cosa más ínfima puede tener importancia si nos
afecta personalmente.

—Nada más cierto —asentí.

—Tú —continúo ella— huyes del mundo porque es como es. Porque no está bien hecho, porque es hipócrita,
injusto, una comedia... y te refugias en lo tuyo, sea
lo tuyo como sea, ¿no es cierto? Bueno, pues yo... Yo
creía que el mundo era una mina sin explotar. En fin,
yo quería escribir que había que hacer algo por los
demás, escribirlo de una forma nueva, y resulta que no,
que yo no quería hacer nada por nadie. Yo debí saltar
de la cama y darte una bofetada, porque Toy no me
creería capaz de engañarle con su propio padre. ¿Y
qué he hecho? Lo mismo que la última de las perras.
Eso es lo que he hecho.

—En fin, en fin... El vuestro no era el gran amor, que
yo sepa...

Ella lanzó las pastas de su cuaderno contra la pared,
fue a recoger sus cosas, y antes de marcharse me miró hostilmente, dudó un momento y sonrió, movió la
cabeza, se encogió de hombros y echó a correr. Cuando
Toy regresó de la playa, lo único que encontró de Cécile fueron las hojas de su cuaderno, que revoloteaban
entre las matas. Extrañado, Toy se inclinó y recogió
algunas. Luego avanzó hacia mí y me miró. Sentí piedad de él, y le habría estrechado entre mis brazos,
como para protegerle. Pero Toy entró en la casa, se

148

puso su pantalón y una camisa y salió corriendo tras Cécile.

Yo también hice lo mismo cuando se marchó la Dalia. No de un modo tan repentino, desde luego, sino después de una noche en que el llanto berreante de Toy me impidió dormir y me hizo pensar en ella, que fuera lo perra que fuera, era su madre, que podía necesitar algo, dinero, no sé, pero el caso es que la fui a buscar al prostíbulo abandonado, a las habitaciones de las monjas, a los patios. No la encontré y acudí a la ciudad. Podría estar en casa de la Vilma. Elsa notó algo raro en mí y me siguió, me cogió del brazo y me pidió que regresara a la casa, pero me desprendí de ella, y vi que Elsa se mordía los labios.

—Sí, ha estado aquí y le he dado algún dinero —me dijo la Vilma—. No te preocupes. La Dalia es de las que ni sienten ni padecen. Retrasada, vamos. Entrará a servir en cualquier casa, o se irá a Madrid... ¿Y qué tal el crío?

La Vilma reía mientras hablaba y me preparaba un café, me entretenía, me decía entre trago y trago, entre chupada y chupada de su largo cigarrillo, que ella y yo íbamos a ser muy buenos amigos. Por aquel tiempo, la Vilma vivía casi en la opulencia, mantenida por tres amantes de los cuales cada uno ignoraba la existencia de los otros dos. Lo cual no le impediría, me dijo, dedicarme parte de su tiempo libre.

El caso es que yo no olvidé a la Dalia. Ni en los brazos de la Vilma ni en los de ninguna otra. La imagen del cuerpo amarrado de la Dalia, su rostro blanco de ojos enfermos, de labios húmedos, surgía siempre en mi mente, afloraba de un rincón desconocido de mi cerebro, en donde ella vivía, acurrucada, desamparada y miserable, pero también diabólica, instalándose ladinamente en el ser de todas las mujeres que conocería después. Ahora, Cécile se lo había llevado consigo, había cargado con su imagen, y eso me liberaba, tumbado en la cama, semidormido, mientras Toy, de regreso —no sabía si habían transcurrido unas horas o más de un día—, tocaba la guitarra y cantaba dulcemente...

...yo tocaba la guitarra y Elsa bailaba con los pies desnudos; sus compañeros de la academia de arte batían las palmas y llevaban el ritmo con la cabeza. Improvisadamente, uno de ellos se desprendía del grupo y la enlazaba por la cintura. Yo dejaba de cantar, las manos se me dormían sobre las cuerdas, pero Elsa se desasía de su pareja y venía hacia mí. Era en el jardín, en el verano, por la noche... Tía Elvira, que se había marchado, nos dejó en un papel el horario de las medicinas de papá y otras recomendaciones. No sé si el papel se extravió una de aquellas noches, o bien yo esperé a que Elsa se acordase y ella esperó a que me acordara yo mismo. El caso es que Paca y Mauricia estaban desalentadas y furiosas ante esas juergas que se organizaban en el jardín y cuyo ruido, decían, molestaba tanto a papá que su bastón había perdido toda medida cuando lo hacía chocar contra el suelo. Pero Elsa les sacaba la lengua a Paca y a Mauricia, y bailaba, el pelo negro suelto sobre los hombros, los labios entreabiertos, moviendo las caderas. Durante un tiempo, mientras papá golpeaba el suelo con su bastón y yo intentaba calmar el llanto de Toy con el biberón que le preparaba Paca, aquellas noches de verano fueron nuestro nuevo juego. Pero a medida que se prolongaban íbamos alejándonos más y más de papá. Por nada del mundo nos habríamos aventurado a subir a su cuarto. El vino corría en aquellas noches bárbaras y nuestros aliados eran cada vez más numerosos. Yo me los imaginaba como aves nocturnas, murciélagos, lechuzas, pues nunca los veía de día, y a veces, algunos de ellos se perdían con sus parejas en los corredores sin luz. Entonces, yo buscaba a Elsa. "Pronto me iré —le decía— y volveré, partiré nuevamente... Pero no quiero encontrarte convertida en la mujer de nadie, cargada de hijos, gorda y fea..." Ella me ofrecía su mismo vaso para beber.

Una noche, cuando todos se habían marchado, Elsa esperó —no sé qué, no sé a quién—, esperó sentada sobre su maleta, en medio del vestíbulo, inmóvil, sin mirar el reloj, como si en realidad no esperase nada ni a nadie. Yo vi la oscuridad confundirse con su cuerpo, hasta no ser más que una mancha oscura en el espesor caliente del aire. No era otra cosa que Elsa tenía miedo: papá había muerto. Nosotros nos habíamos olvidado de papá, y papá había muerto. No, no le habíamos disparado una bala en la frente, ni le habíamos empujado escalera abajo, pero había muerto igualmente, porque le habíamos olvidado. Y Elsa tenía miedo. Y yo tuve miedo. Nos abrazamos allí, en el vestíbulo, nos acurrucamos el uno junto al otro, escuchando el viento en los árboles, culpables y solos, como si sobre ese viento papá flotara en esa misma actitud del dios lejano y maldiciente que nos atemorizaba desde niños. Tuvimos mucho miedo aquella noche, con el cuerpo muerto de papá allá arriba, y no le quisimos ir a ver. El alba nos sorprendió dormidos, mi cabeza sobre su regazo, sus manos quietas entre mis cabellos.

A los abuelos los encontramos muertos, sentados ante su mesa camilla, asfixiados por las emanaciones de un brasero de carbón. Él tenía la boca abierta y la cabeza hacia atrás, apoyada contra el respaldo del sillón; ella se había derrumbado sobre sí misma, y su moño blanco, deshecho, le daba el aspecto de una marioneta cuyos hilos estaban rotos. Cuando se los llevaron, yo ocupé el sitio del abuelo y Elsa el de la abuela, y nos quedamos largas horas frente a frente, como jugando a que éramos ellos. Se trataba de una imitación sin palabras: los abuelos no se hablaban en sus últimos años. Por lo visto, ella había tenido oculto a un rojo, recién terminada la guerra, y él, por celos, por convicciones políticas o por pura maldad, le denunció y vinieron a buscarle. La abuela, entonces, se encerró en un mutismo feroz, mientras que el abuelo, por su parte, procuraba molestarla siempre que podía. Por ejemplo, cuando ella se reunía con sus amigas, para hablar de enfermedades, el abuelo hacía entrar a uno de los perros, que se lanzaba furioso contra ellas, y entonces se desternillaba de risa ante el revuelo de faldas negras que se agitaban, cacareos y suspiros de susto. Para vengarse, la abuela rezaba sus oraciones en voz alta, arrodillada bajo un Cristo, los brazos en cruz. Yo esbozaba una sonrisa senil al recordar sus cosas. La abuela era muy religiosa, pero más que en el cielo y en el infierno creía en sus propias imaginaciones sobre vidas sobrenaturales, y especialmente creía en la bondad y en la franqueza.

Por eso se apiadó de aquel muchacho perseguido al que dio asilo durante unos meses. De todos modos, era de una superstición increíble: siempre andaba tocando madera, cruzando los dedos, y hasta había dispuesto el salero en una especie de soporte que impedía que se volcase. Le gustaba entrar en las iglesias y mover los

152

labios, bis, bis, bis, rodeada de beatas parduscas a las que miraba de reojo para hacerse juicios divertidos sobre ellas. Adoraba las imágenes, las velas, las flores de trapo, los sermones terroríficos... Cuando la liturgia comenzó a cambiar, a hacerse más lógica y humana, ella sentía una gran tristeza, el sentimiento decepcionante de un mundo fabuloso que se venía abajo. De lo que más me acordaría del abuelo sería de su risa. Una risa vieja como él mismo y que paradójicamente tenía algo de infantil. El abuelo abría la boca, le desaparecían los ojillos y reía con la i: ji, ji, ji... Un sonido cerrado, interno, dedicado exclusivamente a sí mismo. Era curioso pensar que ya estaban muertos, pronto podridos y reintegrados al polvo. Más lógico era suponer que las paredes, los muebles y los cientos de chirimbolos los habían absorbido. Así, yo me los imaginaba formando parte de las telas de araña y del polvo de los muebles y cortinas. Husmeando en sus cajones, entre los dijes, los frasquitos de medicinas ya evaporadas, su presencia se hacía casí física. Más aún, exagerada. Estaban allí, risueños y quietos, invisibles, pero enormemente reales. Diosecillos de barro, parecían decirnos que la muerte no acaba con uno. Que hay otra existencia secundaria, pero tan auténtica como la primera existencia, que no obstante está sujeta a una segunda muerte. Por ejemplo, si hubiera un incendio y la casa quedara convertida en cenizas, entonces sí, entonces habrían muerto definitivamente.

—¿Eran los padres de papá o mamá? —dijo Elsa.

—De papá, me parece.

—No, de mamá.

—Qué más da... Nuestra familia no tiene ninguna realidad...

—Pero él estaba ahí, en ese sillón que tú ocupas ahora,

153

y ella estaba en este sillón donde yo estoy sentada.

—Quiero decir que nuestra familia no ha existido nunca en función de nosotros. Es muy raro de explicar, muy difícil de comprender...

—A mí me gustaría morir como ellos. Así. Y en la casa. Si muero en un hotel, moriré para siempre. Si muero aquí, seguiré existiendo, de una manera u otra. Por eso me da pánico que la casa desaparezca. ¿Y sabes lo que me ha dicho Efrén?

—¿Quién es Efrén?

—El hijo del alcalde. Ese que viene con mis compañeros, que se pega a ellos, y que me persigue.

Recordé un rostro grasiento y oscuro, unos ojos lánguidos de cordero, una sombra que flotaba entre las matas, en las noches de baile y de guitarras.

—Bueno, pues me ha dicho que su padre tiene el proyecto de rodear la ciudad con una avenida, y que esa avenida pasaría exactamente por aquí. Por la casa.

Vi la avenida extenderse como una serpiente, ceñir la ciudad, tragarse nuestra casa. Los cimientos de nuestro mundo infantil nos sacudían con su mismo temblor.

—Eso no sucederá nunca —afirmé yo—. Cuando hayamos muerto, Toy conservará la casa, y nosotros tendremos nuestra segunda existencia, ya verás.

Tiempo más tarde, de regreso a la casa, en vacaciones, me solía despertar con una sensación de felicidad que jamás he vuelto a sentir, pero que confío atrapar algún día, pues el recuerdo de esa sensación, de ese estado especial de la mente y del cuerpo, es demasiado vivo para suponerlo desaparecido totalmente. No era nada grandioso, sin embargo. Era, simplemente, sentir la mañana, sentir el azul del cielo, el calor del aire y el olor de la hierba. Despertarme y saber que estaba vivo. Que me encontraba en un mundo tan mío que en él nada

154

vacilaba, nada podía herirme. Me estiraba en la cama y sonreía. Por la ventana entraba un rayo de sol, un poco de aire, y esa luz blanca del sol, ese azul del cielo, ese calor del aire, eran míos, cosas siempre iguales y nuevas a la vez, sensaciones no gastadas, que yo sentía, absorbía, comprendía en toda su esencia radiante y llena de misterio. Era mi mundo, todo era mío: Elsa, la casa, las criadas, todo era mío. Mucho más lejos, o tal vez muy cerca, habría una guerra, un terremoto, hambre y gente que luchaba. ¿Pero qué podía hacer yo? No eran cosas mías. No podía cambiarlas. Después, me despertaría en hoteles, apartamentos y ciudades lejanas y recordaría esa felicidad como materializada en una especie de pájaro que volaba muy cerca de mí, pero que ya no me rozaba con sus alas, al que veía pasar sin que yo pudiera atraparlo, hacerlo mío. La felicidad me sacaba la lengua, burlona, y se marchaba, como diciendo: "¿Ves? Todavía existo, pero me escapo, me alejo de ti, y ya no te pertenezco. Ahora estás en el mundo de afuera, el trabajo te impide ser libre, y tu dicha desaparece aplastada bajo periódicos, reuniones, charlas y saludos... ¿Qué harás para escapar, para volver, para poseerme nuevamente?". Y los ojos cerrados, apretados los puños, me juraba a mí mismo: "Te atraparé poco a poco, como te dejé..."

Primero, tía Elvira extendió un cheque a mi favor, me cedió su coche —ella se compró un nuevo modelo— y me despidió con un sentimiento de alivio, sobre todo porque me llevaba a Toy y ese viaje significaba para ella el final de una infancia prolongada junto a Elsa que ya le hacía dudar de nuestro estado mental. En cuanto a Toy, no habría problemas. La amiga a la que me había recomendado se haría cargo de él. En realidad, quien se hizo cargo de Toy, aparte de yo mismo, fue una compañera de estudios, María José, enamorada de mí, pero que no pretendía ganarme cuidando a mi hijo, sino que lo hacía voluntariamente, compadeciéndome sin mucha razón. Toy, en efecto, fue un niño tranquilo, sano, acostumbrado a los brazos de todos, y cuando lo llevaba en los míos su sonrisa complacida despertaba la admiración de los demás hacia los dos.

Una vez María José vino conmigo a la casa. Por entonces, Elsa, al igual que la abuela en su tiempo, tenía oculto a alguien en las habitaciones de atrás: un evadido de la prisión, Iñigo se llamaba. Cuando Paca y Mauricia trajinaban juntas, recosiendo y planchando unas ropas misteriosas que sabían que no me estaban destinadas, musitaban entre dientes que nunca terminaríamos de darles sustos o sorpresas.

IV

Cécile se ha llevado algo de mí, no sé el qué exactamente, o más bien no se ha llevado nada: es una cosa rota lo que siento dentro del cuerpo. Recuerdo mi carrera hacia Le Lavandou, en su busca. Como si fuera en pos del amor de mi vida. Igual que si nuestro destino hubiera convergido y debiéramos vivir siempre juntos. Tal vez yo quería que fuese así. Era eso. Tener mi amor, mi pasión, mi razón. Pero en realidad no tenía nada.
Cuando llegué al puerto el viento arrastraba aún la pesadez de la siesta. Había poca gente. Solamente algunos grupos que regresaban de las playas, con el aire cansado, somnolientos, casi sin fuerzas para evitar los coches que venían de playas más lejanas. Los bares no se habían poblado todavía de su público nocturno. Después de la cena, se encenderían las luces y surgiría esa fauna especial de los que intentan divertirse. Ahora no había más que obreros, algún que otro viejo. Inútil buscar a Cécile. Sin duda, había parado algún coche y quién sabe dónde estaría. Sin embargo, recorrí las calles estrechas llenas de boutiques, pues tal vez ella deambulase por allí. No vi a ningún conocido y decidí esperar, sentado en el puerto. Muchas veces pensé regresar a casa, pero no lo hice. Por una parte, no quería verla. Por otra... En fin, de repente la vi en medio de un grupo, con su ancha sonrisa, descalza como siempre, y el corazón comenzó a golpearme el pecho, sentí la garganta seca, y aún ahora no comprendo por qué, o sí, sí lo comprendo, era ese deseo mío de sentir lo que en realidad no sentía, de modo que mi corazón, mi garganta, todo mi cuerpo, se hacían cómplices de mi de-

seo. Mi primer impulso fue abofetearla, pasar junto a ella y abofetearla, pero me contuvo su gesto cuando me vio, la tristeza de ese gesto: su amplia sonrisa se había encogido en otra más pequeña e indescifrable, casi misteriosa. Al mismo tiempo, se desprendió de sus amigos y vino hacia mí.

—No pongas esa cara, por favor —me dijo—. No ha pasado nada... sorprendente.

—¿Por qué lo has hecho?

Ella se encogió de hombros, como diciendo "¿Por qué hecho el qué?".

—Has roto tu tesis —añadí—, te has ido sin decir una palabra.

—Sí, he roto mi tesis, ¿y qué? Y me he ido, ¿qué pasa?

Su mano me sujetó con fuerza, el tono de su voz se hizo más tranquilo:

—Escucha, Toy, no te vayas, seamos lógicos. ¿Para qué hacer historias? Perdona que te haya hablado así, perdona también que no me haya despedido. Una está acostumbrada a olvidar convencionalismos que en resumidas cuentas parece ser que para ti son imprescindibles. Y puede que para mí también, a partir de ahora. Sí, Toy. Todos estamos llenos de prejuicios, los criticamos en teoría, pero en la práctica siempre nos agarramos a ellos. ¿A que sí?

Yo mantenía los ojos bajos, clavados en el movimiento de mis pies, pero caminaba con tan poco cuidado que terminé por pisar a Cécile. Ella retrocedió y se quejó levemente. Después se puso a reír.

—¿Ves? Desde mañana, no volveré a andar descalza. Me compraré por lo menos unas sandalias. Y luego unos buenos zapatos...

La miré fijamente. Miré su rostro enrojecido, sus labios irritados, sus ojos brillantes, y comprendí que algo especial le había ocurrido. Algo que le había hecho cambiar, de repente. Ver claro. Ver hondo. O seguramente no ver ni claro ni hondo, sino comprender simplemente, como yo más tarde, que no tenía nada que ver, o al menos, nada que descubrir. Y ésa era la razón de su cuaderno roto. Comencé a desapasionarme justamente en el momento en que ella me decía algo que cinco minutos antes me hubiera impulsado a hacer una locura:

—Esta tarde, cuando tú estabas leyendo en la playa, me acosté con tu padre. Sí, Toy. Pero no lo odies por eso. No lo odies, porque ni tú me quieres ni yo te quiero. ¿Qué había entre nosotros para que yo no siguiera mi instinto? Nada, ¿no? Tú y yo no tenemos ningún compromiso. Tú y yo predicamos la libertad. Oh, no, no intento excusarme. Al contrario. Aunque debo decirte que al principio, en esta siesta, confundí a tu padre contigo. Creí que eras tú quien entraba en el cuarto. Pero debo decirte también que cuando vi que no eras tú, me alegré. Porque tu padre, Toy, es mucho más interesante que tú. Y más sincero.

No obstante, parte del fuego que en mí se iba apagando me obligó a protestar, a defenderme.

—¿Sincero? Una persona que se hace pasar por su hijo para acostarse... Oh, Cécile, los dos sois igual de miserables...

—No es ningún miserable —me interrumpió—. Y si yo fuera igual que él, sería feliz.

Pero a mí, que siempre la había conocido alegre, me parecía que su contacto con mi padre le impediría serlo en lo sucesivo.

—¿Sabes? —continuó—. Él es fiel a su mundo, y el resto no le interesa. No intenta cambiar nada inútilmente, como intentaba yo, pobre de mí, con mi tesis, o tú, con tus ideas.

159

—Entonces, si tanto te gusta, ¿por qué no te has quedado con él?

—He dicho que me gustaría ser como él. Un felino, que usa a las personas a su antojo, desdeñosamente, porque tiene centrado su interés, su mundo, en algo muy profundo y antiguo. ¿Conoces esa leyenda egipcia que dice que los gatos fueron en otro tiempo grandes como tigres y que por su soberbia fueron reducidos de tamaño? Tu padre es uno de esos gatos, que añora su pasado de tigre, ¿comprendes?

—Qué tonterías... Has hecho bien en romper tu tesis. Ahora podrás escribir esas novelas extrañas, como sus relatos. Mi padre no añora ningún pasado grandioso... Lo que tiene de felino es... que nadie debe confiar en él.

—Pero claro... ¿Quién va a fiarse de un felino? —y no sé por qué me pareció que Cécile se alejaba más y más de mí, me despreciaba—. Pero me gustaría ser como él.

—Ser como él —masculló miserablemente—. No dudar en destruir una catedral para salvar una barraca.

—No comprendo lo que quieres decir, pero destruir una catedral es ya algo... grandioso.

—Tú eres una cretina.

—Entiéndeme, hablaba en sentido figurado.

Pero ya mi pasión se había vaciado, ya empezaba a situarme, y de pronto, la vida me parecía gris y tonta, y las palabras que Cécile y yo habíamos cambiado se arrastraban por el suelo como un agua sucia, ya usada e inutilizable para siempre.

—De todos modos, Toy, quiero que sepas que yo no te he engañado con tu padre, ni que él te ha engañado conmigo, que él no ha querido hacerte daño.

—Ya no me importa, Cécile.

—Me alegro de que no te importe. Pero considera cómo en un minuto una palabra, un hecho, puede cambiar nuestra vida, sin que de momento sepamos si para bien o para mal.

Sonreí con sarcasmo.

—Es verdad, él tenía razón cuando se reía de nuestras teorías. Creo que dijo que les faltaba originalidad. Bravo por romper tu tesis...

Ella se miró sus pies descalzos.

—Tienes razón, Toy, yo también me felicito por haberla roto. Estaba llena de ideas abstractas sin aplicación posible. Cuando me dejé ir y respondí a sus caricias, lo comprendí. Comprendí que yo no era nada. Que lo que debería hacer es vivir lo mejor posible, no sacrificarme, luchar por mi bienestar, casarme, tener hijos, una situación... Mi destino debe ser ese, estoy segura, ¿por qué no? Yo no soy una persona extraordinaria y por lo tanto supongo que no tendré un destino extraordinario.

Habíamos caminado mucho y estábamos cansados. Cécile se sentó sobre una barca que descansaba sobre la arena, estiró los brazos y volvió a sonreír con su ancha sonrisa de siempre.

—Toy, he decidido volver a mi casa. Con mis padres. Siento que no nos volvamos a ver. De veras...

Y yo la comprendí finalmente, o dejé de preocuparme de ella y era por eso por lo que creía que la comprendía: algo sin interés, una como tantas... Antes, por lo menos, aunque se debatiera dando puñetazos en el aire tal como yo la había conocido, era alguien. Ahora... De todos modos, mientras regresaba sin prisas, a veces pensaba que probablemente fuera ahora, la Cécile de ahora, la que tenía un valor. La que había comprendido. Yo, en cambio, no veía claro, no podía partir de ningún mundo inmediato, el único susceptible de ser cambiado, porque ahora no sabía en dónde estaba, se me había escapado como un poco de aire. "Debo encontrarlo otra vez —me dije—. Situarlo. Ver en que consiste. No es el de antes, es otro. No es el mundo de ideas de una universidad o de una reunión de amigos, de simpatizantes. Es mi padre."

Mi padre y la manera cómo podré ayudarlo. Terminar sus traducciones. No odiarle porque me haya traicionado. Al fin y al cabo, puede que yo le traicione también, un día. No en vano tengo su sangre. La sangre de un loco, quizás, y la sangre de una perra...

La sangre de un loco y de una perra... No, no podía ser. De improviso, muy lejos ya de Cécile, tenía ganas de llorar, porque me acosaba el miedo, porque no tenía ningún soporte. No. Mi padre es la única persona lógica de la tierra. Él y Elsa. Los dos saben lo que quieren, los dos saben que el mundo, fuera de ellos, deberá seguir su marcha, su guerra, su día y su noche. Que nadie, jamás, llegará a arreglarlo.

Entré en casa sin que él me sintiera. Era ya muy tarde, pero de pronto se me ocurrió ponerme a tocar la guitarra, y a cantar suavemente. Así, si me oía, se daría cuenta de que no estaba en pleno ataque de desesperación, como podría pensar. Después, mañana, daría un buen empujón a sus traducciones. Pondría aparte, como siempre, las páginas en las que se hundía, regresaba, se dejaba arrastrar, y esta vez trataría de leerlas sin miedo.

Lejos de casa, intenté jugar con el rompecabezas, María José frente a mí: diseños informes, manos tronchadas, flores que unidas a otro cubo se convertían en catedrales, estrellas partidas que luego resultaban ser la cabellera de una mujer. María José tenía a Toy en sus brazos. Detrás de ella, su tía Gloria nos miraba beatíficamente. Yo me había quedado a vivir con ellas y les pagaba un alquiler. Era un piso enorme, en la calle del León, un viejo piso lleno de cosas maravillosas: cosas de mal gusto, le decían a Gloria, cosas imposibles de vender, barrocas, delirantes, apolilladas. De vez en cuando, yo le compraba a Gloria algunos de sus objetos: una pequeña lámpara en forma de azucena, una patética muñeca para Elsa, un pisapapeles lleno de colores apagados, una vieja baraja de cartas... "No me des nada por ello", decía Gloria, pero yo era consciente del valor que adquirirían esos trastos y de la necesidad que ella tenía de dinero, de modo que cada vez que regresaba a la casa iba cargado con una maleta que contenía un pequeño museo. Por un momento, mientras María José miraba el rompecabezas, su tía, con su cabellera falsa sobre un rostro de edad indefinida, parecía un ave disecada, inmóvil. María José solía compadecerla, porque, decía, era una mujer mitómana, dolorosamente sola en ese piso en el que los muebles parecían haber nacido del suelo y encontrarse a la vez en constante movimiento, como en el fondo verdoso de un lago. María José me había confesado repetidas veces que se asfixiaba allí dentro, y una vez decidí llevarla a la casa.

Toy comenzaba a andar y a balbucear algunas palabras. Paca y Mauricia lo querían acaparar para ellas, se lo llevaban a la cocina y a los patios, y mientras tendían la ropa el pequeño jugueteaba en el suelo hasta que María José lo recogía para lavarle o cambiarle.

A Elsa no le era simpática Maria José, y a veces, durante las comidas, aprovechaba para mortificarla: "¿Cómo no te cambias de peinado? Podías hacerte un moño, como el de Mauricia".

163

María José se limitaba a sonreír, dulce y tranquila, o decía un comentario negativo sobre sí misma: "Tengo pelo de rata". O bien: "Si yo tuviera tu pelo, Elsa..."

Era el verano en que Elsa tenía a Iñigo escondido, y siempre, terminada la comida, mi hermana se levantaba, cogía una botella y una merendera de plástico y desaparecía en las oscuras habitaciones de atrás. La primera vez que hizo aquello, ante la mirada interrogadora de María José, Elsa explicó:

—Es comida para un cachorro de tigre al que alimento. ¿Te gustan las fieras, Marijosé?

Después, María José comentaba conmigo:

—Es extraña, tu hermana.

—¿Tú crees?

—Sí. Puede que mi tía Gloria fuera como ella en sus tiempos.

Aquella observación me extrañó. Yo estaba seguro de que Elsa no envejecería nunca.

Bien porque estaba muy ocupada con su evadido o porque la presencia de María José la molestaba, Elsa se hacía invisible la mayor parte del día. A veces la veía llegar de las habitaciones traseras con los ojos brillantes y el pelo en desorden.

—¿Sabes una cosa? —me dijo uno de aquellos días—. La policía estuvo aquí. Para preguntar por Iñigo. Como esta casa es tan grande, se imaginan que aquí se ocultan todos los fuera de la ley, y que yo les protejo.

—En este caso es cierto, ¿no?

Pero ella me miró con ojos desafiantes y orgullosos:

—Yo no me opongo a que tú tengas a tu María José.

Así pues, entre María José e Iñigo se estableció una especie de ambivalencia, de dualidad, como si ambos existieran el uno en función del otro. Pero, en realidad, yo estaba más cerca de Elsa y de su nuevo entretenimiento que de María José y de su dulce simpleza, de modo que una tarde, durante la siesta, alcancé a mi hermana en el momento en que avanzaba con la merendera y la botella hacia las habitaciones de las tinieblas.

—Quiero conocer a tu Iñigo —le dije.

Ella me miró fijamente, y aunque sus labios estaban rígidos, me pareció que sus ojos sonreían, deslumbrados, como si nuevamente me conquistara. La seguí entonces por el largo corredor que comunicaba la parte delantera de la casa con las construcciones ruinosas que en otros tiempos fueron convento, refugios de gitanos, dormitorios pasajeros...

—Lo tengo en la T —decía Elsa, como si se refiriese exactamente a un animal o a algo exclusivamente suyo—. Es la habitación más cómoda, pero me temo que empiece a hartarse de ella. Al fin y al cabo, es como estar en una prisión.

—¿Por qué no le traes con nosotros?

—Cuando termine de hacerle el retrato. Le estoy pintando, y quiero captar su expresión de encierro, de temor.

Los cuadros de Elsa se amontonaban por todas partes. Rostros oscuros, colores violentos, proporciones deformadas, todo nuestro mundo de sombras surgía en las pinturas de Elsa, que tenían, por otra parte, un rincón luminoso como de felicidad presentida.

Cuando llegamos a la T, Iñigo dormía y Elsa se puso un dedo entre los labios: shisss. Nos detuvimos, pues, en la puerta, y entonces pude contemplar el retrato de Iñigo, que Elsa comenzó a retocar.

—Como aquí hace tanto calor, casi siempre está desnudo.

La desnudez del muchacho resaltaba sobre el fondo oscuro del lienzo de una manera tan sensual, tan salvaje,

165

que en seguida pensé en las escenas que en esta misma habitación habían tenido lugar entre la Dalia y yo, con Elsa esperando fuera. Ahora parecía repetirse aquí un ritual del mismo tipo, sólo que esta vez era Elsa la protagonista, mientras que yo, pasivamente, tendría que esperar detrás de la puerta el final del juego. El retrato estaba ya casi terminado, pero el componente sensual de Elsa se había concentrado más bien en el cuerpo que en el rostro, que solamente estaba esbozado: unos ojos rojos sobre fondo ocre, la sombra negra del pelo y el espesor de la boca. Una sinceridad brutal latía en el trazado del sexo, yacente entre las piernas poderosas.

—Creo que se despierta —susurró Elsa, dejando el pincel.

Iñigo se incorporó en su cama sin sábanas, y en cuanto me vio se puso mortalmente pálido, al tiempo que deshacía un inútil gesto de huida. Sin duda, se creía descubierto, y por un instante Elsa gozó en mantenerlo en el error. Iñigo estaba muy apretado contra la pared y sus ojos parecían buscar un agujero por el que pudiera escaparse. Después, reparó en su desnudez y la palidez de su cara se fue tiñendo de rojo. Aquello duró un buen minuto. Iñigo sudaba.

Elsa, que había estado observando el desconcierto del muchacho con un placer que no me pasó inadvertido, terminó por reír, avanzó y se sentó a su lado.

—No te asustes, Iñigo —le dijo—. Es mi hermano. Ya te he hablado de él y puedes estar seguro de que no hará nada contra ti. ¿Verdad, Edu?

Yo negué con la cabeza.

Él suspiró ruidosamente, se apartó el pelo de la cara y sorprendí sus ojos duros, furiosos, contra los de Elsa.

—Lo has hecho adrede —dijo—. Te conozco, me sé tus trucos...

166

Pero ella le acarició la cabeza y le respondió muy dulcemente:

—Querido, yo no te retengo aquí. La carretera está al
lado.

Él dejó de mirarla y no dijo nada. Luego, levantó los
ojos hacia mí.

—Si va a denunciarme sea franco y dígamelo ahora.

Seguía pegado a la pared, avergonzado de que le viera
desnudo, pero demasiado orgulloso para pedir algo con
que cubrirse.

—Yo no voy a denunciarte —respondí—. Pero si quieres
marcharte, nadie te lo impide.

—Uno no sabe lo que es peor. Si estar detenido o pensar que van a atraparme de un momento a otro.

—¿Tenías por mucho tiempo? —le pregunté.

—Tres años. Llevaba seis meses.

—Claro, y si te atrapan te aumentan la pena, ¿no?

—¿Eso le divierte? Ustedes dos se han convertido en
cómplices, recuerden eso.

—Bueno, dejemos de discutir —terminó Elsa—. Mira,
Iñigo, hoy te he traído carne con patatas fritas.

—No tengo hambre.

—¿Un poco de vino?

Me puse a deambular por la T. Elsa e Iñigo, en la
cama, me parecieron de repente la Dalia y yo algún
tiempo atrás, pero en este caso, pensé, era Elsa la que
tenía amarrado a Iñigo en la cama, atado a las cuatro
puntas, sin poder moverse. Pensé también en el rojo
que había ocultado la abuela y me pregunté si hubo
algo entre ellos, si la abuela fue igual que nosotros, si
tenía ese mismo instinto felino de atrapar, de poseer, de
convertir a los seres en cosas. Hice un ademán para
marcharme, pero no avancé. El calor de la siesta me
adormecía y terminé por sentarme en el suelo, junto a

167

la cama. Un pierna de Elsa me rozó la cara y se la mordí, con rabia. Elsa gritó y después rio con ganas. Sin verlos, me di cuenta de que se pasaban la botella del vino y alcé una mano para pedir mi ración. En cierto momento, me quedé con la botella para mí solo: Elsa e Iñigo tenían las manos ocupadas. Sentí un fuego arrastrarse por mi cuerpo y pensé en la Dalia, en la Vilma, hasta pensé en María José, deseé que estuviera aquí ahora para que ocurriese lo que ella deseaba y temía desde hacía tiempo. Un pie de Elsa volvió a rozarme la cabeza: quería que me marchase, que los dejara solos. Pero yo no me quise ir, sino que me introduje completamente debajo de la cama, aprisionado entre el suelo polvoriento y el somier que crujía.

Muchas veces intento diseñar el plano de la casa, pero nunca consigo terminarlo; me pierdo en la mitad del laberinto. La localización de las habitaciones, pasillos, patios, escaleras, desvanes y sótanos se me escapa, se mezcla, hasta producirme una sensación de vértigo. Y aunque mi memoria guarda la imagen de todas las estancias, siempre creo que hay alguna por descubrir. Que existe probablemente un piso movedizo que cambia de lugar, una habitación misteriosa todavía oculta. Y los de la policía deberían pensar como yo en la época en que Iñigo había huido de la cárcel: yo mismo recibí a los agentes, que acudieron a indagar por segunda vez. Parecían dos perros olfateando el rastro del desaparecido, con sus narices ensanchándose y estrechándose a pequeños intervalos, la mirada inquieta rodando por los rincones del vestíbulo, las orejas tendidas ante el más mínimo de los ruidos.

—Esta casona es tan grande —decía uno de ellos, el más viejo—. Muchas veces, sin que ustedes mismos lo hayan sabido, hemos arrestado a algunos maleantes que iban a esconderse en los sótanos.

—Por eso —añadió el otro—, no nos extrañaría que incluso ustedes ignorasen que hay alguien escondido por ahí detrás...

Yo empecé a aborrecer esa desconfianza, esas observaciones sobre la casa y esa manera de inmiscuirse en nuestra vidas. Para mí, la casa era una especie de estado, algo que sólo nos pertenecía a nosotros. Así, era como si Iñigo gozara de un asilo que la policía no podía alterar. ¿Qué hacían allí con sus uniformes grises? ¿Por qué no nos dejaban tranquilos? Sin embargo, por un momento me pasó por la cabeza la idea de denunciar a Iñigo. Haría como el abuelo. Y Elsa volvería a quedarse sola, sola conmigo, todo volvería a ser como antes. Pero, no: no tenía derecho. Elsa no podía vivir en la rutina, como las criadas o como María José. Elsa, como yo, necesitaba varias pasiones. De lo contrario, Elsa se apagaría y dejaría de ser Elsa. Sus amores, además, tenían que ser así: imposibles, peligrosos y breves. Ningún chico de buena familia se acercaría jamás a mi hermana para pasearse con ella por la ciudad. El respeto que nos tenían obedecía a cierta reputación de poder, de dinero. Pero no éramos más que el resto ruinoso y decadente de algo que en otra época fue firme y sólido. Por eso, los de la casa deberíamos permanecer aparte, sólo podíamos mezclarnos con prostitutas como la Vilma o con maleantes como Iñigo. Incluso Marta, que siempre sufrió de una discriminación injusta para ella,

169

se había marchado de la ciudad, con su marido. Y tía Elvira, cuyas obras benéficas le habían valido una fama de persona activa y respetable, también nos había abandonado. Quédabamos Elsa y yo. Elsa, mal vista por todo el mundo, criticada y orgullosa, indiferente, que acompañaba a la Vilma a hacer sus compras sin importarle que la gente supiera que la otra había sido una prostituta a sueldo fijo y que ahora actuaba por su cuenta. Y yo, con un hijo nacido de otra prostituta, que nunca me molestaba en dirigir la palabra a nadie. En fin, allí estaba la policía, indagando por alguien cuyo rastro se dirigía a nosotros... Casi seguro de que Elsa estaba espiando, y para que tomara las precauciones necesarias, dije bien alto, de modo que ella pudiera oírme:

—Registren ustedes mismos. ¿Qué otra cosa quieren que les diga?

—Bien, pues con su permiso vamos a buscar por toda la parte trasera del edificio.

Entonces, cuando vi a los dos agentes uniformados perderse por los corredores, aquella parte olvidada de la casa me pareció una cárcel. Había pasillos oscuros con puertas a los lados, rejas, un techo rugoso que en algunas partes era tan bajo que podía tocarse con los dedos... Los rezos de las monjas comenzaron a destilarse, líquidos, por las paredes. De la capilla surgieron unos cánticos dulces, místicos, que se elevaron en forma de pequeñas llamitas. Me apoyé contra la pared. No quería que los agentes se dieran cuenta de mi presencia. Metían las narices en todas las habitaciones, se sacudían el polvo y lanzaban comentarios despectivos: qué laberinto, qué basura... Aquí sí que tenía que haber caído una bomba cuando la guerra.

El más viejo dijo:

—Ja, ¿no sabes que poco después de la guerra se ocultó

170

aquí un rojo? La misma señora le denunció. O no, fue el dueño, ahora me acuerdo.

—Ya. Pero del que se escapó ahora, ni rastro.

—Ca, ese andará ya bien lejos...

En la T, los guardias se detuvieron más tiempo que en otras habitaciones. Desde fuera, oí crujir el somier de la cama y una risotada. Más allá de la T estaba la escalera que comunicaba con el vestíbulo. Cerré los ojos. Yo estaba en medio de las prostitutas, desnudo, mientras la Dalia rompía el disco que había sacado de la vieja gramola.

—Esta era la casa de putas. Es curioso, y antes, del lado de donde venimos, un convento. Vaya coctel, ¿eh? Oye, mira, hay una botella, parece vino...

La voz del joven me llegó llena de prudencia y de sagacidad:

—No lo vayas a beber. Quién sabe si es vino. Aguarrás, a lo mejor, de las pinturas...

—Buenas juergas me venía yo a correr aquí con esa que llaman la Vilma... No me digas que tú nunca has venido.

—No, yo...

—Había otra que le gustaba la marcha. La Dalia, creo. Y que luego tuvo un hijo.

—¿Un hijo?

—Sí, hombre, ¿y sabes de quién? Del chico que nos ha recibido. El dueño, ahora.

—Pero si no es más que un chaval.

—Pues eso, y la lagarta le dejó con el crío en los brazos, ¿te das cuenta? Y es él quien se ha hecho cargo... Oye, pues es vino... ¿Quieres un trago?

Y se pusieron a reír estruendosamente, como si ya estuvieran borrachos, haciendo crujir el catre de la cama, olvidados de su misión. Entonces creí ver deslizarse la

171

sombra de Iñigo, y luego apareció Elsa, que me hacía una seña con la mano. Me acerqué a ella.

—Le he dicho dónde tiene que esconderse... ¿Pero qué van a pensar de la botella, de...?

Entonces los sentimos salir y nos escondimos. Sus sombras pasaron junto a nosotros: una corpulenta, pesada; otra, larga y estrecha. Decían:

—Buf, ya va siendo hora de que derriben todo esto. Como la avenida que proyectan va a pasar por aquí...

—Sí, pero antes tienen que desviar el río.

—Y pronto van a hacerlo, no creas.

Sentí que las uñas de Elsa se clavaban en mi mano. Yo me mordía los labios. Creía encontrarme arrastrado por un mar de escombros. Elsa temblaba. Tiré de ella y, eligiendo otro corredor, llegamos al vestíbulo antes que los agentes. Una vez allí, Elsa, armándose de serenidad, se dirigió a ellos.

—¿Por fin no encontraron a alguien, en esa... basura?

El joven se puso rojo y tosió antes de responder.

—No, señorita. Ese se largó, qué duda cabe.

—Y díganme, ¿piensan ustedes, hablando de otra cosa, que la avenida que proyectan debe pasar junto a esta casa?

—Pero ustedes lo sabrán mejor que nosotros. ¿No han recibido ninguna notificación del Ayuntamiento?

—Es nuestra tía Elvira quien se encarga de la administración —dije—, pero hace tiempo que está fuera.

—Pero eso va para largo —añadió el agente más viejo, como si quisiera tranquilizarnos—. Primero tendrán que desviar el río. En fin, para el siglo que viene...

—No tanto —sentenció su compañero, que de pronto había adquirido una expresión desconfiada y seria que le daba un aspecto risible.

Y ambos se nos quedaron mirando durante un buen

momento, pero viendo que habíamos caído de pronto en un mutismo que debió resultarles embarazoso, se disculparon torpemente y salieron sin que nosotros nos molestáramos en acompañarlos.

Entonces, nos precipitamos al despacho de tía Elvira y abrimos todas sus cartas. Pero no había ninguna que hablase de un proyecto de avenida. Elsa suspiró, aliviada, y decidimos olvidar el asunto.

—Voy a llamar a la Vilma —dijo Elsa—. Necesito compañía. Que venga a cenar con nosotros. ¿Te parece?

Yo asentí. Mientras esperábamos a la Vilma, Elsa y yo nos divertimos escuchando a Paca y a Mauricia, que refunfuñaban en la cocina porque les habíamos pedido que hicieran una cena para cinco.

—Esto no puede ser —decía Paca—. Cena para cinco. Se creen que están en un hotel.

—Y encima, la policía.

—Eso.

—A mí, porque no me importa —añadió Paca, sibilina—, pero cuando voy a hacer la compra ni me saludan.

—Como si tuviéramos la culpa de lo que ellos hacen...

Elsa sofocó su risa y me dijo:

—Hay que hacer algo por esas dos. Verás, las invitaremos a cenar con nosotros.

—Estupendo. Las haremos bailar.

—Y disfrazarse...

—Buscaré algo que regalarles. Algún chal, un collar...

Se creaba un juego. Otro juego. Me tendí hacia atrás, cerré los ojos y los años comenzaron a huir, a aglutinarse unos en otros.

—¿Qué te pasa?

Era María José. Junto a ella, Toy me miraba con unos ojos muy grandes. Luché para retener mi impresión de fuga. Mi voz cambió:

173

—Tenemos invitados esta noche. Lo pasaremos bien, ¿verdad? Estaremos nosotros, la Vilma, Iñigo e incluso las criadas... Tal vez, tal vez la Vilma traiga una amiga, la Dalia...

Y de pronto, como una burla, me imaginé casado con María José, convertido en un señor respetable, firmemente anclado, al que todo el mundo saludaba. Reí tan fuerte que María José se estremeció.

—Me das miedo —dijo—. A veces, me das miedo.

—Es que me hace gracia el pequeño —mentí—. ¿Verdad que se porta bien?

Le tomé en mis brazos y salí con él al jardín, apretándole mucho contra mi pecho, intentando comprender no sé qué misterio, mirando sus ojos para ver si había en ellos algo diferente. María José me siguió, inquieta, como si fuera a dejarlo caer de un momento a otro.

—Si vieras, se interesa mucho por el río, pero yo no le dejo escapar. Me da miedo, ese río tan cerca de la casa, Edu.

—Dicen que lo van a desviar, y que harán una gran avenida...

—¿Sí?

—Pero Elsa y yo destruiremos la avenida...

Nos sentamos en el suelo, junto a un árbol. Un tanto tímidamente, María José apoyó su cabeza sobre mis hombros. Yo le dije:

—Sí, destruiremos todo lo que se interponga en nuestra meta.

—¿Qué meta, Edu?

—No lo comprenderías. Es muy difícil. Verás, es como... como tener un mundo dentro de otro mundo, un sitio en el cual la vida de fuera no puede alcanzarte, no pueden imponerte sus colores, sus ruidos, sus costumbres. Eso es la casa para nosotros. Un lugar al que acudir.

174

Un lugar que nos espera. No es hermosa, pero no importa, porque tiene muchas cosas dentro, muchas ruinas, muchos espíritus, mucho polvo... Claro, tú sólo ves las paredes, porque no es tu casa, no... María José, ¿crees que estoy loco? Me parece que tu tía Gloria me comprendería mejor. A ella le gustan los fantasmas, las sesiones de espiritismo.

—Sí, Edu, estás loco —dijo María José—, pero puede que tengas razón.

La Vilma llegó con un perrito en los brazos y un gran ramo de rosas, de modo que sólo supimos que era ella cuando dejó caer descuidadamente al animal y acudió a abrazar a mi hermana, cuya cara desapareció entre las rosas que le ofrecía. El perro, un caniche birrioso, fue a refugiarse debajo de una mesa para ladrar a su gusto. Entre las exclamaciones de las dos mujeres y los ladridos del caniche, la casa se llenó de un eco de cacareos que fue desvaneciéndose poco a poco, hasta que la Vilma y Elsa se sentaron frente a frente para hablar de sus cosas.

La Vilma había engordado desde sus tiempos de la trasera, y parecía una matrona poderosa, con su pelo negro y brillante estirado hacia atrás y un comienzo de papada que se le acusaba cuando reía. Yo la encontraba hermosa y terrible, algo así como un ser mitológico que había existido siempre. Cuando la Vilma cruzaba las calles y las plazas de la ciudad, la cabeza alta y la mirada recta, las grises muchachas provincianas debían sentir el horror y el oculto deseo de ser como ella, pero solamente le manifestaban su desprecio, y era ese desprecio de los demás lo que le daba a la Vilma su aspecto de diosa pagana, de hoguera.

—Elsa, muñeca, me tienes que dejar que vea la trasera, recordar mis buenos tiempos... ¿Sabes? Todavía debe haber en mi cuarto un viejo baúl lleno de trastos...

Y ambas se perdieron en el mundo de las sombras, de donde volvieron cargadas ⌐on cintajos y vestidos antiguos, quincallas, viejos estuches de maquillaje: "Mira, Elsa, esta pulsera me la regaló un ⊃ficial, un cielo era, no sé qué habrá sido de él, y esto, este collar, creo que era de la Jazmina, no sé si te acordarás, una que ahora está en el sanatorio, tuberculosa, y estos pendientes se los cambié a la Dalia por no sé qué, pobre Dalia, ¿no habéis vuelto a saber de ella? Siempre fue algo rara, mira que irse así, desapareció, yo no la he visto desde aquel día que le presté el dinero, en fin, y la Salomé, esa sí que se largó forrada, la tía, después de habernos explotado a todas, creo que tiene una casa clandestina en Madrid..." Elsa tenía un aire soñador: "Ah, Vilma, y ellos, los que os traían regalos, baratijas, ¿cómo eran, qué hacían con vosotras? Habéis conocido tantos hombres, todos distintos..." "¿Distintos? Ca, pequeña. Iguales, todos iguales." "No, Vilma, iguales, no. Por ejemplo, Iñigo no es igual. A ver qué te parece Iñigo. Ahora duerme, siempre está durmiendo, debe ser la costumbre de estar encerrado. Tú no dirás nada de haberlo visto aquí, ¿comprendes? Ya te explicaré." "Pues yo, Elsa, ahora tengo un industrial muy rico. Gordo, calvo, se fatiga mucho. Cuando se va, llamo a mi gitano, para desintoxicarme. Ay, Elsa, ¿tú crees que soy mala por estar con tantos hombres? Yo voy a la iglesia, creo en Dios y en la Virgen. A ti nunca te he visto en la iglesia, ¿por qué, Elsa? Una se siente como nueva cuando sale de allí." "Mira, Vilma, cada uno tiene sus manías. A mí me da por pintar, ya ves. ¿Qué te pareció el retrato de Iñigo? Excitante, ¿verdad?"

Pero los ojos de Vilma se habían detenido en Toy y

dejó de escuchar a Elsa. María José acababa de entrar con el pequeño en brazos, y entonces la Vilma se adelantó y le cogió suavemente, sin dejar de mirarle con una dulzura infinita, casi amarga, que le daba una belleza distinta a la suya habitual, y María José se quedó con los brazos caídos, pero sonriente, aceptando, como siempre, todo lo que ella se consideraba sin derecho a juzgar. Vilma no había reparado en ella, pues con Toy sobre sus senos parecía haberse aislado, refugiada en uno de los rincones de su mundo, y así, yo vi que la Vilma lloraba, sin hacer un gesto, sin dejar escapar un gemido, sino que lloraba, simplemente, mirando a Toy, y hubo una estrella, un resplandor, que se posó en una de sus mejillas, luego en su pecho, en la mejilla otra vez...

—Ah, tiene sueño —interrumpió Elsa—. Pobre, ¿verdad que es mono, Vilma?

La Vilma se acercó a mí y me tendió a Toy, yo lo tomé y se lo devolví a María José, y entonces todos nos pusimos a reír, y Elsa terminó la escena anunciando que debíamos subir a la habitación para cenar.

Pero antes hubo que sobornar a las criadas, que estaban sentadas en la cocina, morrudas y tercas, impertérritas ante el olor a quemado que salía del horno. María José hizo lo que pudo, sacó la carne del horno y preparó una ensalada. Por su parte, Elsa y la Vilma ofrecieron a las dos mujeres todo lo que se les había ocurrido sacar del baúl, y entonces se originó un pequeño revuelo: "No, Mauricia, esa pulsera me la quedo yo, para ti el chal de colores, no, quita de ahí, para mí la pulsera, bueno, pues yo me quedo con el chal, tú que pierdes". "Ay, Paca, mira, estos polvos color rosa para ti, para mí el collar, ¿pero qué vas a hacer tú con el collar y la pulsera?" "Estás loca, Mauricia." "No, Paca, los guardaré, los miraré por la noche y después se los regalaré a mi sobrina, para su santo..."

La Vilma y Elsa reían, los brazos cruzados, y cuando el reparto hubo terminado, Elsa hizo beber a cada una un buen vaso de vino, y ya más animadas, se decidieron a subir para poner la mesa y prometieron que nos harían un gran postre.

—Y cuando todo esté listo, venís con nosotros —concedió Elsa—. Brindaremos todos juntos...

—Ay, no, señorita...

—Eso no, por Dios...

—Con lo guapas que son ustedes, y nosotras tan feas.

—Nada —terminó Elsa—. Os pondréis guapas. Tengo más cosas para vosotras. Yo os ayudaré a vestiros, veréis que bien...

Entre suspiros y risas, las dos criadas comenzaron a subir y a bajar la escalera, llevando platos y vasos, sin cesar de murmurar un instante: "La Vilma, vaya —decían—, porque al fin y al cabo tiene buen corazón, pero ese bandido, ese... No, si ya verás, terminaremos por tener un disgusto. Quién sabe lo que habrá hecho, pero el caso es que le buscan. Bueno, pues mira, nosotras nos lavamos las manos, que ellos hagan lo que quieran. Sí, pero ya vemos lo que hacen. Locuras. ¿Pues a qué viene esto? Déjalo, mujer, déjalo, fíjate la de cosas que nos han dado, y ya ves, comemos y bebemos lo que ellos..."

Las rosas que había traído la Vilma ardían en el centro de la mesa. Afuera, el cielo del verano oscurecía lentamente, y Elsa encendió los candelabros. Entonces, la cara de Elsa se tiñó de rojo, detrás de las rosas, y por un momento su figura quedó plasmada ante mis ojos como algo irreal, inasible, una mano tendida hacia mí, una mano que yo cogía y que me arrastraba...

Pero era Iñigo quien había tomado esa mano, después de la cena, y entonces nuestras miradas se cruzaron y vi pasar un temor instintivo por sus ojos huraños. Leí en esos ojos su encierro de antes y de ahora, sus mañanas frías en la prisión, sus paseos en el patio, el ruido de su propio pensamiento. Algo me impulsó a levantarme y apartarle de Elsa.

—Edu, has bebido demasiado —dijo ella.

Me encontré entre los brazos de la Vilma: "Pequeño, déjalos, ya conoces a Elsa, se cansará en seguida, terminará por echarle..."

—¿Pero no comprendes, Vilma? Es un evadido. Le buscan. Si está aquí es porque le conviene, no porque quiera a Elsa. Se aprovecha de ella, y estoy harto.

De un tirón, Iñigo me apartó de la Vilma, apretándome la mano con tanta fuerza que sentí que iba a romperme los dedos si la presión no disminuía, retorciéndome la muñeca mientras me miraba, como si quisiera hacerme saber que era más fuerte que yo.

—Tú no me denunciarás, ¿verdad?

Yo sostuve su mirada y no manifesté ningún signo de dolor, pero le dije:

—Te denunciaré en cuanto pueda si no dejas de hacer el cretino.

Libre de su presión, mi mano quedó inerte, como dormida.

—¿Me denunciarás? —repitió.

—No.

—¿Por qué? ¿Porque temes que vuelva un día para vengarme?

—Tú has leído muchos folletines en la cárcel. No te denunciaré porque...

Porque eres como yo, como nosotros, le hubiera dicho, porque llevas dentro esa misma posibilidad de destrucción que nosotros tenemos, pero él no me habría comprendido, y le dije:

—Porque quiero que te vayas tú mismo. Yo mismo te llevaré a Madrid, si quieres. Desde allí podrás tomar un tren y marcharte a Francia.

—¿Con qué papeles?

—Con papeles falsos, naturalmente. Ya te las ingeniarás.

—No me fío de ti —masculló—. Tú eres un señorito. Tú, aunque no lo quieras, siempre estarás de su parte.

—¿De parte de quiénes?

—De ellos, de los que te convienen. De los que te hacen vivir. Por eso desconfío de ti. Porque tal vez se te ocurra darles las gracias a los que te ayudan a vivir presentándoles una denuncia.

No le comprendía. Yo le daba una razón psicológica y él me hablaba de resentimientos sociales, de política. Y a mí la política no me interesaba. No tenía nada que ver con ella. Yo vivía en el hecho. En un mundo que era así. Las pobres prostitutas más desgraciadas que la Vilma, los pobres que venían a pedir a nuestra puerta, las huellas de balas en las paredes de la capilla, todo eso formaba parte de un mundo que se me había dado determinado, fijo, y yo no iba a hacer nada por cambiarlo. Ni lo defendería ni lo atacaría, porque dentro de ese mundo estaba el mío.

—Mi abuela, después de la guerra civil, tuvo oculto un rojo. Pero sólo porque le era simpático. Sus ideas no le interesaban, como ni a Elsa ni a mí nos interesan las tuyas. Y mi abuelo le denunció. Pero sólo porque se puso celoso. Sin que tampoco le importaran sus ideas. ¿Te he preguntado yo por qué te metieron en la cárcel?

En aquel momento, Elsa y Vilma se dedicaban a disfrazar a las criadas con trapos y oropeles, dejándolas convertidas en astrosas reinas de carnaval, las viejas bocas abiertas en una risa inmóvil y negra. María José abría trabajosamente un botella de champán. Iñigo y yo olvidamos nuestra discusión, renunciamos a entendernos y nos pusimos a beber. Iñigo bebía con ansia, sin hacer un gesto. Yo, en cambio, comenzaba a marearme y vi, a través de una niebla, que Elsa tiraba de Iñigo y que ambos se ponían a bailar, mientras la Vilma, sin dejar de reír, hacía beber a las criadas poniéndoles la botella en la boca. No sé cómo me encontré tambaleándome en medio de la habitación, entre la Vilma y las criadas, bailando con las tres al mismo tiempo, desprendiéndome de ellas y casi cayendo sobre Elsa e Iñigo, que me sujetaron, abrazándome, y entre el continuo girar de sus cabezas vi a María José que se retiraba, desaparecía, renunciaba una vez más. Después, Iñigo y yo estábamos tendidos en la cama turca, mientras Elsa y Vilma nos pasaban por la frente un pañuelo mojado en champán. Creí escuchar el ronquido uniforme de Paca, derrumbada en una silla, el moño atravesado por cuatro grandes agujas. Mauricia se arrastraba como una sombra, murmurando y poniendo orden. Cerré los ojos cuando sentí el cuerpo de la Vilma contra el mío. Luego, el peso desaparecía, volvía a caer. Vilma y Elsa se balanceaban sobre nosotros, sus rostros se confundían, y otra vez vi una estrella en la cara de la Vilma, una estrella que corría de sus ojos a los de Elsa y que terminó por estallar en millones de estrellitas, en una lluvia de luces, en un desfile de extraños seres burlescos que descendían desde el techo, que nos arrastraban por los corredores hacia las habitaciones de atrás, hacia la T. Era como si todos volásemos sobre el polvo, entre risas y tropezones. Como siempre, la Dalia me esperaba, ya amarrada a las cuatro patas de la cama: "Edu, di a tu hermana que se vaya, que nos deje solos, solos tú y yo, ¿no ves que tienes que obligarla a irse?". Pero los ojos de Elsa brillaban, fosforescentes, unas veces más cerca, otras más lejos.

V

Ya casi he terminado de traducir todos los documentos. Creo que mi padre se ha olvidado por completo de ellos, pues sus relatos ya no están intercalados entre las traducciones, sino en hojas sueltas, aparte. A mi padre, sin duda, le importa menos que nunca la Organización. También se ha olvidado de ella. Ni siquiera me pregunta qué hago cuando me ve teclear. Pasa, me revuelve el pelo y sonríe. Apenas habla. Va mucho al puerto de Le Lavandou, o a Saint Tropez, y regresa de madrugada. Duerme hasta el mediodía, sale para darse un baño y se queda tumbado sobre la arena hasta que el sol se va. Escribe cuando yo estoy fuera, y si me siente llegar, se detiene, toma su botella y se encierra en su cuarto. Creo que soy todavía demasiado joven para recordar mi infancia. Dicen que la infancia se recuerda ya cuando uno es viejo. Pero creo también que si me esfuerzo conseguiré sumergirme en ella. Los recuerdos de mi padre despiertan en mí ciertas visiones lejanas, aunque sin relación las unas con las otras, sin relieve. Y, sin embargo, según esos recuerdos, yo pasé algunas temporadas en la casa. Yo tuve que ver a Iñigo, yo tuve que ver a Elsa bailar descalza en el jardín. Yo tuve que conocer muy bien a María José, que cuidó de mí, que hizo conmigo las veces de madre.

Sí, de María José me acuerdo. Y de la casa de la calle del León, en Madrid. De la tía de María José, una señora de aspecto dulce y triste, que a veces recibía amigos y amigas de su edad y se encerraban en una habitación para hacer espiritismo. Había también una criada algo tétrica que parecía rodar entre los muebles como una gran bola de trapo, y con la cual yo pasaba las mañanas, esperando ansiosamente que mi padre y María José llegaran de la Universidad. Por las tardes, y esto puedo rememorarlo claramente, ellos estudiaban juntos en una habitación llena de cuadros, seguramente pinturas de tía Elsa, grandes ampliaciones de fotografías de viejos actores, enormes flores de papel, una mesa atiborrada de libros y cuadernos. Era una habitación muy cómoda, más alegre que el resto de la casa, que era toda ella, excepto esa habitación, sumamente sombría. A mi padre siempre le ha gustado rodearse de comodidades, de cosas de valor, de libros recién editados. Como ahora, gastaba mucho dinero en carteras de piel, en plumas, en carpetas, en una infinidad de cosas la mayoría de ellas innecesarias. Debe ser una manía. En su apartamento de Ginebra tiene lo menos treinta carteras y una cantidad increíble de cosas de las cuales sólo se puede utilizar una, pues si, por ejemplo, tiene cuarenta bolígrafos, no va a escribir con los cuarenta a la vez. Pero él es así. Además, no tira nada. Todo lo guarda. En desorden, pero lo guarda. Incluso los bolígrafos secos, los encendedores estropeados, los ceniceros rotos. En aquella casa de Madrid mi padre se sentía sin duda como en una prolongación de la suya. Había la analogía de la oscuridad, de los rincones insospechados, de las antigüallas, que Gloria le vendía y que él transportaba en su coche. A veces, cuando notaba algo en falta, se dirigía a mí, pues confieso que me solía guardar algunos de sus objetos para jugar con ellos: "Vamos a ver, Toy, dime qué has hecho con ese pisapapeles redondo..." Y si yo no se lo quería dar él se enfadaba, María José intervenía buscándome algo que pudiera consolarme, y entonces la expresión de María José se hacía muy dulce, y nos miraba a ambos, sonreía.

Cuando pienso en el papel que María José tenía en la vida de mi padre, siento cierta pena, porque indudablemente ella le quería, estaba enamorada de él. Y mi padre se había acostado con la Vilma prácticamente delante de ella. Y la había olvidado ostensiblemente siempre que Elsa y sus historias llenaban la casa. Yo imaginaba a María José, conmigo, en el jardín, mientras él había ido a ver a la Vilma o estaba encerrado en la habitación con Elsa y con Iñigo, jugando a las cartas. Creo que eso de las cartas fue cuando Iñigo estaba allí, porque una vez oí decir a tía Elsa: "No, él no comprendería el juego del rompecabezas".

Si insisto, si insisto, si cierro los ojos y me concentro, también puedo descubrir en mi mente ese rompecabezas de grandes cubos, ya muy usado, de colores sombríos a pesar de su brillo, cubos que ellos, Elsa y mi padre, se lanzaban el uno al otro, primero haciendo frases y luego, simplemente, exclamando palabras: "Es una catedral, yo me he perdido entre las naves... Es un camino que se divide en cuatro caminos más pequeños, de los cuales tengo que seguir uno... Pues éste es el camino que has elegido, Edu, y nunca sabrás lo que te esperaba en los otros tres. Y esto, es la ruina de un castillo. Y esto, una mariposa. Y esto, una iglesia..." Y después, en una avalancha de palabras, seguían: "Noche, cielo, río, estrellas, bruja, amor, tú, niño, nadie..." Sí, los he tenido que ver algún día, sentados en el suelo ante el rompecabezas, mirándose, iguales, tan unidos como lo estuvieran en el vientre de su madre.

Es curioso: ni ellos ni yo conocimos a nuestras madres. La de ellos, muerta inmediatamente después de su nacimiento. La mía... Él me había dicho una vez: "Tú nunca tuviste madre". Pero ahora sé que sí, que la tuve, que se llamaba la Dalia, y que debe de estar en algún lugar. O acaso muerta, quién sabe. La Dalia. A veces pienso que no es posible, que mi padre inventa, ensombrece, exagera. A lo mejor, la Dalia no era esa prostituta tonta que se dejaba atar a las cuatro puntas de la cama, ese pobre guiñapo inútil, esa porquería que me tuvo en sus brazos sólo un momento y mi padre me tomó de ellos ya para siempre, y que se fue, y que no volvió nunca. No. Si pienso que todo ocurrió así siento algo parecido al horror. Una sensación insostenible, un escalofrío que se prolonga. La Dalia era, seguramente, sólo una sirvienta que le provocó una noche, o bien fue él quien la buscó, y quedó embarazada. Y que tía Elvira envió lejos, con algo de dinero. O quizá fuera una compañera del instituto, por qué no, una chica más bien simple que se hubiera enamorado de mi padre y acudiera a la casa con el pretexto de pedirle unos apuntes. O probablemente fuera alguien diferente: una extranjera. Sí, una extranjera que vivió allí durante un año. Una mujer muy hermosa, muy inteligente, sin prejuicios, que quiso tener un hijo y luego se marchó, y a la que mi padre lloró mucho tiempo, pues él mismo dice que la buscó, que preguntó por ella. Quién sabe si mi madre fue en realidad un ser extraordinario, una mujer buena, dulce, con un misterio que la obligó a desaparecer. Puede que sí, puede que esa sea la verdad. La verdad capaz de ahogar ese escalofrío horrendo que la figura de la Dalia me hace sentir. La verdad que disipe mi temor. Lo que mi padre me había dicho era imposible: "Tú nunca tuviste madre". Y lo que había escrito era innoble, espantoso. Tendré que ser yo, yo mismo, quien cree a mi madre. El que le otorgue una existencia plácida y lejana, sin sombras, muerta o viva, pero no así, no ese ser amarrado en forma de aspa sobre una cama mugrienta de prostíbulo.

186

Y Elsa, mi tía Elsa, rodeada de muñecas, maquillada y vestida como una fulana, bailando entre compañeros de clase que la deseaban y que después la manoseaban y besaban sobre el cesped del jardín. Tampoco eso era cierto. La Elsa que yo conozco, la última que vi, tenía una gran pureza en sus rasgos y en sus movimientos. Mi padre lo idealiza todo negativamente, es eso. Se empeña en construir un mundo al revés, para sentirse así protegido frente a ese mundo real que tanto teme. Un mundo que en realidad no existió nunca. Como no existieron la Vilma, ni la Dalia, ni la señorita Eloísa... Nada. Es un hueco oscuro e insondable como la casa lo que mi padre rellena torpemente, con ayuda de Elsa. Es un juego. Y ahora estoy seguro: Elsa y mi padre se divertían, jugaban, en ese día no lejano de la tormenta, cuando las aguas del río rompieron el dique, porque no hubo dinamita ni fuerza humana que lo derrumbara. Creerán hasta la muerte que todo fue obra de ellos, pero no, las aguas se desbordaron solas, ellos estaban locos y jugaban...

Quiero pensar, pensar, descubrir... Mi cerebro de ahora, mis ojos de ahora, son el mismo cerebro y los mismos ojos de hace dieciseis, quince, catorce años. Y es curioso: cuando a fuerza de pensar creo que mi cabeza va a resquebrajarse, surgen chispazos y visiones que están más cerca de las historias de mi padre que de lo que yo deseo creer. Y veo a Iñigo. Sí, de pronto lo recuerdo. Un viaje desde la provincia a Madrid, en el coche. Mi padre, María José, Iñigo y yo. Iñigo iba en el asiento de atrás. No, en el de delante. No, en el de atrás... Tenía el pelo muy largo, como si quisiera ocultarse la cara. La mirada inmóvil. No hablaba. Antes, Elsa nos había hecho adiós con la mano. Su aventura con el evadido había terminado. Mi padre lo llevaba a Madrid, para que allí se confundiera con la multitud, se sintiera libre, o emprendiera la huida a Francia. Se le había dado dinero para ello, seguro. Y así, dijimos adiós a Iñigo en la glorieta de Atocha. Quizá yo preguntase algo y María José me dijera "calla" y me diera un caramelo. Debía ser a primeros de octubre, cuando comenzaba el curso.

De pronto, recuerdo un día de otoño, todavía cálido, con sol, en el parque del Oeste, los árboles rojos y el aire tranquilo. María José y mi padre examinaban libros recién comprados. Estaban los dos sentados en un banco, yo al borde de un jardincillo, entre el césped y la tierra de un sendero. Y al recrear esta imagen veo que María José y mi padre se querían con un amor muy dulce, muy sereno, que los ennoblece, les da una aureola, algo de nostálgico, de magia. Esa tarde clara del principio de un otoño, en un parque, entre los árboles aún poblados de hojas y una luz que decrecía poco a poco.

...hasta que el sol se ocultaba y comenzaba a hacer frío. Después, en invierno, María José y yo pasábamos las tardes en una cafetería de la Moncloa, confrontando los apuntes. No todo era tranquilidad, sin embargo. A veces, yo cerraba bruscamente los libros y los cuadernos y me ponía a beber hasta que ella me convencía y nos marchábamos a casa. En el camino, arrancado del alcohol, un sentimiento de destierro crecía en mí hasta hacerme vacilar. Ni el suelo que pisaba, ni los árboles, ni los edificios podían anclarme a la tierra. Una mañana, al salir de clase, sentí mi cerebro vacío y blanco frente al mundo. De un lado llovían piedras, gritos, insultos. Del otro, la presión de la policía. La Ciudad Universitaria se estiraba bajo el cielo gris de febrero como si fuera a resquebrajarse. Yo no sabía a qué venía todo aquello. Yo, simplemente, esperaba a María José, pero era difícil encontrarla entre aquella confusión. Me acerqué de nuevo a la puerta de la Facultad y me senté en la escalera, pero un policía me hizo un gesto para que me retirase. Javier, un compañero de curso que me había pedido un artículo para no sé qué revista, me llevó con él, todo agitado, me contó lo que pasaba, sin que yo me esforzara en comprenderle, y terminó insistiendo en que le urgía el artículo.

—Ya lo haré —le dije, mirando el reloj.

—¿Esperas a María José? Acabo de verla en un pasillo.

A María José tampoco le interesaba lo que pasaba en la Universidad. A María José, como a mí, lo que le importaba era sacar el curso, reunirse conmigo y llegar a casa para ver cómo andaba Toy.

—Parecéis los dos en las nubes —decía Javier, pálido y nervioso, porque de un momento a otro iba a meterse en medio del tumulto—. A vosotros, os importa un rábano lo que pasa...

Yo tenía frío. Los grupos, vociferantes, iban y venían como esas nubes de pájaros oscuros que se desplazan en el cielo. No sé por qué sentí deseos de llorar. De ocultarme, de huir, y pensé en mi habitación, en la casa aislada donde Elsa estaría contando los días que faltaban para mis vacaciones.

—No puedo, me resulta imposible —me oí decir—. No puedo, ¿comprendes? No voy a escribir ese artículo, Javier. No, lo siento. Yo quiero escribir otras cosas...

Pero él ya se había ido. Su figura agitada se perdió entre los guardias, la vi surgir un momento, sus pies corriendo de un lado para otro, el puño levantado. Me dirigí hacia la avenida. No esperaría a María José. Ya la encontraría en casa. Cerca de la Moncloa entré en una cafetería y pedí un coñac. Llamé a casa por teléfono y Gloria me dijo que Toy, como siempre, preguntaba incesantemente por nosotros, que se negaba a comer. En la calle de la Princesa, me sentí impulsado por la amenaza de la gente, caminando de prisa o despacio, empujándose. Desde los quioscos, los periódicos me gritaron sucesos y acontecimientos nacionales, internacionales, trágicos o frívolos. Las frases se desintegraron ante mis ojos, cada letra se fue por su sitio. Percibí la imagen de un volcán en erupción, de un país en guerra, de la boda de una princesa y de una prueba atómica. Fue la imagen de la prueba atómica, un hongo monstruoso, lo que terminó con las últimas letras escapadas de los periódicos. Cuando entré en casa, el pequeño estaba a cuatro patas, sobre la alfombra, jugando con mis rotuladores. Sin duda, él mismo los había hecho caer de la mesa. Se los quité y se puso a llorar, pero Gloria le dio un gato de plástico que le consoló al instante. Después, Gloria se marchó y yo comí solo, en la cocina, con Toy sentado encima de la mesa observándome tranquilamente, como si estuviera haciéndose un juicio sobre mí. De vez en cuando, los dos nos sonreíamos. Mi temor de calles y plazas, de gente, desaparecía al encontrarme encerrado entre cuatro paredes.

—Qué cuadro tan conmovedor... —exclamó alguien detrás de mí.

Era Javier. Junto a él, María José, todavía envuelta en su abrigo, tenía un aspecto asustado. Estaba pálida y temblaba. Me di cuenta de que Javier tenía una herida en un pómulo.

—María José ha insistido en que viniera —siguió Javier—, y aunque yo no quería molestarte, pensé que al mismo tiempo podría aprovechar para hacerte redactar el artículo. Yo ya te daré las ideas, tú las ordenas...

—Si vieras qué jaleo en la Universitaria —dijo María José, quitándose el abrigo—. No pude encontrarte, creí que...

No sé por qué, de improviso, exploté en una carcajada. Seguramente era su expresión anonadada lo que me hacía gracia, sobre todo la de Javier. Parecía, en efecto, que estaban allí para comunicarme que había estallado una guerra. Pero Javier tomó muy a mal mi hilaridad y empezó a despotricar contra mí —y contra los indiferentes como yo—, haciendo grandes ademanes, congestionándose, de modo que reí más, y Toy se asustó, los brazos tendidos hacia María José, que acudió a calmarle.

—...eres peor que una basura —me insultaba Javier—, algo dañino, una... una planta de esas que no sirven para nada... y que hay que extirpar...

—Una mala hierba —resumí, mientras ponía la mesa en orden.

—Exacto, una mala hierba.

Es curioso. Catorce años más tarde —creo que por entonces Toy tendría tres o cuatro—, mi hijo saldría con las mismas palabras. Y ni Javier ni Toy iban a arreglar el mundo.

—Creo que van a cerrar la Universidad —dijo María José.

—Tanto mejor. Vacaciones anticipadas.

Javier dio un bufido y se dejó caer sobre una silla. Sin hacer caso de su indignación, fui a por alcohol, algodón y esparadrapo. El escozor del alcohol sobre la herida hizo que Javier olvidara inmediatamente los problemas universitarios, y yo pensé que cualquier dolor, si es intenso, anula en nosotros el universo entero, que sólo existe el dolor, que el resto del mundo —guerras, terremotos, golpes de Estado— pasa como por arte de magia a un segundo término.

Un tanto diabólicamente aproveché ese momento en que Javier sufría para decirle:

—Bien, vamos a hacer ese artículo. Tú me darás tus ideas y yo las ordenaré en un castellano hermoso y persuasivo.

—¿No puedes esperar un poco? —dijo—. Me escuece tanto la herida...

—Sí, pero los problemas del mundo escuecen más —continué—. Olvida tu miserable dolor y piensa en el de los otros.

—¿Te estás burlando?

—Vaya, hombre. Si me desintereso, me insultas; si me intereso, me burlo. Hay que aclararse, ¿no?

No hicimos el artículo. Javier me veía venir, porque no era tonto, y María José, comprendiendo la situación, dijo que estaba muerta de hambre y que Javier, sin duda, también, de modo que preparó rápidamente algo para los dos y los problemas de la Universidad quedaron olvidados.

A mí, no obstante, esos problemas me permitieron evadirme, reintegrarme a mi mundo, que no era el de la Universidad, ni el de María José siquiera, ni el de las caras grises de cada día. No era tampoco, exactamente, la casa, Elsa, aunque se concretizara allí como un sueño sin forma que va buscando un molde. Era, en cierto sentido, la soledad y la libertad, la facultad de elegir, el no estar supeditado, y así, cuando una coacción exterior, desaparecía, yo sentía el estremecimiento de la felicidad y me iba solo a un rincón para apurar, para tragarme, ese sentimiento inexplicable. Entonces, Toy y María José desaparecían. Ella no me hacía preguntas, no se extrañaba si no iba a dormir o si desaparecía por varios días. Dejarme perder en el coche por una carretera cualquiera, sin rumbo, seguir a alguien por la calle o hacerme seguir, entrar en una iglesia, dormir bajo el cielo, todo eso me parecían cosas tan mías, tan no compartidas que a pesar de su inutilidad me hacían sentirme feliz. Y yo quería ser feliz. Lo era, me parece. Más que nadie. Todavía no había perdido la facultad de apreciar el color del cielo, la tibieza del aire, el tacto de un objeto, como cuando uno es niño y todo es nuevo, y las sensaciones no estás gastadas y todo viene, intacto, a posarse en nuestro ser. Había, sobre todo, la diferencia de los días. Días hechos para la vista, días hechos para el oído, días buenos para escribir, días para reír o para pensar, días para hablar. Había, además, todas las cosas que se podían ver, escuchar, sentir, en la vida, alojadas en un lugar, como esperando.

Era precisamente entonces cuando comenzaba a surgir esa época que ahora, con un Toy de dieciocho años, está ya casi superada. Y, sin embargo, él no se da cuenta de que la vida de libertad y justicia con la que sueña es la misma que yo había llevado cuando él crecía. Solamente que entonces había cierta elegancia y el placer de romper viejos moldes, de burlarse de una sociedad provinciana y escandalizar a un grupo de idiotas. Cosas que ya no son posibles. La libertad de la juventud a la que Toy pertenece no resalta apenas contra ningún fondo que le sirva de contraste. Es algo que flota, que se observa con un encogimiento de hombros, que no choca, mientras que entonces, por ejemplo, cuando Elsa se paseaba con la Vilma o con alguna de sus conquistas, por la ciudad, con faldas demasiado largas o demasiado cortas, cuando yo iba del brazo de Gloria, vestida con un traje malva, un sombrero con una gasa sobre la frente y me hacía pasar por un gigoló, entonces, el clamor de la pequeña ciudad, en donde eran mis invitados, nos causaba el placer de sabernos distintos y capaces de herirles. Ya sé que Toy no pretende lo mismo, no trata esa libertad de la misma manera, pero es que Toy, en realidad, nunca será libre.

Nosotros, Elsa y yo, éramos libres. Y nuestro dinero se iba, se evaporaba en las fiestas que organizábamos en la casa cada fin de semana, con invitados que yo llevaba en el coche, desde Madrid, o que acudían en los suyos, con historias que después nos ocupaban, que desgranábamos, divertidos, una vez solos, en los cálidos meses de las vacaciones de verano.

—Tía Elvira dice que estamos arruinados. Que habrá que hacer algo.

En realidad, tía Elvira había abandonado la casa desde hacía tiempo, como una rata que adivinara el inminente naufragio de la nave, y se había instalado definitivamente en Madrid. De vez en cuando, tía Elvira me llamaba para decirme lo que teníamos que hacer: vender la casa y marcharnos. Pero comprendía que era inútil insistir. "Os enterrarán bajo los escombros", decía siempre, furiosa.

—No me interesan sus razones —dijo Elsa—. Yo nunca me moveré de aquí...

Estábamos sentados en el suelo, espalda contra espalda, en un alto desde el que dominábamos la casa, parte de la ciudad y las obras de desviación del cauce del río. El nuevo alcalde tenía grandes proyectos, y ya había acondicionado la plaza mayor, había hecho abrir calles cerradas desde hacía más de un siglo, y todo el casco histórico de la ciudad aparecía adornado con farolillos, el pavimento empedrado y las fachadas, antes encaladas, descubrían el color primitivo del granito. El hijo del alcalde, Efrén, venía a nuestras reuniones, invitado por Elsa. Era un chico enfermizo, delicado, todo lo contrario al tipo masculino que Elsa prefería. Pero Efrén había iniciado con mi hermana una correspondencia muy romántica, de la que ella se reía, pero que alentaba, y así terminamos por tenerle entre nosotros, semioculto en un rincón, esperando que Elsa le dirigiera una palabra. Cuando, como ahora, le dejábamos solo, Efrén se ponía a buscarnos de una parte a otra, y a lo mejor lo encontrábamos en la carretera, los ojos aceitosos brillándole en la cara amarillenta.

—¿Qué hacéis?

Elsa se volvió hacia él, con una expresión seca, casi de odio.

—Miramos las obras de desviación del cauce del río. Tu padre tiene ideas brillantes.

Sin advertir el sarcasmo, Efrén comenzó a alabar a su padre y a ensalzar las obras con las que pretendía contribuir al desarrollo de la ciudad.

—¿Os dais cuenta? Ha hecho reconstruir la parte histórica, pero no se detiene ahí. Al desviar el río...

Algo en la mirada de Elsa le hizo callarse, y como ella se marchó sin decir nada, Efrén me preguntó:

—¿Qué le pasa? Mi padre no quiere que nos veamos, y yo me lo juego todo por ella. Le digo que me voy al cine, con los amigos, pero vengo aquí. Y ni me mira... ¿Qué me aconsejas que haga?

—Tírate al río.

Aunque humillado, Efrén no se marchó. Iba y venía

195

como una sombra, deambulando por el jardín, sin atreverse a mezclarse con nosotros, que jugábamos a las cartas sin hacerle el menor caso. Yo me había traído a Gloria desde Madrid. María José se había quedado allí con Toy, y Gloria parecía haber rejuvenecido veinte años. Estaban también Thierry, un francés que en seguida se había sentido atraído por Elsa, y Dolores, una cantante que cobraba mucho por sus galas y que tenía la debilidad de jugarse el dinero en partidas como la de ahora. Elsa se aprovechaba sin duda del torpor de sus invitados, llenando sus copas incesantemente, pues era la que solía ganar: tenía ya un considerable montón de billetes cuando inventó algo para retirarse. Por su parte, Gloria intentó una sesión de espiritismo que no se logró. Dolores, borracha, reía escandalosamente y se abrazaba a mí. Una observación de Gloria me hizo temblar. "Esta casa tiene el aspecto de una tumba profanada", dijo. Yo miré el vestíbulo, sus paredes llenas de sombras. Dolores arrugó el entrecejo y volvió a reír aún más fuerte que antes. Sin música, Thierry y Elsa bailaban muy apretados. Dije a Gloria:

—Tienes razón. Una tumba profanada. Estas reuniones son absurdas... Ni Thierry ni Dolores deberían estar aquí.

No sé cómo Gloria se las arregló para que Thierry y Dolores se marchasen, pero poco después vi a Elsa sola, la cabeza baja. Le pregunté si se aburría y me miró extrañada, los ojos muy abiertos. No me contestó y salió al jardín. La seguí. Era por la noche, y a unos doscientos metros de nosotros, junto al río, había unas bombillas encendidas que formaban una aureola amarillenta y difusa. Elsa miraba hacia allí. "Son las malditas obras", dijo con una voz ronca. La misma idea se nos ocurrió al unísono. Corrimos hacia las luces y nos pusimos a lanzarles piedras. Las bombillas amarillentas saltaron. Elsa y yo reímos, abrazados, reímos tanto que terminamos ambos con las mejillas llenas de lágrimas. Elsa se apoyaba contra un árbol, y su corazón, mientras me miraba, le latía tan fuerte que pude percibir la hinchazón de sus venas en el cuello y las sienes. Mis manos se aferraron a las suyas con tanta fuerza que sus ojos adquirieron una expresión dolorosa. Creí estar colgado sobre un precipicio, asido a las ramas de un árbol que ardía. Sin embargo, fue ella quien se derrumbó, hacia atrás, y su cuerpo fue hundiéndose en el vacío, desapareciendo poco a poco hasta confundirse en la oscuridad.

Yo estaba inclinado sobre el río, metía la cabeza en el agua y bebía con ansia, pero el frescor de ese agua no me hacía nada, la noche continuaba llena de presencias. Intenté usar la lógica: Elsa se ha ido con Efrén. Van por allí, hacia la casa. Podía verlos perfectamente, porque la noche no era nunca negra en los campos de alrededor de la casa, la noche era de un azul oscuro en el cual resaltaban el vestido blanco de Elsa y los pantalones de Efrén. Corrí hacia ellos, pero Elsa, con una voz de pronto alegre e ingenua, me gritó: "¿A que no nos encuentras...?". Apenas su voz se había duplicado en el eco, ya habían desaparecido, pero yo sabía el lugar al que ella conducía a un Efrén inmensamente feliz por unos minutos. Entrando por una puerta lateral, recorrí los pasillos hasta la T. No lejos de allí, Elsa agitaba una linterna. Escuché su risa, y supe que Efrén perdía poco a poco sus esperanzas: Elsa solamente quería reírse de él. Me oculté tras un armario al sentirlos acercarse. Escuché algunas palabras de Efrén, palabras nerviosas, entrecortadas: "Elsa... haré todo lo que tú me digas... Todo... Me levantaré contra él, contra mi pa-

197

dre..." Pero ella reía violentamente, le incitaba, se escurría, volvía a acercársele, y la linterna parecía arrancar telarañas de las paredes con su luz hiriente hasta que, de improviso, quedó detenida en el suelo, iluminando el vestido blanco de Elsa, sus piernas, y ya fuera de mi escondite, el haz de luz incidió contra los pantalones de Efrén, sus cuerpos se enlazaron por el espacio de un segundo, e inmediatamente Elsa cayó contra la luz de la linterna mientras los pasos de Efrén se alejaron torpemente, primero en una dirección, luego en otra... Al levantar el cuerpo de Elsa, la oscuridad se rompió otra vez. Ese obsesionante haz de luz que comenzaba a enloquecerme descubría el vestido blanco salpicado de manchas de sangre que iban ensanchándose poco a poco. "La ha matado —masculé—, la ha matado..." Llevé a Elsa hasta la cama de la T, y por un momento me complací en sentir el calor de la sangre roja en mis mejillas y en mis manos, como si ya fuera lo único que ella podía darme.

VI

Algo parece que termina. Para los dos. Mi padre detesta el otoño, y sobre todo, esta muerte del verano. Anda malhumorado y triste, como si el mal tiempo fuera la culpa de alguien a quien espera para ensañarse, pues parece que rumía maldiciones. A veces se queda quieto, ensimismado, el ceño fruncido. Piensa en la vejez, estoy seguro. Las primeras lluvias le avejentan, le amargan. Como si le marcasen. También me mira y se encoge de hombros. Sabe que a mí me da igual. Que me quedan muchos veranos, muchos días de sol, y que las nubes y la lluvia me parecen tan hermosas como la arena caliente y la suavidad de las olas en agosto.

Ha comenzado a recoger sus cosas. Varias maletas, una sola para los papeles y los diccionarios. Junto a las traducciones, sus relatos absurdos. Puedo leer algunas frases: "Estábamos sentados en el suelo, espalda contra espalda... Llevé a Elsa hasta la cama de la T y por un momento me complací en sentir el calor de la sangre roja..." Recordé que mi padre había matado a Elsa. La había matado uno de estos días. Tal vez tendría sus razones.

—Gracias por haber hecho mis traducciones —me dijo, improvisadamente—. Creo que están bien. Yo no las habría hecho mejor.

Pero parecía como si se sintiera humillado y buscara una disculpa. Al fin, me soltó:

—Eres tan tonto que te crees en el deber de justificarte.

Hice un gesto para indicarle que no comprendía.

—Sí, justificarte —repitió—. Te imaginas que tienes que

pagarme. La manía de sentirte útil, de no deber nada a nadie.

—Lo he hecho porque me distraía traducir —contesté—, porque me servía de ejercicio.

—Lo has hecho porque te duele vivir a costa mía —me interrumpió.

—Bah, estás de mal humor.

—No, es la verdad. Yo no he escrito más que tonterías, y tú has trabajado como debía haber trabajado yo. ¿Te imaginas lo que pasaría ahora si llegara con los documentos sin traducir? Ah, da gusto tener un hijo como tú.

Su ironía, su sarcasmo, despertaron mi orgullo:

—De todos modos, pienso seguir trabajando. Pagarme los estudios.

—Tanto mejor. Así podré marcharme tranquilo.

—Marcharte...

—Seguiré en la Organización hasta finales de año. Luego...

Hizo el ademán de un pájaro que vuela. Un pájaro de alas cansadas que va a posarse sobre un tejado en ruinas.

Se había puesto unos pantalones de pana y un jersey. Tenía frío. Acabó de hacer su equipaje y me pidió que le ayudase a llevarlo al coche. No sé por qué sentí pena de él. Sentí también que le quería. Me parecía indefenso y débil, mientras que yo me encontraba fuerte y seguro.

—Siento lo que ocurrió con Cécile —me dijo, de repente.

No pude por menos de sonreír.

—Sí, decir que fingí ser tú... —insistió—: Debiste haberme partido la cara.

Súbitamente, creí que quería provocarme. Él había sido

200

siempre algo diabólico. Le gustaba reírse de los demás, desconcertar. No admitía el perdón de nadie. Por eso, su disculpa repentina y extemporánea no era una disculpa, en realidad.

—Y estaba bien, Cécile —continuó, mientras luchaba para cerrar el cofre del coche—. Lo único, que era algo estúpida. Pero tú debes tener más amigas como ella, ¿no? De esas que cuando ven una cola de autobús acuden corriendo creyendo que es una manifestación.

—No tengo ganas de hablar —le corté, y él comenzó a reírse pausadamente, me pasó una mano por la cabeza y se quedó con una expresión satisfecha bailándole en los ojos y en la boca.

—No me hagas caso —añadió—. Es el aburrimiento lo que me hace hablar así. Yo tampoco tengo ganas de hablar de cosas trascendentales. Para mí tiene más importancia un rayo de sol que la política internacional.

—Eso es muy trascendental, papá.

—Pues sí.

Y ambos prorrumpimos en una carcajada. Vino a abrazarme, y nuevamente le encontré desamparado y bueno, una persona a la que no se le podía guardar rencor, pero capaz de todo, sin embargo. Capaz de hacer un crimen y aparecer seguidamente limpio y resplandeciente como un ángel.

Poco después, mientras conducía y al mismo tiempo me miraba fugazmente, tuve la impresión de que adivinaba mis pensamientos: yo le daba vueltas en la cabeza a esas historias de la casa, deteniéndome en la consideración de su probable irrealidad. Por ejemplo, eso de destruir el dique del río... Yo estaba allí, yo vi las aguas cómo se desbordaban, pero ni mi padre ni Elsa tuvieron la menor participación en el suceso. Jugaban, eso es todo. Jugaban a hacer lo que la crecida del río haría por sí misma. Jugaban con alambres inútiles, con viejas granadas vacías y con dinamita que no era más que arena. El misterio era que pudieran tomar su juego como realidad, que creyeran después ser la verdadera causa de la catástrofe, que incluso se sintieran espiados, perseguidos...

Distraído, no me daba cuenta de que me estaba hablando. Al fin, le escuché decir:

—Te daba las gracias también por haber separado mis relatos de las traducciones. ¿Qué diría el Secretario General si la Vilma sale en el reglamento del Comité Ejecutivo?

—¿Y no te preocupa lo que pueda pensar yo? —le pregunté.

—Tú eres parte de eso. ¿Cómo puede preocuparme?

—Sí, yo me acuerdo de María José, de Gloria, de un viaje que hicimos desde la casa de Madrid con un hombre que después se despidió de vosotros... Me acuerdo de cuando estudiabas... De esa casa de la calle del León. Pero no sé nada de lo otro. Nada.

Él aceleró. El coche serpenteó peligrosamente sobre una curvas que bordeaban la costa.

—Lo otro —comenzó—, lo otro también es cierto. Y tú saliste de todo ello, Toy, como la consumación de un rito. Tú estás dentro, ¿comprendes? Por eso quiero que lo sepas. Tu sentido común, ¿sabes?, no es más que una cáscara. Ya ves, la Dalia y yo no éramos probablemente un ejemplo de sentido común...

—¡Atención!

Mi padre sorteó un obstáculo. El coche vaciló ligeramente y se lanzó con furia a través de una recta.

—¿Tienes miedo a morir?

—Conduces como un loco —protesté—. Y sí, tengo miedo a morir. ¿Pero qué ibas a decir?

202

No sé hasta qué punto me interesaba lo que dijera. Por mi parte, me encontraba seguro y en paz. Yo no tenía nada que ver con mi origen, si era eso, mi origen, lo que él suponía que me determinaba.

—Iba a decir que tú... No sé. Tú fuiste algo así como una fantasía. Como cuando agitas un calidoscopio y miras a ver qué figura ha salido. Igual.

—Bien, he salido yo. Yo, ¿comprendes? Sin que ningún hecho anterior me haya determinado.

—Tú, tú... Sin una familia normal, sin un hogar... Flotando siempre... Pobre Toy... Yo quisiera que tú adquirieses conciencia de ti mismo y que... que seas como yo, eso es, como yo.

—Nunca podré ser igual que tú. Yo tengo un sentido positivo de la vida.

—Cretino... Soy yo quien tengo un sentido positivo de la vida.

—Tal vez, de la tuya.

—La única que me incumbe.

La única que me incumbe, repetí para mí, la única que me incumbe. En las reuniones de su Organización, en las asambleas, en los seminarios, por todas las partes del mundo, mi padre se movía en el lujo, considerado como VIP, mientras que afuera, en esos países subdesarrollados en los que las asambleas desplegaban su esplendor inútil, la gente se moría de hambre. Pero eso no le incumbía. Yo había conocido a Cécile cuando ella regresaba de la India con una especie de depresión nerviosa. De vez en cuando lloraba y decía que ya no podía creer en Dios. Luego, se puso a hacer su tesis para esforzarse en creer en sí misma. Y la había roto porque mi padre le había metido en la cabeza la idea de que nada tiene remedio. No era posible. No estaba de acuerdo, no podía estarlo. Sentí el impulso irreprimible de huir, de cambiar de dirección, yo solo, de quedarme desnudo, sin equipaje, en la carretera.

Le pedí que parase en el primer pueblo.

Nos detuvimos en un bar y mi padre me hizo tomar un té amargo. Él pidió un whisky. Yo miraba la lluvia fina que caía, y recuerdo a una chica con una maleta en la mano, que se dirigía, apresurada, hacia la parada de un autobús. Mi padre terminó su whisky y me hizo un gesto para que le siguiera. Le acompañé hasta el coche, pero permanecí de pie bajo la lluvia, sin entrar. Sus ojos se detuvieron un largo momento sobre los míos. Luego, vi sus manos posadas sobre el volante. No sabía si era el motor, ya en marcha, la causa de ese temblor de las manos de mi padre, pero es lo último que recuerdo de él: el temblor de sus manos, mientras que yo le daba la espalda y me alejaba sin volver la vista atrás.

Creo que pasé una semana en el hospital. No recuerdo bien. Tal vez diez días. Como entre nieblas, vi que Claire se inclinaba sobre mí, su cara entre un ramo de flores, y me besaba en la frente. La escena pareció repetirse muchas veces en el mismo momento, y la expresión de Claire cambiaba, yo veía sus ojos y su boca hasta que quedaban demasiado cerca de mí, y entonces era su contacto, quemándome. Sólo podía cerrar los ojos, fuertemente, cerrar los ojos y negarme a ver a Claire. Algo dentro de la cabeza me hacía mal. Debía haberme dado un buen golpe. Claro, todo el mundo me lo había dicho: conduciendo de esa manera. Mis manos temblaban sobre el volante cuando Toy me dio la espalda. En el espejo retrovisor vi su figura adolescente que se me perdía para toda la vida. Toy se iba. Las nubes oscuras y la lluvia me parecieron el final de todo. Si al menos pudiera regresar a la casa, con Elsa, pensé. Pero no era posible: había habido víctimas después de aquello. Además, el río había sido desviado nuevamente, seguro, y la construcción de la avenida avanzaba, implacable. Eso es lo que pensaba sin hacer caso de las curvas ni del exceso de velocidad con que las tomaba. La marcha de Toy me había anulado, es cierto. Veía cosas en el aire, delante de mí. La carretera se alzaba sobre el mar, se hundía en la tierra; el mar se desbordaba, las nubes descendían. Espejismos: había un río que arrastraba los muebles de la casa. Todo se desintegraba. Me dejé ir.

La vida es algo muy frágil, muy delicado, la vida es muy corta. Debieron darme muchos calmantes. Y el rostro de Claire se inclinaba todos los días sobre mi frente.

Volví a verla en mi apartamento, sentada frente a mí, siempre cerca. Y cuando pude hablar, cuando pude escuchar, Claire me dijo que muchas cosas habían cambiado en su vida: ya no estaba ligada a Serge, por ejemplo. Él le había dado la libertad. Podía pedir el divorcio cuando quisiera.

—¿Para qué? —le pregunté yo—. Sabes que me marcharé...

Probablemente, ella pensó que no sabía lo que decía, porque sonrió, movió la cabeza y puso un vaso con agua a mi alcance. Después, diluyó un comprimido.

—Anda, tómate esto...

Hice un gesto negativo. No quería tomar nada.

—Lo que quiero es estar solo —le dije.

Claire miró a su alrededor.

—No me gusta este apartamento —dijo—. Verás, Edu, cuando estés mejor iremos a ver una villa que tengo apalabrada para alquilar. Está por Champel. Pero ya hablaremos de eso. Ahora vas a dormir un poco.

Había algo especial en Claire, algo nuevo. Como una fuerza. La miré con desconfianza mientras cerraba la puerta tras ella. Después, me levanté y me miré en el espejo del armario. La venda que llevaba en la cabeza me daba un aspecto insólito. No pude aguantar en pie ni un minuto, pero alcancé la cama antes de que mis piernas se doblasen. Tomé entonces la medicina que Claire me había preparado. Siempre había temido el dolor físico, siempre había combatido el mínimo malestar con todos los medicamentos posibles. En seguida me encontré mejor y pude deslizarme hasta la puerta. Claire trasteaba en la cocina. Me pregunté si se había instalado en casa y si había dejado de trabajar en la Organización. El ruido del grifo le impidió darse cuenta de que yo avanzaba hacia el vestíbulo y me apoderaba del correo. Volví a la cama con un montón de cartas. Ninguna de Toy. Aparté las de Elsa. Y entonces lo supe todo. Mis ideas se entrelazaron y quedaron convertidas en una maraña. Me dormí casi repentinamente.

Horas después, Claire me miraba, expectante, como temiendo algo. Pero yo no le hablé, sino que esbocé una sonrisa pretendidamente tonta. Los músculos de su cara se distendieron y comprobé que disimulaba un suspiro de alivio. Luego, nerviosa, se puso a hablar precipitadamente.

—El Secretario General está encantado contigo. Todas las traducciones completas...

Mi sonrisa idiota debió hacerse algo maléfica, porque por un instante Claire se interrumpió.

—Yo misma se las llevé —añadió, mientras encendía un cigarrillo—. Ya las están imprimiendo... Pero por ahora no hay mucho trabajo, no te preocupes... ¿Cómo te encuentras? El doctor dice que lo tuyo no es nada, que tuviste una suerte... En fin, una contusión algo fuerte en la cabeza, pero nada grave.

Sin embargo, poco a poco Claire empezaría a dudar de la falta de gravedad de mi contusión. Suponía que mis reacciones no eran normales: ni un intento de aproximarme a ella, ni una palabra afectuosa, nada. Ella se había arriesgado a perder su reputación viviendo conmigo para nada. Mientras yo estaba enfermo hasta incluso podía pasar por una mujer abnegada, pero desde que comencé a hacer una vida normal, la situación era distinta.

Claire estaba inquieta y empezaba a pensar seriamente que la contusión me lo había hecho olvidar todo. El que yo no le hablara de las cartas de Elsa le confirmaba su sospecha. Hasta que un día fue ella misma quien abordó el tema.

—No puedo más —me dijo—. No sé qué te pasa, pero creo adivinarlo. No he querido hablar de ello porque pensé que eso no te haría ningún bien cuando estabas enfermo, pero ahora, ¿por qué no? No he hecho nada malo, no tienes que odiarme por eso.

Claire dejó caer su cabeza sobre mi pecho, pero mis manos continuaron quietas. Ella levantó sus ojos hacia los míos. No conseguía llorar.

—Porque estuve allí, en tu casa... por eso puede que me odies. No sé cómo tu hermana Elsa habrá enfocado el asunto en sus cartas. ¿Pero por qué no me has hablado de ello?

—Claire, yo no tengo nada que decir.

La suavidad de mi voz le hizo creer que yo pensaba que el asunto no tenía ninguna importancia. Pero ella le daba mucha, sin duda. Claire comenzó a caminar nerviosamente por la habitación. Buscaba el encendedor. Yo mismo le encendí el cigarrillo.

—Mis vacaciones —continuó—. Estaba harta de ir a las playas de verano. Y te echaba de menos. No podía escribirte, nada. A nadie diste tu dirección. En fin, necesitaba algo que me pusiera en contacto contigo.

—Pero no es nada extraño, Claire —dije, y el esfuerzo que hacía cada segundo por dominar mi ira me estaba causando un dolor agudo, en la frente, un dolor que iba y venía a intervalos, como un latido, una palpitación—. ¿De qué quieres disculparte? Fuiste allá, muy bien. Viste a Elsa, muy bien...

Y al mencionar a Elsa pensé que ella habría tenido la misma reacción: el lento crecimiento de una ira, el sentimiento de sentir su mundo violado.

Desde el principio, yo había intuido que terminaría por odiar a Claire. Pero no así, no tanto. Claire, a pesar de mi mirada tranquila, de mis palabras pausadas, debía sentir ese odio llegar hasta ella, porque de vez en cuando me miraba casi horrorizada.

—Si no es por eso —dijo—, si no es porque he ido allí, porque me he inmiscuido en tu mundo, ¿qué es lo que te pasa? ¿Por qué...?

Pero yo no iba a decírselo. No iba a decirle que había comprendido perfectamente su plan: por una parte, apartarme de Elsa al hacer ver a ésta que, en cierto sentido, yo la había traicionado; por otra, hacerme saber que estaba al tanto de lo que ocurrió aquel fin de semana en que falté de la Asamblea. En una palabra, Claire me estaba haciendo chantaje. No es que la idea de delatarme le hubiera pasado por la cabeza, no. Pero conservaba el hecho bien almacenado en su memoria. Ella sabía, incluso tenía pruebas. Al mismo tiempo, yo debía pensar que su intención no era mala. Que nunca esgrimiría su descubrimiento contra mí. Pero que a causa de ello yo siempre estaría unido, atado a ella.

Me parecía imposible. Claire en la casa. Claire con Elsa. En una de sus cartas, Elsa decía que al ver a Claire, sin saber por qué, su propia piel le pareció que era una piel de gato que se erizaba. Y Claire se había quedado varios días en la ciudad, había hablado con todo el mundo, se había hecho pasar por periodista. Elsa repetía en todas sus cartas: "No vengas todavía".

Y era eso lo único que me afectaba, el no poder volver. Claire estaba dispuesta a seguirme hasta el fin del mundo. No ya sólo por amor, sino por orgullo, por maldad, Dios sabía por qué. Tal vez por su resentimiento hacia la vida. Su juventud evaporada junto a un marido impotente. Su encuentro conmigo. Una ilusión poderosa que nacía, crecía y que no iba a dejar desvanecerse, que utilizaría como fuera, hecha trozos, pero de la que se serviría, seguiría alentando, como se sopla un fuego bajo la lluvia.

Sin saber cómo, la sentí otra vez contra mi cuerpo, casi pegada a mí. Yo acaricié su cabeza y ella lloró al fin, agradecida. Mi odio me hacía sufrir de piedad por ella. Sentí entonces que volvía a desearla, pero no iba a demostrárselo. La aparté suavemente y le pedí un medicamento, el que debía tomar cada noche y que me hacía dormir profunda, muy profundamente.

No he opuesto ningua resistencia en alquilar la villa de que me había hablado Claire. El apartamento es pequeño, le falta aire, y hasta que Elsa me llame debo disponer de espacio, de habitaciones que me permitan escapar de la presencia de Claire. Desembarazarme de ella no puedo. Quién sabe lo que sería capaz de hacer. Mejor... esperar. La villa está en la misma ciudad, pero algo retirada, en una de las pequeñas calles tranquilas que descienden hacia el Arve desde la colina de Champel. El muro inmenso del Salève está enfrente. Desde el jardín puedo ver sus precipicios cambiar de color: azul, pardo, violeta, negro. Cuando sus relieves aparecen claramente visibles, nítidos, significa que va a llover al día siguiente. Me gusta estar en el jardín, leyendo o escuchando música. Claire respeta mi afición por la soledad, pero termina por volver a mí, siempre termina por volver. A veces, no obstante, me escapo de ella. Me voy a pasear por las orillas del Arve, del Ródano, aspiro el olor húmedo de la hierba. Me detengo en los puestos de libros viejos o en las tiendas de antigüedades de la rue de la Cité, de la Grand-Rue. O entro en los almacenes, subo, bajo las escaleras mecánicas, comprando cosas que no necesito y que suelo contemplar, sentado en un café de la isla de Rousseau: pequeñas carteras, bolígrafos, adornos que en ocasiones dejo abandonados en una papelera, de pronto desalentado, de pronto pensando que Elsa no me llamará nunca. Miro entonces con cierto sentimiento de desesperación esta ciudad hermética, fría, en la que no me reconozco.

Uno de aquellos días se me ocurrió vengarme de Claire, hacerle mal, y busqué una prostituta para llevarla a casa. Nunca, desde que estaba en Ginebra, había recurrido a ninguna. Las veía surgir, principalmente los viernes y los sábados por la noche, y a ratos me entretenía en observarlas, a ellas y a sus clientes. Compatriotas míos casi todos, que esperaban en grupos, en una esquina de la rue de Berne, mirando de vez en cuando hacia una ventana. Porque la mayoría de las veces ellas no tenían necesidad de salir. Les bastaba hacer una señal desde la ventana: el cuarto quedaba libre. Era como una cadena, una máquina que cogía a un hombre, lo depositaba en el lugar correspondiente y le reintegraba después a la calle, exprimido. De todos modos, yo la encontré en la calle, y su actitud pasiva, su tristeza, su manera de apoyarse, desamparada, contra la pared, la situaban en otro mundo. Fue eso lo que me impulsó hacia ella, esa manera de verla sumergida en sí misma, dejando que sus compañeras se llevaran las mejores presas. También su manera de vestir resultaba inapropiada: una falda floja hasta por debajo de las rodillas, y el peinado, o mejor dicho, la ausencia de peinado, pues el pelo le caía a ambos lados de la cabeza, lacio y sin color. Parecía más bien una criada, o una mujer cualquiera agotada tras una dura faena, que sale a la calle y de repente no recuerda lo que tiene que hacer, descubre que ha terminado su trabajo y se queda como pasmada, sin reaccionar. En suma, aquella muchacha desgarbada e inactiva era como había sido la Dalia, y fue a ella a quien me dirigí sin dudarlo un momento. Ella me recorrió con los ojos de abajo arriba, de arriba abajo, y como si no pudiera vencer su pereza en desprenderse del muro, me señaló la puerta de enfrente.

—Tengo que esperar a que salga mi compañera —dijo.

Tenía un fuerte acento español, pero cuando le pregunté por su nacionalidad se encogió de hombros. Además de las observaciones negativas que me había hecho sobre ella, era antipática, desagradable. ¿Por qué tenía que ser ésta y no otra? Pero volví a pensar en la Dalia. La Dalia, los ojos bajos, caminando por los patios.

—Será mejor que vayamos a mi casa —le dije.

Ella hizo un gesto con los dedos, para indicar dinero. Eso le supondría más tiempo. Y si era para toda la noche, ya sabía, terminó, más con gestos que con palabras, pues sin duda el francés no era su fuerte.

—Habla en español de una vez —le corté un poco bruscamente, y ella abrió unos ojos muy grandes, Dijo:

—De todos modos, no va a ser para contarte mi vida.

Pensé que me gustaría abofetearla, darle una buena paliza. ¿Qué se creía? Si ella supiera para lo que la iba a utilizar, en resumidas cuentas. Yo no quería otra cosa que Claire la viera.

—Tengo ahí el coche.

Un nuevo coche. Limpio, reluciente, recién estrenado. Ella hizo un breve gesto de aprobación y esbozó a la vez un gesto mordaz.

—Vaya, no todos los clientes españoles son como tú —masculló, casi con odio—. Los otros se gastan con una el jornal de un día, o de varios, los pobres.

—¿Y qué quieres que haga?

No contestó. Por un momento, pensé que era Toy quien le había servido de inspiración. Toy y sus ideas de igualdad. Como si la gente no estuviera siempre dispuesta a tomar algo más de lo que le correspondía:

—Lo primero que tienes que hacer es darme algo, como fianza.

Aprovechando un "stop" le lancé unos billetes sobre la falda. Ella los metió en su bolso y se puso más contenta. Lo advertí en sus movimientos, en su manera de erguirse algo más dignamente sobre el asiento y en su suspiro de satisfacción. Sin duda, pensaba que hoy era su día de suerte.

212

Además, me dijo su nombre: Tina. Y que cuando se hiciera con el dinero suficiente se iría a Barcelona.

—Por eso no me gasto casi nada en trapos ni en potingues —añadió como para excusar su aspecto—. Y es que lo que cuenta, al fin y al cabo, no es eso, ¿verdad?

Su amabilidad y locuacidad despertadas por los billetes que le había adelantado la hacían aún más lamentable. Pero ella no lo sabía.

—Hemos llegado, Tina... Si ves a una señora en mi casa no te preocupes.

—Descuida, hijo.

Mientras cruzábamos el jardín yo iba pensando en la cara que iba a poner Claire, y una sonrisita irreprimible se me fue dibujando en los labios.

Claire acudió al escuchar mis pasos en el vestíbulo, impaciente porque hoy era más tarde, porque llevaba varias horas esperándome, porque quizá hoy el muro se había roto y yo estaría dispuesto a amarla.

Claire se retiró contra la pared para dejarnos pasar. Muy educada, mi acompañante le dijo: "Bon soir, madame", me miró interrogativamente y yo le hice un gesto para que se sentara donde quisiera. Claire, atónita, retrocedió hasta la cocina, mientras Tina se dejaba caer en un butacón.

—¿Qué quieres tomar?

—Me da lo mismo.

Le serví un whisky, y cuando fui a la cocina por hielo vi allí a Claire, sentada rígidamente, como idiotizada. Contuve mis ganas de reír, pero me indigné al comprobar hasta qué punto se había erigido en juez de mi vida, de mis actos. Ni por un momento había dudado de la clase de mujer que llevaba. Ya que su aspecto no la delataba tan fácilmente, podía haber pensado que se trataba de una conocida, de una persona a la que tuviera que enseñar algo. Pero Claire había controlado mi vida tan a fondo, tan exhaustivamente, que no cabía el engaño.

Al volver junto a Tina para echar hielo en su vaso, la encontré recostada en el sillón, acariciando con la mirada los muebles, las cortinas, el aparato de televisión en color, el tocadiscos. Tomé un trago y me senté junto a ella. Tina sacudió el pelo, recordó su profesión y me atrajo hacia su cuerpo.

—¿Qué te pasa en la cabeza? —me preguntó, al hacer yo un gesto de dolor cuando ella me pasó la mano justamente en el lugar donde había recibido el golpe.

—Nada —dije—. Destrocé mi otro coche contra un árbol. Desde entonces me he quedado idiota.

Ella lanzó una carcajada estruendosa que sin duda haría saltar a Claire sobre su silla. Tiré a Tina de una mano y la conduje hasta mi cuarto.

Sinceramente, creí que Claire se habría marchado —para volver, pero que de todos modos se habría marchado—, y no obstante seguía allí a la mañana siguiente. Tina, al salir, volvió a tropezar con ella, y oí que le decía: "Bon jour, madame", sin obtener respuesta, naturalmente. Entonces, supuse que Claire se lanzaría contra mí, que haría una escena, pero se limitó a murmurar amargamente:

—No necesitabas haber hecho eso para despedirme. Sólo tenías que habérmelo insinuado.

Era domingo, y vi ante mí un día largo, largo, sin nada que hacer. Estaba nublado. Desde las ventanas, apenas se distinguía el Salève. Tuve la sensación de no existir. Pero allí estaba Claire para probarme que mi vida era algo muy tangible que ella podía captar hasta en sus rincones más oscuros. Mientras bebía mi café y fumaba

214

un cigarrillo, su voz armoniosa luchaba por suavizar el feroz resentimiento que la quemaba.

—Creí que desde tu accidente habías quedado imposibilitado para hacer el amor. ¿Tuviste éxito esta noche? Oh, perdona, es una vulgaridad lo que estoy diciendo. Que yo no te guste ya no significa nada. Pero podías habérmelo dicho, Edu. ¿Por qué? ¿Por qué actuar así?

Y al fin le confesé:

—Porque eres mi enemiga, Claire.

—¿Tu enemiga? No me he separado de ti, te he cuidado con mi mayor amor, he esperado...

—Pero eres mi enemiga —repetí—. No sé cómo explicártelo, pero es así.

—Entonces —insistió—, ¿por qué no me has echado? ¿Por qué no eres sincero conmigo?

—Porque tú tampoco lo eres conmigo.

—Yo estoy dispuesta a seguirte donde vayas. A aceptarlo todo en ti.

—Sí, a aceptar incluso que sea un asesino. Pero antes tenías que saberlo, tenías que estar segura de ello, ¿verdad? Ah, Claire, y sin embargo, yo no soy un monstruo. Yo no maté a mi madre al nacer, ni a mi padre al olvidar sus medicamentos, ni he hecho huir a Toy, ni eché al agua a la persona que se ahogó en el río. Soy inocente de todo, Claire, ¿comprendes? Soy inocente y no puedes ligarme a ti con ninguna clase de pruebas.

—Entonces, ¿por qué no vuelves? ¿Por qué tienes miedo?

Luego estaba convencida. Todo lo que me había dicho Elsa en sus cartas era cierto: Claire había hecho una especie de acta del suceso, en la que se encontraba bien subrayado mi viaje a la casa, desde Ankara. Incluso —lo pensaba ahora— guardaba mi billete de avión.

—Tienes miedo —siguió—, y no crees en lo que acabas

de decirme. Tienes un enorme complejo de culpabilidad del que no te librarás nunca. Y todo por tan poco... Edu, no vi allí nada de lo que me hablaste. Nada. Ningún encanto. Y por eso te quise más. Porque ese encanto, esa fuerza de creación, ese mundo, eran aún más valiosos porque vivían dentro de ti. Porque, fuera, en realidad, no existen.

Terminé mi café y seguí mirando el vacío del cielo blanquecino. Fuera, había dicho Claire, nada existía. Fuera no había más que el espejismo. Mi mundo no existía. Yo había luchado por cuatro paredes húmedas y por una mujer a la que me estaba prohibido amar. La nada.

—No, Edu, tu vida es más grande...

Clarie quería decir que mi vida estaba junto a la suya y que yo me había equivocado. Balbucí:

—No, no me he equivocado. No, no...

La sentía agitarse alrededor de mí, como una mariposa. No, como una araña. La cabeza comenzó a dolerme, y tuve miedo del vacío, del cielo vaporoso, sin límites...

—No es tan difícil llegar. Al fin y al cabo, tú fuiste y viniste desde Ankara en un fin de semana... Hoy día no existen las distancias.

La dejé seguir. Que el dolor y la ira continuaran creciendo. En ella y en mí. Al unísono.

—A tu hermana, lo confieso, no le hice gracia. Ella misma me abrió la puerta. Y parecía como si no quisiera dejarme pasar. Después, cuando pronuncié tu nombre, sonrió ligeramente, se apartó y me dijo que entrara. Hablamos de ti. O mejor dicho, hablé yo sola.

Habló ella sola. Vi a Elsa con los ojos fijos en Claire, esos ojos suyos tan claros, tan irreales, mientras probablemente me maldecía, porque yo me había ligado a esa mujer que pretendía destruir nuestro paraíso.

216

—Ah, tu pobre hermana ha debido pasarlo mal última-
mente... Ella no me dijo nada, pero lo vi. Me alojé en
un hotel y supe que hay una encuesta en curso para averiguar las causas de la destrucción de un dique: una
víctima, campos asolados. El hijo del alcalde fue la
víctima. ¿Lo sabías? Ah, sí, creo que la policía va y
viene, que Elsa se contradice...
Miré a Claire y ella rehuyó mis ojos, pero vi que por
fin renunciaba a su amor para acusarme:
—Sé que fuisteis vosotros dos quienes hicisteis saltar
ese dique.
Cerré los ojos y me agarré fuertemente a los brazos del
sillón. Otra vez esos martillazos en el cerebro: tac, tac.
Tuve miedo. Sentí un impulso de defensa: abrazarme a
Claire e intentar amarla. También sentí deseos de matar-
la, porque me parecía un monstruo: ella no creía en mi
culpabilidad. Lo que hacía era apoderarse de mi historia, tomarla como un arma contra mí; yo le entregaba un cuchillo y ella me desgarraba con él. ¿Cómo luchar? Ella sabía que yo no podía llegar a negar lo que
me justificaba.
—¡Pobre Edu! ¿Y todo por qué? Qué desolación tan
inmensa se respira en tu casa... Aún veo esa gran habitación en la que el mueble más valioso se pierde, se
hace anodino. Y a Elsa, aburrida, provinciana, esperando a su amante de turno. Y poco más allá, la verdad, el
progreso, la vida: una gran avenida que avanza...
Fue al decir esto cuando Claire recibió de golpe todo
lo que había sobre la mesa, y seguidamente, la misma
mesa, que arrojé contra su cuerpo y que la tiró al suelo.
Con esos martillazos implacables en la cabeza, los ojos
llenos de lágrimas, me pareció ver a Claire que se levantaba, su figura se recortaba contra el cielo ceniciento, se desintegraba, desaparecía. Porque en realidad era

yo quien estaba derrumbado y vencido. Sentí que me tomaba la cabeza entre sus manos, me besaba en la frente, en las mejillas, en la boca, y me pedía perdón, y yo negaba, intentaba huir, pero ella me tenía bien sujeto, su cuerpo contra el mío, victoriosa, posesiva, absorbiéndome al fin, como una medusa.

Claire se transforma. Es una Claire triunfante, dominadora. Yo, arrinconado, la miro hoscamente. Usado, exprimido, violado. Al fin la veo desaparecer en un gran batir de alas, cerrando la puerta y lanzándome una ráfaga de aire. Vuela a su villa de Genthod y mira con desprecio a ese marido inútil, impotente y viejo, Serge, que no tiene más remedio que dejarla hacer, pues sabe que no le puede exigir nada. No es ni mucho menos la Claire satisfecha de Ankara. Allí era yo quien en cierto sentido la había buscado. Entonces, Claire tenía ese aspecto delicado de rosa otoñal, frágil y ligera. Ahora, no. Ésta es una mujer nueva. Ha rejuvenecido. Ha engordado. No mucho, lo justo para dejar de ser excesivamente delgada. Sus mejillas están más rojas. En ocasiones, me hace pensar en una mujer vampiro: ha bebido mi sangre, mi savia. Mi vida le ha dado vida. Pero es ella quien me roba la vida, quien me vence. Todo esto hace de Claire otra mujer: oscura, o escarlata, violenta, o dulce. Rabiosa, con sus dientes, sus uñas, su lengua, igual que aquellas putas de la trasera la noche en que se me lanzaron. Ahora, Claire no se desliza por los pasillos; sus pasos son bruscos, decididos. No sonríe sin abrir la boca, como antes: ahora enseña los dientes y los aprieta como si mordiese algo. Sus cabellos, antes sujetos en un peinado perfecto, han adquirido una movilidad insospechada y como de medusa.

Pero nadie se da cuenta de este cambio excepto yo. Para los demás, Claire sigue siendo madame Page.

Madame Page acude a la Secretaría cuando quiere, cuando le viene bien, y M. Vautel está algo preocupado con ella. Más bien, extrañado, suspicaz. O quizá plenamente consciente de lo que ocurre entre nosotros. Madame Page ha reducido su trabajo en un ochenta por ciento. Ahora, el sentido de su vida no está en la Organización. El sentido de su vida está en los densos, siniestros fines de semana que pasa conmigo.

—¿Sabes? —me dice—. Yo no necesito depender de un sueldo. Si no están conformes conmigo, me marcho.

A veces, mientras yo dormito junto a la ventana, tumbado en el sofá, ella se entrega a un monólogo que no me molesto en interrumpir. Habla mientras fuma, mientras bebe, mientras me mira. Yo, a su lado, soy como una cosa, no existo. Una especie de gato prisionero que masculla venganzas imposibles, que ha renunciado ya a tener una ocasión para escaparse a los tejados.

—Antes, era diferente. Antes, me rompía la cabeza redactando cartas, dando vueltas a los asuntos, buscando la manera de decir cosas muy agudas bajo una forma muy suave. Me halagaban las felicitaciones de Vautel: "¿Qué haría yo sin usted, madame Page? Usted es una prolongación de mi propio cerebro, usted es..." En fin, yo era una idiota.

A Claire le gusta echar leña en la chimenea y observar cómo el fuego la consume. Sus ojos, mientras miran las llamas, se vuelven rojos. Parece un lobo. Claire, la mujer lobo, la mujer vampiro... Creo que ese nuevo aspecto suyo, insólito, terrible, me atrae de un modo irresistible, pues es como si participase también en ese mundo hundido que yo le revelé, que ella fue a descubrir por sí misma, para luego atraparme. Cuando el fuego devora la madera, la voracidad va desapareciendo de sus ojos y ese vacío da lugar a una especie de decepción. Claire mueve las cenizas, las dispersa.

Los viernes por la tarde, Claire entra en casa con una bolsa que contiene todo lo necesario para el fin de semana. Ha adquirido la costumbre de dormir cuatro o cinco días en su villa y reservarme el week-end. Es una especie de tregua: ella espera pronto acapararme totalmente. Escucho con un estremecimiento su coche que entra en el jardín. Pocos segundos después, aparece. Se quita el abrigo, protesta algo contra el tiempo y se sienta junto a mí, a esperar la noche. Mientras, habla. Apenas le hago caso. Mascullo mi rabia y pienso en lo imposible que es ahora mi regreso. Ella iría detrás de mí. Y haría mal a Elsa. Nos denunciaría a los dos, blandiendo mi billete de avión ante las narices del comisario. No, Elsa, aunque me llames no puedo ir todavía. Tal vez no pueda volver. Nunca, ¿comprendes? Ella es como la casa, algo que envuelve, que oscurece, que aniquila todo lo demás.

—Serge no vivirá mucho tiempo. He hablado con su médico. La parálisis progresa poco a poco. Él se da cuenta y me pide que no me sacrifique por él. Dice que no es egoísta. Pobre.

Espera su muerte. Claire insinúa esa esperanza y me muestra su villa de Genthod como un paraíso que nos aguarda. Establece comparaciones entre mi casa lejana y la suya. Sus jardines geométricos, sus plantas cuidadas, sus arbustos tallados. Y se ríe de la miserable jungla que rodea mi casa, de los corredores polvorientos, de las habitaciones desordenadas y sucias. Supone que terminará por convencerme de que lo que cuenta es la comodidad, lo caro, lo perfecto. Pretende atraparme atacándome por mi lado perezoso. Me trae el café, me enciende el cigarrillo, me pone las pantuflas. Sin embargo, ella se ha convertido en un ser mitológico que cuadra más bien con mi antiguo reino. Por eso huye de su villa cada viernes, como una bruja huiría de la mañana y del sol para entregarse a sus ritos.

—Él no es egoísta. Me regala cosas, siempre me regala cosas. Envía a alguien para comprarme lo que sabe que me agrada. Hace llenar la casa de rosas, mi habitación...

Las mismas rosas que ella trae los viernes y que deja sobre los muebles, que ordena cuidadosamente en los jarrones y que llenan el ambiente de un olor excesivo, dulzón, como de muerte.

—Yo sólo he sido feliz con Serge una tarde de invierno, poco antes de nuestra boda. No estaba enfermo todavía, pero tenía ya cierto aspecto delicado, no sin atractivo. Esa tarde, Serge y yo nos paseábamos por los muelles y hacía un frío tremendo. La típica "bise" de Ginebra. Decidimos entrar en un hotel e hicimos el amor. El frío que hacía fuera, la habitación, que tenía una cortinas descoloridas, una moqueta gastada y muebles baratos, todo nos hizo sentirnos en un universo distinto. Cuando estuve en tu casa, Edu, pensé en esa habitación del hotel. Y pensé que era contigo y no con Serge con quien había estado aquella tarde.

Su acoso empieza así, cuando me mienta, cuando me nombra, como si encendiera una llave de contacto. Entonces se acerca a mí y me mira, me coge la cabeza con las manos, algo bruscamente, pues piensa que soy masoquista y sádico, a la vez. No es más que primera-

mente permanezco pasivo, distante, y que después mi
rabia despierta y juego a hacerle daño, mientras que
ella me enardece, enciende mi deseo, me hace que la re-
cree, como a la Dalia, a la Vilma, y así sus rasgos de
señora bien desaparecen hasta convertirse en el bicho
que lleva dentro, y yo pienso, termino por creer que
Claire estaba desde siempre inscrita en mi destino, que
no es una casualidad, no, sino algo salido de mi mundo, una prolongación mía, una sombra de mi cuerpo.
Pero mi rabia se desliza sobre su piel como un veneno
untuoso, la embadurno con él, la humillo, la aniquilo:
el único momento —medio minuto, un minuto— en que
yo soy el más fuerte, el superior, el que la puede.
Después, nuevamente dormito, roto y solo, mientras que
ella se yergue, otra vez dominante, iluminada su sonrisa,
afilados sus dientes, brillantes los ojos. Se pone una
bata sobre el cuerpo desnudo y camina hacia la cocina,
dando saltos, tarareando canciones, y se dedica a hacer
café, a tostar pan, pues de pronto Claire tiene hambre,
mucha hambre. Y debajo de la tela su cuerpo está lleno
de mordeduras, y mis espaldas están arañadas, me san-
gra la lengua. Lloraría de rabia y de asco, Elsa, pero
sería inútil. Ella me tiene, nos tiene, y hay que resig-
narse a ello.
Ya sé que esta resignación es totalmente voluntaria. En
realidad, me encuentro sometido a Claire como a una
droga. Ella consigue borrar mi vida anterior recreando
este clima de encierro y tan parecido al de la casa: candelabros, luces bajas, rincones hundidos. Un clima denso
que me permite huir del mundo, que me mantiene aparte: con ella, ella y yo, solos. Así, me sorprendo esperando el viernes con deseo y repulsión, la garganta seca, y
si Claire no llegara no podría soportarlo. En esa espera,
comienzo a mirar la ciudad como si ya fuera mía. Una

gran casa cuyas calles son pasillos, cuyos monumentos son adornos. Repito mis paseos junto a los precipicios que rodean el Arve. Si miro a las cimas del Salève me imagino que Claire cae desde los precipicios verticales, lenta, muy lentamente, cae hasta mis pies, y luego se levanta, incólume. O la veo agitarse en la corriente del Ródano, sin hundirse nunca. Igualmente, Claire se precipita desde una torre de Saint Pierre, o se estrella con su coche, pero nunca sucumbe. No puedo imaginarme su muerte y no ceso de temerla y desearla. El viernes por la tarde comienzo a saborear la angustia de su llegada. La espero o bien prolongo mi paseo, subo las cuestas de la vieille ville y trato de descubrir su coche en el jardín.

Hacia el mes de junio, una reunión de no sé qué Comité reintegró a Claire de lleno a la Organización. Más activa que nunca, Claire se movía entre los delegados, sonreía a diestro y siniestro y ocupaba su puesto en una mesa cercana a la Presidencia, durante las sesiones.

—Voy a dar una fiesta en casa —me anunció en un descanso, apretándome la mano—. En mi casa de Genthod, naturalmente. Creo que así compensaré a Vautel por el poco interés que le he demostrado estos meses pasados.

Me pregunté una vez más si mi vida iba a ser siempre así. Algo provisional, inestable, una espera que se estira. No contesté a Claire, pero tampoco dejé su mano libre. Quería que todos se dieran cuenta de lo que había entre nosotros. Sería divertido. Ella se puso roja e hizo esfuerzos para desasirse.

—Vamos, Edu, por favor, nos están mirando...

—¿Y tanto te importa? Creí que estabas dispuesta a dejarlo todo: tu trabajo, tu marido...

—Suéltame. No vamos a hacer una escena, ¿no?

Yo reí. Ella creía que me consumían los celos. Su mano entre las mías. Claire dio la espalda como pudo a alguien que acudía a saludarla.

—¿Te das cuenta? —protestó—. Lo haces por maldad...

—Tú eres un ángel —le dije—. Un ángel que quiere engañar a todo el mundo. Que quiere quedarse con todo. Pero, no, querida, de vez en cuando hay que pagar las consecuencias. Como yo.

Al decirle esto había aproximado mis labios a sus mejillas. Frente a nosotros, dos secretarias nos observaban fijamente. Casi abrazado a ella, proseguí:

—Tengo deseos de ti, Claire. Ahora, ahora mismo. Ven conmigo a los lavabos...

Ella no hizo más esfuerzos, y sus mejillas rojas se tiñeron de un color amarillento. Parecía próxima a desvanecerse. La solté. En vez de huir de mi lado, como esperaba, Claire luchó consigo misma para recuperar su aplomo.

—Edu, estás loco —dijo—. Comprendo que todo esto no te gusta, que te ríes de las reuniones, pero ten paciencia. Será la última. Verás, verás: vamos a hacer un gran viaje... Eso te hará bien.

Un viaje. Me imaginé convertido en perrito, ella llevándome de la cadena. Pero fuera de nuestros encierros enfermizos, Claire se iluminaba de una luz cruda que me hería, que la desposeía de misterio. Solamente en los fines de semana Claire se convertía en algo mío, algo que yo aceptaba con un dolor y un placer mezclados. Pero en un viaje con ella, o aquí mismo, en esta sala, Claire carecía de poder.

—No voy a hacer ningún viaje contigo, ¿entiendes?

El mismo M. Vautel, muy erguido dentro de su traje negro, interrumpió nuestra discusión:

—¿Algo que no marcha?

—Intentaba convencerle para que asistiera a la fiesta que Serge y yo vamos a dar el próximo sábado —improvisó ella con su desenvoltura habitual—. Puro egoísmo. En estos casos siempre se necesita ayuda.

El Secretario General y Claire se alejaron, charlando, y me dejaron solo. Yo volví a casa y me quedé tumbado en el jardín. Era ya casi de noche y el césped estaba frío. Aún podían distinguirse las faldas recortadas del Salève. Poco a poco, empecé a echar de menos a Claire. Probablemente estaría enfadada y esta noche no vendría. Quizá no viniese nunca. Cada coche que pasaba creía que era el suyo, pero ninguno entraba en el jardín. La espera inútil casi me enloquecía. No podría soportar su ausencia, me dije. Añoraría las tardes y las noches con ella, solo con ella, el fuego de la chimenea, la oscuridad, el brillo de los objetos en las sombras movibles, inseguras. La cama deshecha, el café y el cigarrillo de después de amarnos como dos salvajes. Sin embargo, me dije, sin embargo es necesario que esto termine.

Muy lejos de aquí, pensé, el río arrastraría las aguas claras de la primavera, y en el jardín se habrían espesado los helechos, las ortigas, la mala hierba. Los lagartos saltarían contra las paredes, y habría nubes de mosquitos, en la noche, revoloteando entre los haces de luz. En los jardines de Claire no había ortigas, ni helechos, ni mala hierba. Sólo al borde del lago, los arbustos crecían en libertad. Aquellas noches yo había esperado a Claire inútilmente, pero ahora estábamos juntos, después de haber preparado todo lo necesario para la fiesta. Ella misma había ido a buscarme.

225

—Espero que no des ningún escándalo —me advirtió medio en broma medio en serio—. ¿Sabes? Eres terrible.

Hacía calor, un calor pesado que caía contra el lago, como aplastándolo. Yo no llevaba ni chaqueta ni corbata, y Claire se había vestido con una especie de túnica floreada, con el bañador debajo: su idea era tomar un baño cuando comenzara a oscurecer, pues el agua del lago, decía, estaba entonces deliciosa.

—Cuando pienso en Toy —continuó— me lo imagino más sensato que tú... En cambio, tú te pareces a Elsa, ¿verdad?

La miré profundamente, y otra vez sentí vivo mi odio hacia ella, mi inmenso desprecio. Cerré los ojos y me fui muy lejos. A un lugar en donde Claire no tenía razón alguna de ser. Cuando Claire acudió a recibir a los invitados no quise acompañarla. Tampoco quise ver a Serge. Permanecí tumbado junto al agua, sordo a sus súplicas, hasta que después de varias horas escuché las voces y las risas de un grupo que descendía: por lo visto, el baño en el lago había sido sustituido por un paseo en barca. Entonces, nuevamente sumiso, me dejé conducir por Claire. Casi todos éramos conocidos, y mi repentina aparición en aquel lugar suscitó comentarios a los que apenas presté atención. De todos modos, Claire ya inventaría las respuestas oportunas. Vautel y su esposa fueron los primeros en alejarse en una de las frágiles embarcaciones.

—¿Te imaginas? —cuchicheó Claire a mi oído—. No han querido ponerse el bañador, las señoras. Claro, con esos cuerpos... Y yo no voy a dar la nota, claro.

Miré hacia atrás. Había grupos que no aprobaban nuestra idea: el lago era peligroso al atardecer, cuando hacía demasiado calor, y las aguas tenían una tranquilidad engañosa. En total, solamente quedaron ocupadas cinco barcas. Congestionado, intentando hacer alarde de sus músculos, el Secretario General nos presidía, muy orgulloso.

—Mira a Vautel —exclamó Claire, mientras yo remaba con brío para tratar de avanzarlo—. ¿No es estupendo? Por cierto, si sabe algo de lo nuestro parece olvidarlo. En realidad, él no se mete con la vida privada de nadie.

Yo impulsé la barca hasta unos doscientos metros de la orilla y después dejé los remos. Recosté mi cabeza sobre las rodillas de Claire, mientras ella, nerviosa, miraba por si alguien nos observaba. La barca de M. Vautel y de su mujer no estaba demasiado lejos de la nuestra, pero Claire se encogió de hombros y se puso a acariciarme la cabeza, mientras me decía:

—De todos modos, no me importa lo que piensen. Serge es el primero en comprenderlo.

Sin embargo, yo advertía cierto temblor en el cuerpo de Claire. Ella temía el lago, y las aguas comenzaban a rizarse de un modo sospechoso.

—Parece que el viento comienza a hacerse fuerte.

—A mí me gusta el viento, y el agua —dije—. El agua y yo somos aliados.

Unas olas nerviosas chocaron contra la barca.

—Será mejor que regresemos —insistió Claire—. Cuando hay tormenta el lago es muy peligroso.

—¿Qué importa? Sabemos nadar...

Una ola más gruesa hizo vacilar la embarcación. Claire se abrazó a mí. Las demás barquitas emprendieron el regreso, excepto la de M. Vautel, que seguía a la misma distancia de la nuestra. Escuché los grititos de su mujer.

Cuando había crecida en el río, Elsa y yo mirábamos las aguas desde un alto del terreno, o subidos en el tejado.

Nos dejábamos empapar por la lluvia. Las aguas del río arrastraban troncos de árboles, chatarras. Los campos se inundaban y el río se hacía inmenso. El lago, en cambio, se agitaba como si intentara salirse de sus bordes. Hay algo extraño en un lago, pensé: una sensación de asfixia, de falta de libertad, de condena.

—¿Sabes, Claire? Me gustaría dejarme llevar, que las olas nos zarandeasen de un lado a otro, no hacer nada por resistir.

—Estoy mareándome...

Miré el cielo. Las nubes plomizas se partían de vez en cuando en un relámpago. Después, un trueno cada vez más próximo. Empezó a llover.

De pronto, Claire se volvió hacia mí, la cara desencajada, histérica:

—Sé que quisiste matarte. Te estrellaste adrede contra un árbol. Pero yo no quiero morir.

Yo tampoco quería morir, y estaba seguro de que no moriría. Elsa me esperaba. Allá abajo. Soñé que el lago era el río, que sus aguas me depositaban junto a la casa. Elsa me encontraba en los campos inundados.

—Si quieres matarte, hazlo tú solo.

Elsa no habría dicho aquello. Elsa habría estado de acuerdo conmigo. Juntos, Elsa y yo, habríamos caminado entre la tormenta, lejanos y felices como dioses. Claire se aferró a los remos, pero no sabía moverlos y tuvo que desistir. El viento y la lluvia le habían deshecho el peinado. Sus cabellos mojados se le pegaban al cráneo. Como tenía la cara llena de agua no pude saber si lloraba. Furiosa, Claire intentó levantar un remo para golpearme con él. Yo reí. Mis ataduras comenzaban a aflojarse. Iba a ocurrir algo que me liberaría para siempre de ella. La barca saltaba sobre las olas. Pensé que la de Vautel debería estar ya próxima a la orilla, pero la costa, a ambos lados del lago, había desaparecido tras la lluvia. A veces, los rayos parecían salir a la vez del cielo y del fondo del lago. Era una tormenta rápida que ya disminuía, pero el terror había hecho lo demás: Claire se debatía a unos metros de la barca. Intenté alcanzarla, y de pronto me detuve, sin dejar de mirarla con una rara intensidad, de modo que hasta pude ver mi mirada desde fuera, me contemplé a mi mismo, quieto, agarrado a los bordes de la embarcación. Una mirada gris como las nubes, impasible, mineral, no humana, ante la cual Claire se estrellaba inútilmente.

...criaturas, monstruos, que pasan, claramente delimitados sobre fondos de varios colores, burlescos y humanos, conscientes de su deformidad cómica, de la cual hacen gala, para divertirme o atormentarme, según... "Son diablos, Edu, genios, ideas. Están en los cuartos de los abuelos, en sus cajones atestados, en las grandes despensas... Están en nuestro rompecabezas."
Hay muchas puertas que voy abriendo a mi paso y cerrando tras de mí; el mundo es como una serie de cajas de las cuales la más grande contiene a otra más pequeña, y así hasta el infinito. Yo me encuentro camino del infinito mientras voy cerrando las puertas. Han cortado la luz y hemos tenido que encender velas. La penumbra crea formas y sombras. La oscuridad se rompe en algunos puntos por la aureola de una candela. Se ven, ostensibles, como vivientes, las manchas de la

pared: mapas, muñecos, retratos de personas que han muerto. Los ecos vuelven a sonar. Son risas lejanas, rezos monótonos, quejidos de placer o de dolor, suspiros de éxtasis, pasos tranquilos, perezosos, pasos de alguien que huye. Los cientos de bibelots comprados en cientos de viajes se arrastran sobre los muebles. Las cajas de laca, de madera, los idolillos de jade, los pisapapeles, están cubiertos por una delgada capa de polvo, fino y brillante como alas de mariposas machacadas. Tampoco funciona el teléfono. En cuanto al agua, no hay problema, porque tenemos los pozos y el río. De día, los hombres trabajan en las obras de la avenida y el ruido se acerca progresivamente, pero no hacemos mucho caso. Es algo exterior a la casa. Sabemos que al atardecer nada ni nadie nos molestará. Los patios, los corredores, las escaleras, son nuestros. Parece que hay agua en el suelo. Siempre el agua. Claire desapareció bajo el agua. Claire ha muerto, y sin embargo parece que aún la espero. El frenazo de su coche en el jardín, sus zapatos sobre los escalones, su perfume cuando entra y mueve el aire. Me cuesta trabajo saber que soy libre, y permanezco en el jardín, siempre con la sensación de que va a llegar de un momento a otro. Hasta que me veo obligado a huir. Sí, tengo que huir, aunque el lago revuelto hablara por sí solo. Como antes el río desbordado... ¿Ves, Elsa? No hay nada contra nosotros. Nada. Efrén, Claire... ¿qué culpa tenemos de lo que les ocurrió? Hay que olvidarlos. Para ello, yo cuento con la Vilma, y Elsa tiene un nuevo amante. Le llama Lobo, y parece como si ella le hubiera comido el alma, pues se encuentra compenetrado y feliz en este mundo nuestro. A mí no me ha costado trabajo aceptarle, e incluso, Elsa, él y yo hemos bailado juntos, los tres hemos dado vueltas hasta marearnos, vueltas torpes, mientras reíamos, envueltos en nuestro propio calor y acompasados por nuestra respiración rápida y ligera. En un rincón, la Vilma maneja el tocadiscos de pilas. Su mirada nos acaricia. Las pestañas de Elsa forman un cerco oscuro bajo mis ojos. Me rozan las puntas duras de sus pechos pequeños. Uno de sus brazos enlaza a Lobo por la cintura. El otro rodea mi cuello. Siento la mano más fuerte de Lobo en mis espaldas. Junto a las orejas, a Lobo se le agolpan unas greñas de pelo negro y brillante, quizá sucio, que a cada vuelta me raspan la nariz y dejan en ella un olor agridulce. La Vilma se une a nosotros. Ha cambiado mucho, la Vilma. Ha crecido, se ha hecho inmensa. Tiene dos, tres, cuatro metros de altura. Cuando entra, sus enormes tacones resuenan escandalosamente contra el suelo. Su risa es inmensa. Sus pechos como montañas danzan al ritmo de esa risa. Nos protege. Nos trae cosas. Botellas, cajas de dulces. Algunas noches se queda con nosotros.

Después, está la Dalia. La Dalia sabe que Toy ha desaparecido, que ha roto sus ligaduras y anda por el mundo en busca de ideales imposibles. Y, sin embargo, ella está ahí, frente a mí, las manos abiertas, como si le reclamase. Desde hace varios días tengo la certidumbre de ser seguido. Unos pies que se arrastran, un ruido sordo, de algo amorfo, detrás de mí. Una vez, la niebla que se desprende del río me impedía ver quién me seguía. Solamente descubría otra niebla más espesa, una pequeña nube desgarrada flotando sobre el suelo. Me lancé contra esa presencia oscura y no encontré nada, mi cuerpo la atravesó, pero después supe que se trataba de la Dalia. La Vilma nos lo ha dicho: "Se presentó en mi casa, a las tantas, pálida como una pared, desvencijada, igual que un guiñapo". Fue ella misma, la Vilma, quien la trajo. La Dalia se ocultaba detrás del cuerpo poderoso que la cubría completamente. Una sombra, un bulto que se arrastra y que poco a poco va tomando forma humana. No sé por qué la reconozco tan pronto, o acaso sí, pues siempre la he tenido presente en mi vida. No ha cambiado a pesar de sus arrugas, de sus ojos aún más enrojecidos, porque de todos modos sigue siendo idéntica, con su cuerpo débil y patético y esas manos huesudas que se alzan hacia mí, mientras comprendo que me pide algo imposible: Toy. Elsa también la comprende, y arropándola con sus brazos le dice: "No te preocupes, Dalia, te haremos otro, como antes, allá en la habitación en forma de T..." Elsa lleva un vestido azul, con volantes; el pelo en tirabuzones. Yo tengo un traje blanco que me queda algo corto, pero no importa. Jugamos con el rompecabezas: mariposas, ciudades rotas, estrellas. Como antes, cada mañana sentimos el olor del café, que se extiende desde la cocina. La luz del cielo, siempre nueva, y el verde de los árboles en el jardín, el polvo sobre los muebles... El sol va rodeando la habitación, hasta desaparecer, y entonces cenamos, encendemos los candelabros. La Dalia espera. La Vilma tiene los brazos cruzados, sentada, con una sonrisa benévola, velando por nosotros como una divinidad protectora. Parece decir: "Vosotros podéis iros a jugar, yo me ocuparé de lo demás". Y obedecemos. Mientras avanzamos con la Dalia por los corredores, volvemos a escuchar los rumores gastados de los rezos de las monjas. Más allá, en la trasera, las putas refugiadas, perdidas, vapuleadas, hasta entonces escondidas, pueblan de nuevo sus antiguas habitaciones. La Dalia nos sigue, a veces se detiene, llena de miedo. Elsa la empuja, y me pregunta: "Tienes el dinero preparado?". Sí, lo tengo; unas cuantas piedrecitas, trozos de cal desprendidos de las paredes. La Dalia obtendrá la cuarta parte, se podrá comprar polvos para la cara, una barra de labios. La ataremos a la cama, en forma de aspa. Ya es de noche y ha cesado el ruido de las obras de la avenida. Desde las ventanas se adivina el bosque de postes y cables. Pero esas obras no terminarán jamás. Son como las de las catedrales, siempre inconclusas, con una sola torre, el ábside abandonado como una gran boca cavernosa. La Dalia no se mueve, pero sus labios se entreabren y me sonríen, la lengua agitándose como una llamita. Caigo encima de ella, y pienso que cuando Toy salga de ese cuerpo maltratado todo recomenzará, todo volverá a su principio. Al amanecer, el ruido de las grúas que mueven la tierra avanza y se hace atronador, terrible. Habrá que pensar en algo, imaginar, ingeniar... Por momentos, sin embargo, reina el silencio más absoluto. La Dalia ha dejado la huella de su cuerpo sobre las sábanas. Elsa no se ha levantado todavía, y yo estoy solo, con mis papeles, cualquier mañana de domingo, frente a los árboles que descienden hacia el Arve, la masa violeta del Salève, y en primer término, el coche de Claire, a la que creo esperar, mientras que todo empieza a caer, a desintegrarse, como las hojas de un árbol que ha entrado en el invierno, y siento bajo mis pies un crujido seco de algo que se convierte en cenizas.